知识生产的原创基地
BASE FOR ORIGINAL CREATIVE CONTENT

颉腾文化
JIE TENG CULTURE

Freida McFadden

THE
HOUSEMAID

女仆

[美] 弗雷达·麦克法登（Freida McFadden）◎著

张丽丽◎译

华龄出版社
HUALING PRESS

北京市版权局著作权合同登记号　图字：01-2024-2282 号

图书在版编目（CIP）数据

女仆 /（美）弗雷达·麦克法登（Freida McFadden）著；张丽丽译 . -- 北京 : 华龄出版社，2024.6

ISBN 978-7-5169-2768-7

Ⅰ. ①女… Ⅱ. ①弗… ②张… Ⅲ. ①长篇小说－美国－现代 Ⅳ. ① I712.45

中国国家版本馆 CIP 数据核字（2024）第 102362 号

策　划　颉腾文化　　责任印制　李未圻
责任编辑　徐春涛　　装帧设计　张琳芳

书　名　女仆
作　者　[美] 弗雷达·麦克法登（Freida McFadden）
译　者　张丽丽
翻译支持　云彬翻译社区
出　版
发　行　华龄出版社 HUALING PRESS
社　址　北京市东城区安定门外大街甲 57 号
邮　编　100011
发　行　（010）58122255
传　真　（010）84049572
承　印　文畅阁印刷有限公司
版　次　2024 年 6 月第 1 版
印　次　2024 年 6 月第 1 次印刷
规　格　880mm × 1230mm
开　本　1/32
印　张　8
字　数　200 千字
书　号　ISBN 978-7-5169-2768-7
定　价　59.00 元

主要人物

◇ **米莉 / 威廉明娜·卡洛威**
温彻斯特家女仆

◇ **妮娜·温彻斯特**
女主人

◇ **安德鲁·温彻斯特（安迪）**
男主人

◇ **塞西莉娅·温彻斯特（西西）**
妮娜的女儿

◇ **恩佐·阿卡迪**
温彻斯特家园丁

◇ **安东尼娅**
恩佐的妹妹

◇ **伊芙琳·温彻斯特**
安德鲁的妈妈

◇ **罗伯特·温彻斯特**
安德鲁的爸爸

◇ **凯尔西**
米莉曾经的好朋友

◇ **康纳斯**
警察局警探

◇ **凯瑟琳·康纳斯**
安德鲁的前未婚妻

序　幕

踏出房门，手必加铐。

刚才明明能趁机逃跑，但现在没戏了，警察已经到了，阁楼已经被发现了。我不知道他们在等什么，也许想诈我说出什么不该说的话？

那就祝他们好运吧。我坐在沙发上，旁边坐着一个警察，他的黑发中夹着白发，身材魁梧，肌肉结实。他在焦糖色的意大利皮沙发上挪了挪身子。我不知道他在想什么，也许是想到自己家里的沙发，也想要一个这样的沙发。

不过更可能是在想阁楼上那具死尸。

“再说一遍，”他操着一口纽约腔不紧不慢地说，“你是什么时候发现这具尸体的？”

我顿了一下。

“大约一小时前。”我说。

“当时为什么要上楼？”

我抿了一下嘴：“刚说过了，我听到有动静。”

“还有呢？”

他往前探着身子瞪大双眼，下巴还有硬胡茬，就像早上没刮胡子一样，嘴巴微张露出舌头。我又不傻，知道他想听我说，“是我干的！我有罪！抓我走吧！”

“没了，我就知道这么多。”

他失望地动了动下巴，应该是在盘算目前发现的这些证据能否把我铐上。

“嘿，康纳斯！”

是另一个警察在叫他。我抬头望向楼梯顶，一个年轻的警察站在那里，修长的手指握在栏杆上，脸上没有皱纹，脸色苍白。

“康纳斯，”那个年轻警察说，“你快上来一趟，看看上面有什么，”隔着高高的楼梯我也看到了他说话时喉结一动一动的，“你绝对猜不到。”

米　莉

三个月前

一

“介绍一下自己吧，米莉。”

说话的是妮娜·温彻斯特。她坐在焦糖色的皮沙发上，两腿交叉，身体微微前探，隐约显出白色真丝裙下膝盖的形状。我认不出那些名牌货，不过妮娜的穿戴肯定贵得要命。她身上那件米色上衣的面料真好，我好想伸手去摸，不过我要是真这么做，这份工作肯定就泡汤了。

“嗯。”我小心翼翼地说。哪怕被人拒绝了一次、两次、三次、无数次，我还在努力尝试。“我在布鲁克林长大，之前在很多家做过家政，简历上也写了，”在那份我精心编造的简历上这样写着，“我还喜欢小朋友，”我迅速环视一圈，想要找到狗狗磨牙棒或者猫砂盆什么的，“我也喜欢宠物。”

网上的招聘广告只招管家，根本没提宠物的事，不过一个喜欢宠物的人肯定招人喜欢。

“布鲁克林！”温彻斯特太太笑着说，“我也是在布鲁克林长大的！我们算是邻居！”

“是啊！”我虽然嘴上这么说，但是心里清楚根本不是这样。布鲁克林的好房子可太多了，如果我真能搬进去住，让我付出什么代价都行，哪怕是住进那种很小的连栋房子也可以。妮娜和我完全是两个世界的人，不过既然她说我们是邻居，那我就顺着她说。

她挑起一缕柔顺光亮的金发别到耳后。她留着时髦的波波头，长度刚好可以弱化她的双下巴。她差不多40岁，如果梳个普普通通的发型，换上一身普普通通的衣服，估计也就是普普通通。不过她那么有钱，还很会把钱花在刀刃上，我真的很佩服她。

我至少比她年轻十岁，不想让她觉得受到威胁，所以面试前专门去旧货商店淘了衣服。肥大的羊毛长裙和松垮的白色泡泡袖涤纶衬衫，把土黄色的头发扎成丸子状，还买了一副累赘的玳瑁眼镜，想显得专业些，当然也难看些。

“这份工作，”她说，“主要就是打扫卫生，如果你会做饭的话，再简单做做饭。你厨艺好吗，米莉？”

“当然！”我在厨房可是游刃有余，这是简历上唯一的真话，“很棒！”

她那双淡蓝色的眼睛突然一亮。“太棒了！我们基本从没吃过一顿像样的家常菜，”她偷偷笑了笑，“谁有这个时间呀？”

我刚想驳她几句但是忍住了。要忙工作？妮娜不用工作。要忙孩子？她只有一个孩子，还整天待在学校。要忙打扫？她现在专门招人打扫卫生，她家的那个大院子里还有一个男人在打理花园。我不明白她怎么连给家人做顿饭的时间都没有。

我不该这么评判她，毕竟不知道她过着怎样的生活，有钱又不代表娇生惯养。但如果让我赌上一百美元，我赌她肯定被宠坏了。

“偶尔也需要帮忙照看一下塞西莉娅，”温彻斯特太太说，“送她去听课或者和其他小孩玩。你有车吧？”

我听完差点儿笑出声来。我有车（也只有车了），那辆开了十年的臭气熏天的尼桑，现在正停在她家门前那条街上。我住在车里，全部家当塞在后备厢，上个月在后座睡了整整一个月。我才知道平时生活里那些不起眼的小物件有多重要。马桶？没有。洗脸盆？也没有。

睡觉？连腿都伸不直，我真想伸直腿睡觉。

“我有车。”我说。

“太棒了！”温彻斯特太太高兴得拍着手，“我会给你塞西莉娅的儿童座椅，她现在不够高也不够重，还得坐儿童座椅，儿科专家建议……”

妮娜滔滔不绝地说着如果不用儿童座椅得多高多重，我趁机打量四周：这个客厅从家电到装修都超现代化。我这辈子第一次见这么大的超薄平板电视，肯定还是高清显示、环绕立体声，房间里到处都嵌进扬声器，声音效果一定棒极了。角落里那个壁炉，里面好像还烧着火，架子上随意摆着些照片，都是温彻斯特夫妇去世界各地旅行时拍的合照。天花板高得离谱，顶上坠着一盏吊灯，照得天花板亮堂堂。

“你也这样觉得吧，米莉？”温彻斯特太太问道。

我的大脑一片空白。“嗯，”我说。

我不知道刚刚认同的是什么，但是她听了挺开心。“你也这么想真是太好了。”

“当然啦。”我说得更坚定了。

她接着说：“还有报酬的事，你觉得招聘广告上的标价可以吗？”

我吞了下口水。广告上的那串数字吗？我愿意！她给的实在是太多了，我差点儿都不敢来了，几乎没有人能给这么多钱，还让我住进这样的房子里。

“嗯，”我故作镇定地说，“可以。”

她微微挑起一边眉毛问道：“你知道这个工作要住家吧？”

她在问我愿不愿意离开那辆尼桑的“豪华”后座吗？“嗯，我知道。”

“太好了！”她往下拽了拽裙子，站了起来，“你想到处参观一下吗？”

我跟着站了起来。我穿着平底鞋，温彻斯特太太踩着高跟鞋，她也就比我高几英寸[①]而已，但不知道为什么感觉她要高得多。“好！”

她领着我到处参观，不肯放过任何一处细节，我都怀疑是不是看错广告了，感觉这根本就不是要招人，倒像是在卖房子，她就像个房产中介似的跟我一通介绍，感觉我要把这个房子买下来一样。这栋房子的确够漂亮，我要是有四五百万美元肯定当场拿下。除了那间超大的客厅，一楼还有新装修的厨房，二楼是温彻斯特夫妇的主卧、她女儿塞西莉娅的房间、温彻斯特先生的居家办公室，还有一间客房，就算曼哈顿最好的酒店也不过如此。她突然停下来站在一扇门前。

“还有，”她一把推开门，“我们的家庭影院！”

家里居然还有电影院！楼下那个超大的电视还不够，还有专门的家庭影院！光是观影座位就有好几排，正对着的那个超大屏幕从地板一直延伸到了天花板，墙角还装了一台爆米花机。

我光顾着看，都没发现温彻斯特太太一直盯着我，好像在等我的反应。

“哇哦！”我急忙惊呼，希望我热情得恰到好处。

“是不是棒极了？”她非常高兴，“我们还有一个超大的电影库，影片特别全，想看什么随便挑。那些传统的电视台还有在线视频平台，我们也都有。”

“真是棒极了。”我附和着。

然后，我们沿着走廊一直走到尽头。妮娜停在最后那扇门前，伸手握住门把手。

“这就是我的房间吗？”我问道。

“算是吧。”她转动门把手。门咯吱咯吱响得厉害，我一眼就发现这扇门比别的门厚得多。门开了，里面是黑漆漆的楼梯间。“你就住楼上，我们还有间阁楼空着。”

① 1 英寸 = 0.0254 米

整个房子到处金碧辉煌，只有这段楼梯又黑又窄，他们就不能安个灯泡吗？不过也能理解，毕竟我是她雇来帮忙的，总不能因为参观了家庭影院就指望她花一大笔钱装修我住的地方吧，别做白日梦了！

爬到楼梯顶就是走廊，又窄又小就罢了，关键还很低。一楼天花板是挺高，这里的天花板却低得吓人，怎么说呢，我都算不上高吧，可在这里我都直不起腰。

“你有自己的独立浴室。”她朝左边的门点了点头，告诉我里面就是浴室，“这是你的房间。”

她一把推开最后这扇门，里面漆黑一片，等她拉下灯绳房间才亮了起来。

这间屋子确实挺小，天花板顺着屋顶也是斜的，最矮的那边也就到我的腰。温彻斯特夫妇的那间主卧里有一张特大号双人床，旁边还有超大衣柜和栗色梳妆台。这个房间里只有一张窄小的单人床、半高的书架、小得可怜的梳妆台，房间照明全靠天花板上吊着的那两个光秃秃的大灯泡。

这间屋子确实一般，不过我倒觉得这样挺好。装修得太好，可能就不会雇我了。这个房间这么破，估计她的要求也不怎么高。

不过我总觉得这个屋子哪里不太对劲，待着就觉得很难受。

“不好意思，房间有点儿小，”温彻斯特太太皱了皱眉，“不过却是个私人空间。”

这间屋子只有一扇小窗，感觉比我的手大不了多少。我走到窗前，望见一个园丁（就是刚刚在前院看到的那个家伙），他双手握着一把大剪刀，冲着一个树篱一顿猛剪。

“你觉得怎么样呀，米莉？喜欢这里吗？”

我转过身看到温彻斯特太太满脸笑意。我还是不知道自己因为什么心慌，反正就是这间屋子哪里怪怪的，搞得我心里打鼓。也许是窗户？这扇窗户正对着房子后面，如果我遇到什么麻烦事喊人来帮忙，根本没人能看到，也没人能听到。

我在开什么玩笑？能住进来就算烧高香了！我有自己的浴室能洗澡，还有一张床可以睡觉，再怎么说也是真正意义上的一张床（比我那辆尼桑好多了），可以伸直双腿躺在床上，我高兴得想哭。

“完美。”我答道。

温彻斯特太太听完高兴地领我往二楼走。我们还得再穿过那个黑漆漆的楼梯间，前脚刚迈出来我就长舒了一口气，这才发现自己刚刚吓得连气都不敢喘。说不上来那间屋子到底哪里有问题，反正挺吓人的，不过如果能顺利得到这份工作，我应该能克服的。刚刚一直耸着的肩膀现在终于放了下来，我刚想说什么就听到身后传来一声：

“妈咪？”

我赶紧闭嘴，转过身看到一个小女孩，她就站在我们身后的那条走廊上。她身穿一条浅蓝色的裙子，裙边还镶着白色蕾丝，头发颜色金得有些发白。她的眼睛是浅蓝色的，和妮娜一样，只不过颜色更浅。她就这么盯着我，好像要一眼把我看穿。

如果你看过关于邪教的恐怖片，一定知道影片中那种恐怖孩子，他们会读心术，信奉魔鬼，这个小女孩一定能出演，试镜直接免了，导演看一眼就能定下来：你是恐怖小女孩三号。

“西西！”温彻斯特太太惊呼，“你是上完芭蕾课回来了吗？”

她慢慢点了点头：“是贝拉的妈妈开车捎我回来的。”

温彻斯特太太张开双臂，搂住她那瘦小的肩膀。不过她脸上的表情就没变过，那双淡蓝色的眼睛一直死死盯着我，我竟然害怕这个九岁的小女孩会杀了我。我该不会有什么毛病吧，怎么会这么想？

“这是米莉。”温彻斯特太太向她女儿介绍着我。“米莉，这是我女儿，塞西莉娅。”

“很高兴见到你，米莉。”她礼貌地打着招呼，眼睛就像两汪海水一样。

我心想，如果能得到这份工作，她有可能会趁我睡着时杀了我，这概率至少有四分之一。不过我还是想留在这里干活儿。

温彻斯特太太俯下身，吻了一下塞西莉娅的金发，看着她匆匆跑回了自己的房间。她的屋子里肯定藏了很多恐怖娃娃，一到晚上就全活过来，说不定哪个娃娃会直接跑过来杀了我。

我又在胡思乱想。也许那个小女孩特别可爱，就算她穿的是那种维多利亚式吓人的鬼孩子的衣服，也不能怪她。反正我挺喜欢小孩子，虽然最近十多年都没怎么和小孩子接触了。

等我们回到一楼，那种紧张的感觉也跟着消失了。温彻斯特太太人很好，性格也挺平易近人的，像她这么有钱，还能这么好真是难得。她继续和我说着，从房子说到她女儿，又说到工作的事。我只是大概听了几耳朵，不过我知道在这里工作很好，要是真能来，让我付出什么代价都可以。

“你还有什么问题吗，米莉？”她问。

我摇了摇头：“没有了，温彻斯特太太。”

她啧了一声。“拜托，叫我妮娜。如果你在这里工作还叫我温彻斯特太太，听上去可太傻了，”她笑着说，“叫得我像个老富婆一样。”

“谢谢你，妮娜。”我说。

她的脸色亮了起来，不过也许是因为敷了海藻或者黄瓜皮什么的吧，反正就是那种有钱人往脸上敷的东西，妮娜一看就是那种经常做美容保养的女人。“听你这么叫我感觉好多了，米莉，真的！”

我被她的热情所感染。她一把握住我的手，紧紧包裹住我那双粗糙的手，我感受着她那婴儿般柔软娇嫩的双手，我很难不抱有一丝希望。我相信过不了几天，妮娜就会给我打电话让我去她家工作，我就可以从那个“尼桑之家”搬出去了。我迫切地想要相信这一切都会成真。

但是无论我对妮娜有什么评价，她绝不傻。她不会雇用一个女人来家里工作、照顾孩子而不先做一个基本的背景调查。一旦她这么做了……

我喉咙发紧，吞了下口水。

我们走到前门口，妮娜热情地跟我道别。“非常感谢你能过来，米莉。”她伸出手，再次跟我握手，“我相信你很快就会收到我的消息。”

草坪上站着一个园丁，就是刚刚我从阁楼窗户看见的那个。现在他又回前院了，手里还拿着那把大剪子，在房子旁边的一个树篱前修修剪剪。他个头挺高，穿着T恤衫，衬出健硕的肌肉线条，上臂还有文身，有一点儿露在短袖外面。他头上戴着顶棒球帽，伸手抬高帽檐，露出乌黑发亮的眼睛，目光从剪子上移开，越过草坪和我四目相对。

我抬手和他打招呼：“嗨。”

那个男人盯着我，没打招呼，也没说“别踩着我的花儿”，只是盯着我。

“很高兴见到你。”我自己小声嘀咕着。

院子外面都围了起来。我穿过那扇金属电子门，缓缓走到车前，站在我“家”门口。我最后回头看了一眼那个园丁，他还在盯着我。也说不上来他的表情到底哪里不对劲，反正让我感到脊背一阵发凉。他接着摇了摇头，不仔细看根本发现不了，就像在提醒我什么一样。

不过他一个字也没说。

二

以车为家，别无他法，只能一切从简。

大聚会肯定办不了。红酒奶酪聚会？别想了！扑克之夜？也没有！不过也无所谓，毕竟我也没什么想要见的人。最让我头疼的是去哪儿洗澡。失去工作三周还没找到新工作，之前那个公寓也不让住了，现在三天过去了还没找到一个能落脚的地方。刚才发现一个休息站，我看到能洗澡，高兴得都快要哭了。要说那是个洗澡的地方，其实完全没有任何隐私，隐隐约约还总夹杂着股屎尿屁的味道，但那一刻我脑子里只有一个念头：赶紧把自己弄干净。

此刻，我正在汽车后排“享用”午餐。电热炉我倒是有，也能接上点烟器，碰上什么特殊场合可以拿出来用一用，不过大多数时候我还是吃三明治。冷藏柜我也有，可以存放冷盘肉片和奶酪，我还有一块白面包——超市售价 99 美分。当然，还有零食，几包薯片，花生酱夹心的薄脆饼干，还有夹馅面包。

今天的午饭是火腿奶酪三明治，我还抹了一层厚厚的蛋黄酱。天天吃三明治，我都要吃吐了，但是没办法，我只能努力让自己不去想有多讨厌三明治，一口接着一口地往嘴里塞着。

三明治吃到一半时，口袋里的手机响了。我有手机，是那种预付费的翻盖手机，就是人们预谋作案或者穿越回 15 年前时才会用到的手机，我只能买得起这样的手机。

“威廉明娜·卡洛威吗？”电话那头传来一个女人的声音。

听到对方叫我的全名，我不由自主地皱起了眉头。威廉明娜是我奶奶的名字，她早就死了。真搞不懂究竟是什么样两个神经病会让自己的女儿也跟着叫威廉明娜！不过无所谓，反正我一直就只是米莉而已，但凡遇到叫我全名的，我肯定立刻就给他纠正过来。但我感觉，打电话给我的这个人，我们应该不会发展到可以互称名字的地步。

“嗯……？”

“卡洛威女士，”那个女人说，“我是唐娜·斯坦顿，猛吃汉堡店的。”

哦，对，猛吃汉堡店！就是那个油渍渍的快餐店，前几天刚面试我来着，应该是要我去那里翻汉堡，也可能是站着收银。要是我干得好，还有机会升职加薪。更棒的是，我还有机会赚到足够的钱，从车里搬出去。不过我还是想去温彻斯特家干活儿。但从上次妮娜约我见面到现在已经过去整整一周了。可以肯定的是，这份我梦寐以求的工作泡汤了！

"我打电话只是想告诉你，"斯坦顿女士继续说，"我们猛吃汉堡店已经招满人了，祝你找工作一切顺利。"

刚刚塞进去的火腿奶酪顿时开始在我胃里翻腾起来。我之前上网查过，这家猛吃汉堡店的招人标准不怎么严格，就算我之前有犯罪记录还是有机会的。这段时间温彻斯特太太一直没给我回电话，猛吃汉堡店是我最后一个成功约到的面试，此刻我只剩下绝望了。我呆坐在车里，一口三明治也塞不进去了。

"斯坦顿女士，"我脱口而出，"请问你那里还有别的地方需要人手吗？考虑考虑我吧，我工作真的很拼命的，我人很老实可靠的，我一直……"

我本来还想接着说的，可她已经挂断电话。我左手牢牢攥着电话，右手紧紧捏着三明治，感觉毫无希望，没人想要雇我，但凡有人想雇我，打量我的眼神都是一模一样的。我想要的只是一个全新的开始而已。如果需要我拼命工作的话，我可以豁出这条命，不管代价是什么，我都能接受。

我努力忍着不让眼泪掉下来，搞不懂为什么要让自己忍住不哭，毕竟根本没有人会看到我坐在尼桑后座上掉眼泪，也没有人在意我，连那两个生我的人十多年前也撒手不管我了。

我的手机又响了起来，吓了我一跳。我从悲伤的无底洞中回过神来，用手背抹掉眼泪，按下绿色接听键。"喂？"我哑着嗓子低声说。

“你好！请问是米莉吗？”

这个声音听起来有点儿耳熟。我恨不得把手机塞进耳朵里，感觉自己的心怦怦地越跳越快。“嗯……”

“我是妮娜，上周我们见过面？”

“哦。”我死死咬着自己的下嘴唇。她怎么现在才给我打电话呀？“嗯，对。”

“如果你有兴趣的话，我们很乐意给你提供这份工作。”

我感到全身上下的血一下子都窜到脑袋里，快把我冲昏头了。她是认真的吗？猛吃汉堡店会雇我，我一点儿也不惊讶，可像妮娜这样的女人邀请我去她家工作，还可以住进去，简直是难以置信！

有没有可能她压根没看我的推荐信？难道她连简单的背景调查都没做吗？也许她只是太忙了，还没抽出时间来做这些事。也许她是那种全凭自己直觉做决定还津津乐道的女人吧。

“米莉？你还在听吗？”

我才发现原来我在电话这头一声不吭已经很久了，完全沉浸在刚刚的震惊之中。“嗯，我在。”

“所以你对这份工作感兴趣吗？”

“感兴趣。”我努力说得平静些，不想让自己显得像疯了一样迫切地想要得到这份工作。“我当然感兴趣，我愿意为你工作。”

“是和我一起工作。”妮娜纠正了我。

我闷声一笑：“好的，当然。”

“那你什么时候可以开始工作呢？”

“你想让我什么时候开始工作？”

“越快越好！”妮娜很爱笑，笑声是那么轻快，和我一点儿都不一样。我有些嫉妒她，要是我打一个响指就能和她互换位置就好啦！“我们要叠的衣服都堆成山啦！”

我咽了下口水："明天行吗？"

"太好了！不过你不需要留一些时间打包东西吗？"

我不想告诉她我的全部家当早就一股脑塞进后备厢了。"我动作很麻利的。"

她又笑了："我真喜欢你精力充沛的样子，米莉，好期待你赶快过来工作呀。"

我一边听着妮娜和我交代明天的工作细节，一边在想：等她知道我之前在监狱里待了十年，她还能继续像这样对我吗？

三

第二天早上，妮娜送塞西莉娅去上学，估计现在应该回来了。我把车停在温彻斯特家门口，看着这栋房子，外面全都被围起来，正面被一扇金属大门保护着。有这么大的门的房子，我之前从未进去过，更别说住在里面了。不过这里可是长岛的奢华社区，家家户户都有大门，按理说这里的犯罪率这么低，没必要安这些大门的。

记得来面试的时候，大门是开着的，我直接就进去了，现在大门关着，应该是锁上了。我看到院子里有一个人，是那天的那个园丁，他蹲在泥地里，手里拿着一把铲子。

"打扰一下！"我大声喊道。

那个男人转头瞟了我一眼，又继续在原地挖着。

"打扰一下！"我又喊了一遍，这次扯着嗓子喊得特别大声，他肯定听到了。

他果然听到了，只见他站起来，不慌不忙地朝我走来，穿过前院的大草坪来到大门口，摘下厚厚的橡胶手套，抬头看着我。

“嗨！”我努力克制着，不想让他看出我的不满。“我叫米莉，今天是第一天过来干活儿。我只是想先进去，温彻斯特太太正在里面等着我。”

他没回答我，一个字都没说。之前隔着一整个院子，我只注意到他挺高的，比我高出至少一头，块头也挺大的，他那二头肌壮得快赶上我的大腿了。现在离近了发现他还挺性感。看样子差不多三十五六岁，皮肤是黄褐色的，头发又密又黑，上面裹着汗珠，在阳光下显得乌黑发亮。外表算得上硬朗英俊，不过最抓人的还得是他那双黑眼睛，黑到难以分清瞳孔和虹膜。不过他看我的眼神总觉得哪里不对劲，我不自觉往后退了一步。

“你能帮我吗？”我问道。

这个男人终于开口了。我还以为他会叫我赶紧走开，要么就是让我拿出身份证之类的给他看。可没想到他不仅开口说话了，还叽里呱啦飞快地说了一大堆听不懂的意大利语。

“哦，”等他自顾自地说完，我接着问，“不会英语？”

“英语？”他这个词说得口音好重。

其实不用他回答我就有答案了——不会英语。

看来得想办法让他明白我的意思才行。我清了清嗓子，“我……”指着自己的胸口，“我来工作，给温彻斯特太太，”然后我又指了指那栋房子，“我要进……，”最后指了指大门上的锁，“里面”。

他只是皱眉看着我。

我刚要掏出手机打给妮娜，他突然跑到一边按下一个东西，大门慢慢打开了，像电影慢镜头一样。我抬起头仔细看着这栋房子，接下来这段日子我就要住在里面了。房子分上下两层，最顶上还有个阁楼，差不多能赶上布鲁克林一个街区长。房子外墙是耀眼的白色，也许刚刷好。房子的风格我也说不好，反正看起来很现代，我不懂这些，但是知道住在这里的人钱多得花不完。

我正准备弯腰拿行李，那个家伙一声不吭直接把两包行李拿起来，一路帮我拎到前门口。行李还是挺重的，除了车，我全部家当都塞进去了，所以我还是要谢谢他主动帮我这个大忙。

“*Gracias*（谢谢）。”我用西班牙语说道。

他用奇怪的表情看了我一眼，可能因为我刚刚说的是西班牙语吧。

我指着自己的胸脯说：“米莉”。

“米莉，”他点了点头，应该是听懂了，接着指着自己的胸膛，“我是恩佐。”

“很高兴见到你。”我用英语说道，稍微有点儿尴尬，估计他听不懂我说的话。但是他住在这里，好歹应该会说两三句英语吧。

“*Piacere di conoscerti*（很高兴见到你）。”他用意大利语回应道。

我没说话，只是点了点头，跟搞园艺的家伙交朋友也就到此为止，够了。

“米莉，”他操着一口浓重的意大利腔，又喊了一遍，看样子应该是有话要说，只是不知道用英语该怎么说，“你……”

他刚用意大利语挤出一个什么词，这时传来一声门响，恩佐急忙跑回前院的那个地方假装忙起来，我还没来得及听清他说的什么，*Pericolo* 吧，也不知道这个词是什么意思。也许他就是口渴想喝杯饮料，想说“来杯佩里可乐”吧。

“米莉！”妮娜一见到我，高兴得张开双臂紧紧抱住我，“你来了，我真是太高兴了，我就觉得咱俩有缘，你知道吧？”

“嗯，我也觉得咱俩有缘。”

“好了，进来吧！”

妮娜抓着我的胳膊肘领我进屋。这个房子和我第一次过来的时候不太一样了，应该说非常不一样。记得我当时过来面试时温彻斯特家特别干净，一尘不染，但是现在乱得简直像个猪窝！沙发前那张茶几上胡乱摆着六个杯子，杯子里不知道装的是什么东西，五颜六色的，看着黏糊糊的，周围还有十几张皱皱巴巴的报纸，几本杂志，全摊在那里，旁边还有个压凹进去了的比萨盒子。再看看客厅其他地方，这里一堆脏衣服，那里一堆臭垃圾，餐桌上还留着昨天晚上的剩菜。

“你都看到了，”妮娜说，“你来得正是时候！”

我知道了，妮娜就是个懒妇，这就是她的秘密！“等我先把包放下，”我和她说，“就下来收拾，这里交给我吧。”

妮娜高兴地舒了一口气。“你真是个神人啊，米莉，太感谢你了。哦，对了……”她从厨房台面上抓起钱包，翻了半天终于掏出一部手机。“这个给你！我看你用的那个手机有些旧，万一要联系你最好能联系得上。”

我犹豫了一下张开手，握住这部最新的苹果手机：“哇哦！你真大气，不过我付不起月租……”

她摆了摆手：“我把你加进我们家庭套餐了，几乎花不了几个钱。”

几乎花不了几个钱？她对这几个字的定义恐怕和我不太一样。我还没来得及再找其他理由推辞，身后就传来一阵脚步声。我转身看到一个男人，身穿灰色西装正往下走，突然停在最后一级台阶上，好像被我吓了一跳，看到我手里那两大包行李后，眼睛瞪得更大了。

“安迪[①]！”妮娜喊道，“来见见米莉！”

这个人一定就是安德鲁·温彻斯特。我之前上网查过，他的净资产有那么一长串数字，我的眼睛都要惊掉了。难怪他家有那么大一个家庭影院，房子外面还有那样的大门，一切都能说得通了。他是做生意的，他爸的公司就已经很赚钱了，他接手后利润又翻了一番。不过

① 安德鲁的爱称。

看他那么吃惊，我就知道家里的事他不管，大部分家务事都是妮娜在打理，妮娜肯定忘告诉他最近新雇了个住家管家。

“你好，”温彻斯特先生皱着眉头踏进客厅，“米莉是吗？不好意思，我不知道……”

“安迪，我和你提过她的！”她把头往旁边一歪，“我说我们需要请个人，帮忙打扫打扫卫生，做做饭，还得照顾塞西莉娅，我肯定和你说过了！”

“嗯，”他的表情终于放松了下来，“欢迎你，米莉，我们确实需要你过来帮忙。”

安德鲁伸手要和我握手。他长得好帅，一头红褐色的头发，一双棕色的眼睛，透出锐利的目光，下巴上还有一小道竖纹，性感极了。他是俊男，不过娶的妻子可算不上靓女，哪怕她穿着得再靓丽，打扮得再精心，终究还是配不上他。我想不通这个男人富得流油，想要什么样的女人得不到，就算挑个20岁的超模娶回家也正常，他没这么做倒让我高看了他一眼。

我把新手机塞进牛仔裤口袋，跟他握了手：“很高兴见到你，温彻斯特先生。”

“好了，”他很热情地冲我笑着说，“叫我安德鲁。”

此时妮娜脸色变了，动了动嘴，眼睛也眯了起来。我不知道她这是什么意思，之前是她让我直接叫她名字的。而且安德鲁也没在打量我，只是很正常地盯着我看，视线一直都在我脸上，没到处乱瞟过。不过其实我也没什么好看的，毕竟今天是第一天上班，我没再戴那个冒牌玳瑁眼镜，上身是朴素的衬衫，下身是松垮的蓝色牛仔裤。

“好啦，”妮娜打断道，“你不用去办公室吗，安迪？”

“这就走。”他一边整理着自己那条灰色领带一边说，“我九点半在市里开会，得快点儿了。”

安德鲁扶住妮娜的肩膀，深情亲吻着她。我能看得出来他们婚姻美满。安德鲁身价都到八位数了，还能这么踏踏实实地爱妻子，甚至走到前门还不忘转身给她回一个飞吻，真是太甜了，这个男人肯定爱死他妻子了。

"你丈夫对你真好。"门砰的一声关上了，我对妮娜说道。

她的眼睛里又出现了那种阴郁怀疑的神情："你这么觉得吗？"

"嗯，对啊，"我结结巴巴地说道，"我是说，他看起来……你们结婚多久了呀？"

妮娜若有所思地看着我，没回答我的问题而是问："你的眼镜怎么了？"

"啊？"

她挑起一边的眉毛："你面试的时候戴了一副眼镜，对吧？"

"哦。"我觉得有点儿尴尬，不太想承认戴那副眼镜就只不过是装装样子罢了，只是想让自己看起来能更聪明稳重一些，也不那么有吸引力，对她不那么有威胁。"我……我现在戴着隐形眼镜。"

"是吗？"

真不知道我为什么要撒谎。"这有问题吗？"我问。

她右眼下眼皮跳了一下，我都害怕她会让我滚出去。不过紧接着她的表情放松了下来："当然不会啦！我只是觉得你戴那副眼镜特别好看，你应该多戴几次。"

"嗯，好……"我抓住提手，拎起行李，手抖得厉害，"我还是先把行李搬上楼吧，然后就可以开始干活儿了。"

妮娜拍了下手："太棒了！"

再一次，当我们爬上两段楼梯去阁楼时，妮娜并没有提出帮我拿下包。走到第二段楼梯的一半时，我感觉手臂快要掉下来了，我重新调整下肩带，但妮娜似乎对我的吃力毫不在意。当我终于把包丢在我新房间的地板上时，我松了一口气。妮娜拉动灯绳，灯泡照亮了我狭小的生活空间。

“希望你满意，”妮娜说，“我觉得你会更喜欢这里的私密性，还有独立的浴室。”

她大概是觉得有些内疚吧，毕竟楼下那么大一间客房还空着呢，却让我住在这里，这个地方也就比扫帚间大那么一丁点儿吧。不过我倒是觉得无所谓啦，不管什么地方，只要比我那个汽车后座宽敞，就都算得上豪宅了，我还是很感激现在这一切的。当然，最期待晚上啦，真想赶紧试试睡在这里是什么感觉。

“很完美。”我真诚地说。

和上次过来时看到的一样，屋子里还是那张床、那个书架、那个梳妆台，不过第一次过来时我都没注意到，原来这里还有一个迷你小冰箱呀！冰箱差不多一英尺[①]高吧，嗡嗡响着。我蹲下身，拉开了冰箱门。别看冰箱这么迷你，里面居然有两层，上层架子上还放着三小瓶矿泉水。

“好好补充水分，这很重要哦。”妮娜一脸认真地说道。

“嗯……”

她看到我一脸困惑，微笑着说：“这冰箱是你的，想放什么就放什么，我只是想先帮你开个好头儿。”

“谢谢你。”其实也不算奇怪，就像平时住酒店会在枕头上放几块薄荷糖，现在为了欢迎我过来，妮娜在冰箱里放了三小瓶矿泉水。

“好了。”妮娜伸出手在大腿上擦了擦，可明明她手上连粒灰尘都没有。“那你先收拾下行李，然后打扫房子，我得去准备明天的家教会了。”

“家教会？”

“家长教师协会，”她对我微笑着说，“我是副会长。”

---

① 1 英尺 = 0.3048 米

“好厉害。”我说道，我就知道她喜欢听这些恭维话，妮娜还是很容易取悦的。“那我抓紧收拾好东西，然后马上开始工作。”

“太谢谢你了！”她伸出手，轻轻碰了碰我露在外面的胳膊，我能感觉到她的手很温暖，一点儿汗也没出。“你真是个大救星啊，米莉，你在这里，我可太高兴了。”

看妮娜转身准备要走，我顺势把手放在了门把手上。这一刻，我突然明白为什么我一进来就浑身难受了，也知道打我第一次走进这间房就一直困扰着我的是什么了。

“妮娜？”

“嗯？”

“为什么……”我清了清嗓子，“这间卧室的门锁不在里面而在外面？”

妮娜低头看了看门把手，就像之前完全没注意过一样：“哦！实在抱歉，之前这里是储藏室，都是在外面锁上的，不过后来改成卧室给我雇来的人住，好像一直就没换过锁。”

“能把这个房间的钥匙给我吗？”我问道。

她耸了耸肩：“我甚至都不太确定钥匙放哪里了。”

“我想要配一把钥匙。”

“为什么？你想在房间里藏什么见不得人的东西，不想让我们知道吗？”

我张大了嘴：“我……没要藏什么，只是……”

妮娜把头往后一仰笑了起来：“我在开玩笑，这是你的房间，米莉！既然你想要钥匙，我肯定会给你的，我保证。”

有时候真觉得妮娜有点儿人格分裂，她一会儿热一会儿冷，变得好快。虽然她嘴上说着她是在开玩笑，但我拿不准她是不是真的在开玩笑。

妮娜走后，我关上了门，想锁也锁不上。这时我突然看到木门上有几道又细又长的竖向划痕，大概在我肩膀的位置。我伸手摸了摸那些凹进去的划痕，感觉像是……

抓痕！就像是有人在抓门！想要出去！不，简直太荒谬了，一定是我想太多了。毕竟有时候木头时间长了，难免会有些划痕，应该不是不祥的征兆。

我现在待在屋子里突然觉得闷热难耐。虽说这个屋子已经比我那辆车大多了，但空间还是小得可怜，难怪之前一直当储藏室。我环顾四周，把抽屉一层层拉开，想看看有多深多宽，能放下什么东西。房间里还有一个小衣柜,还好我没几件衣服,勉强能挂得下。衣柜是空的，只有几个衣架，最里面还有一个蓝色的小桶，别的什么都没有了。

我尝试着推开那扇小窗户透透气，根本推不动。我眯起眼睛靠近看，还伸出手指沿着窗框摸了一圈，感觉整个窗户像是用油漆封死了。我得去问问妮娜怎么回事，但是不想让她觉得我今天刚过来工作就各种抱怨。也许再过几天，找个机会顺便提一下。

我站在窗前望向后院。那个搞园艺的家伙恩佐就在后院，推着割草机朝这边走来。他突然停住，抬起满是肌肉的胳膊用前臂擦了擦额头的汗水，仰头望向阁楼。他看到了我的脸，接着摇了摇头，就像我第一次见到他时那样，我突然想起当时他冲我挤出的那个意大利语词：*Pericolo*。

我从兜里掏出那部新手机，稍微一碰，屏幕就直接亮了起来，满屏都是各种小图标，可以发短信、打电话、查天气。我刚进监狱时这种手机还不怎么常见，自打我出来后一直没赚到什么钱，也买不起这样的手机。我出狱后先去中途之家接受社会化训练，碰到了几个女孩子，她们就用这样的高级手机，所以我还算知道怎么用这种手机，能看懂哪个图标是浏览器。

我点开浏览器在搜索框里输入：翻译*Pericolo*。阁楼的信号不太好，我盯着这个页面转了好久，差不多一分钟后屏幕上终于出现一个词：危险。

四

接下来整整七个小时我一直在打扫卫生。

很难想象妮娜是怎么把房子弄得这么脏的，这么多屋子就没一个地儿是干净的！客厅茶几上扔着个比萨盒，里面剩了两块比萨饼，黏糊糊、臭烘烘的东西撒得到处都是，还从盒子里渗出来了，整个盒底粘在茶几上。我狂喷清洁剂，先泡了一个小时，又使劲擦了半个小时才算完全弄干净。

要说最脏的地方莫过于厨房！垃圾桶塞得满满当当，地上还有两个超大的垃圾袋，里面的东西都快溢出来了，其中一个垃圾袋还被撑破了口，我刚提起袋子就漏了，满地垃圾搞得臭气熏天，我恶心得一直干呕，还好没吐出来。

水槽里盘子堆成山，为什么不把盘子放进洗碗机？她家明明有那么先进的洗碗机怎么不用？算了，我放进去吧。一打开洗碗机我都傻眼了，里面塞得满满当当，全是裹着剩菜的脏盘子。结果，光盘子我就洗了三波，还把锅专门挑出来挨个洗了，大部分锅底都粘着好几天前的剩饭痂。

我一直忙到差不多下午三点才把厨房收拾出来，至少能进来人了，我真厉害！今天是我这段时间以来第一次这么卖力工作，感觉好极了。我只想要继续待在这里干活儿，也许还能拥有一扇能打得开的窗户。

“你是谁？”

我正收最后一波盘子时突然被吓了一跳，转身看到塞西莉娅站在我身后，她那双淡蓝色的眼睛直勾勾地盯着我，穿着一件白色的百褶裙，就像是个小娃娃，不过是《阴阳魔界》里那个会说话、能杀人的可怕娃娃。

“嗨，塞西莉娅！”我高兴地说道，“我是米莉。从现在起，我就在你家工作了，主要就是打扫打扫房子，偶尔帮你妈妈照看你一下。希望我们今后相处愉快。”

塞西莉娅眨了眨那双浅蓝色的眼睛：“我饿了。”

对哦，她只不过是个普通的小女孩，她会饿会渴，会发脾气，还需要去上厕所。“你想吃些什么？”

“我不知道。”

“没事，我给你做个点心吃吧。”

她点了点头，走到厨房岛台旁挑了一个凳子爬了上去。她坐在上面盯着我，好像能一眼看穿我，发现我所有的秘密。我倒希望她去客厅看看动画片，别像现在这样盯着我。

“你喜欢看什么电视节目呀？”我问道，希望她能明白我的意思。

她生气地皱着眉头：“我更喜欢阅读。”

“真棒！那你喜欢读什么呀？”

“书。”

“什么样的书呀？”

“带字的。”

行，和我来这一套。没事，她不想聊书，那我就换个话题。“你刚从学校回来吗？”我问道。

她冲我眨了眨眼睛：“要不然我还能从哪儿回来？”

“可……你是怎么回来的？”

塞西莉娅发出了一声不耐烦的叹息：“露西的妈妈等我芭蕾舞下课

后送我回家的。”

大约15分钟前我听见妮娜在楼上，所以我推测她在家里。我在想是否该告诉她塞西莉娅已经回家了。但又担心打扰她，而且我的职责之一就是要照顾塞西莉娅。

谢天谢地，塞西莉娅似乎对我不怎么感兴趣了，开始背着那个淡粉色双肩包四处闲逛。我从食品柜里翻出几袋乐之饼干[1]，还有一罐花生酱。我把花生酱涂在饼干上，学着之前我妈妈给我做点心的样子，重复着我妈妈常做的动作，搞得我都有些想家了，还有些伤心，我从没想过她竟会那样不要我了，这成了压垮我的最后一根稻草。

我涂完花生酱，剥开香蕉切成片，挨个放在饼干上，我喜欢这个搭配。

“好啦！”我把盘子放在厨房台面上递给塞西莉娅，“香蕉配花生酱饼干！”

她瞪大了双眼：“香蕉配花生酱？”

“相信我，味道好极了。”

“我对花生酱过敏！”塞西莉娅红着脸说，“花生酱会毒死我！你要害死我吗？”

我的心一沉，妮娜之前从没提过花生酱过敏的事，而且这么一大罐花生酱就摆在他们家食品柜里！要是她女儿对花生酱过敏，还是会致命的那种，她为什么要把花生酱放在家里呢？

“妈咪！”塞西莉娅尖叫着跑向楼梯，“这个女仆要害我，她要我吃花生酱！救我啊，妈咪！”

“塞西莉娅！”我对她发出嘘声，“只是意外！我之前不知道你过敏，而且……”

---

① 一款在美国极受欢迎的饼干。

来不及了，妮娜已经跑下来了。她虽然把房子弄得乱七八糟的，可穿着打扮却挑不出任何毛病，衣服换了另一套，白色衬衫和白色裙子，看起来完美无瑕。她真适合穿白色，塞西莉娅也是一样，她俩待在这个白房子里真合适。

“发生了什么事？”妮娜冲到楼梯底时喊道。

我皱紧眉头看着塞西莉娅张开双臂扑到妈妈怀里：“她非让我吃花生酱，妈咪！我都告诉她我对花生酱过敏了，可她就是不听。”

妮娜那白皙的皮肤涨得通红：“米莉，这是真的吗？”

“我……”我的喉咙干得厉害，“我真不知道她过敏。”

妮娜皱着眉：“我之前告诉过你她过敏的事，米莉，你这样可不行。”

她从没告诉过我塞西莉娅对花生过敏，一个字都没提过。就算她真说过，可她为什么要把一大罐花生酱就那么放在食品柜里？还放在那么靠外的地方！

可是，无论我怎样解释，她都不会相信我，认为都是我编出来的借口，在她看来我险些害死她女儿。完了，我这份工作要丢了。

“我真的很抱歉，”我哽咽地说着，“一定是我忘了，我保证不会再发生这种事。”

塞西莉娅还在哭鼻子，妮娜紧紧抱着她，轻轻抚摸着她的金发。她终于不哭了，可还是紧紧抱着妈妈不肯放开，看得我好内疚。我知道应该先征求家长同意才能给孩子吃东西，这件事确实是我的错，还好塞西莉娅比较小心谨慎，要不然真不知道会酿成多大的悲剧。

妮娜深吸了一口气，眼睛闭了一下又睁开了：“算了，不过你一定得保证不能再忘记这么重要的事了。”

“我发誓绝不会忘！”我攥紧拳头，“你想让我把食品柜里的那罐花生酱扔掉吗？”

她沉默了片刻：“别了，留着可能还有用。”

我听完两手一摊，只能认栽。既然她决定把这么个能害死人的花生酱留在家里，那就留着吧，反正我是绝对不会再用了。

“对了，”妮娜补充道，“晚饭什么时候好？”

晚饭？难道我还要负责做晚饭吗？妮娜是自己想象了一出我们俩之间从未有过的对话吗？但经过花生酱事件后，我再也不敢找借口了，我会在冰箱里找些食材来做晚餐。

“七点？”我盘算着做一顿晚饭三个小时应该够了。

她点了点头：“你不会在晚餐里放花生酱了，对吧？”

“当然不会。”

“千万别再忘了，米莉。”

“我不会忘的。对了，还有人对别的什么东西过敏吗？或者有什么不耐受的吗？”

妮娜摇了摇头。塞西莉娅刚刚一直把头埋进她母亲胸前，现在终于抬头满脸泪痕地瞪了我一眼，我们俩这个头开得不太好，不过肯定有办法缓和关系，我可以给她做巧克力蛋糕什么的，小孩子很容易哄的，成年人稍微有些麻烦，不过我有信心能搞定妮娜和安德鲁，让他们也喜欢我。

五

到了 6 点 45 分，晚餐差不多准备好了。我从冰箱里找到一袋提前腌好的鸡胸肉，照着袋子的烹饪说明一步步做，然后把鸡胸肉直接放进烤箱。现在厨房里飘着饭菜的香味。我听到砰的关车库门的声音，一分钟后，安德鲁慢悠悠走进房间，大拇指正塞进领带结上松开领带。我正站在炉子边搅着酱汁，看到他进来时，不禁对他出众的外表多看了两眼，他真是太帅了。

他冲我笑了笑："米莉，对吧？"

"对。"

他深吸了一口气："闻着真香。"

我的脸涨得通红："谢谢。"

他满脸赞许地环视着厨房："你全都打扫干净了呀！"

"应该的。"

他笑着说："干得挺好！第一天怎么样，过得开心吗？"

"开心。"我不打算和他说花生酱事件，他也没必要知道，不过我怀疑妮娜还是会和他说的。他要是知道我差点儿害死他女儿，肯定不会这么欣赏我。"你家真好。"

"嗯，这得感谢妮娜，是她操持的这一切。"

妮娜正好也来厨房了，她还是穿着一身白，不过又换了一套，完美无瑕、无可挑剔。我白天打扫房间时看到他们放在壁炉架上的照片，其中一张是他们俩多年前拍的合照，妮娜和现在很不一样，当时头发颜色不像现在这么金黄，妆也没这么浓，穿得也更随意些，而且至少比现在瘦 50 磅[①]，我差点儿都没认出来，不过安德鲁没什么变化，看起来和现在一模一样。

"妮娜，"安德鲁看到妮娜眼前一亮，"你看起来真漂亮，一直都这么漂亮。"

他把她拉到身边深情吻着她的嘴唇，她顺势倒进他的怀里，紧紧环住他的肩膀。他们分开后，她抬头看着他："我今天好想你。"

"我更想你。"

"我更想你。"

我的天啊，谁更想谁这个事他们俩到底还要互相争多久？我转身开始在厨房里忙了起来，毕竟他们俩爱得死去活来，我离那么近看着

① 1 磅 = 0.45 千克

感觉很尴尬。

妮娜先换了个话题："你们俩开始互相了解了吗？"

"嗯，"安德鲁说，"不知道米莉在做什么，但是闻起来还挺香的，对吧？"

我转身看到妮娜正站在烤箱边盯着我，那双蓝色的眼睛里流露出忧郁的神情，她不喜欢听她丈夫夸我，虽然我也不知道到底她在担心什么，明明他那么迷恋她。

"确实。"她也赞同道。

"厨房的活儿可不能指望妮娜，"安德鲁笑着搂住她的腰，"要是全都交给她，我们估计就得饿死了。之前我妈妈过来时总会顺便带些饭菜，有些是她亲手做的，有些是她请私厨做的，不过她和我爸爸退休后就搬到佛罗里达了，我们主要靠吃外卖勉强维持，你真是救星啊，米莉。"

妮娜不自然地笑了笑，他是在逗她，可没有一个女人甘愿被拿来和别人比较，还专挑不如人的地方说，他如果连这都不知道就真是个白痴。

"再等差不多十分钟，"我说，"你们要不先去客厅休息一下，等晚饭做好了我去叫你们？"

他扬起眉毛："你想和我们一起吃晚饭吗，米莉？"

妮娜深吸一口气，声音大得整个厨房都听得一清二楚，我没等她开口就急忙摇头："不了，我正准备上楼回房休息，谢谢你的邀请。"

"真的？你确定？"

妮娜猛拍了一下她丈夫的胳膊："安迪，她一整天都在忙着干活儿，不想和她的雇主一起吃晚饭，只想上楼给她的朋友们发发短信，是吧，米莉？"

"嗯。"我说，实际上我没有朋友，至少监狱外面没有。

安德鲁似乎根本就不关心到底是不是这样，他只是出于礼貌问问我而已，妮娜明显不想让我和他们一起吃晚饭。不过对我来说不一起吃饭真没什么，但凡是会让她感到威胁的事我一件都不能做，我不想出风头，只想老老实实干活儿。

六

我都忘了能伸直腿睡觉有多爽了。

其实这张床也没什么特别的，到处都疙疙瘩瘩的，弹簧动不动就要响，哪怕我挪一毫米也会弄出好大动静。但还是比我那辆车好太多了，而且晚上想上厕所，旁边就是！不像之前只能开着车到处去找休息站，就算上着厕所，手里还得紧握着防狼喷雾。现在我再也不需要什么防狼喷雾了！头刚一沾枕头几秒就睡着了。等我再一睁眼发现天还黑着，惊慌地坐起来，努力回想自己在什么地方，几秒钟后我才慢慢记起过去几天发生的事：妮娜给了我这份工作……我从车里搬了出来……睡在了一张真正意义的床上。

慢慢地，我的呼吸平稳下来。

伸手在床边的梳妆台上摸索着，抓起妮娜给我买的那部手机，现在才凌晨 3 点 46 分,还没到起床时间。月光从那扇小小的窗户透进来，我等眼睛适应了光线，一把掀开腿上扎人的被子，打算先下床去趟洗手间再回来接着睡。

房间没铺地毯，地板光秃秃的，脚踩在上面嘎吱作响。我打了个哈欠，伸了下懒腰，指尖几乎就要碰到天花板的那两只灯泡，待在这个小房间里感觉自己像个巨人。

我走到门口握住门把手……

转不动。

本来好不容易平复下来的心立刻又提了起来。门被锁上了！温彻斯特一家把我锁在这个房间里了！可是为什么？这是在玩什么恶俗游戏吗？他们是专门找有犯罪前科的人关在这里吗？我用手指摸着门上那一道道抓痕，不知道上一个被困在这里的可怜女人是谁。

我早该料到这一切都好过头了，不像真的。即便打扫那么脏的厨房，这份工作仍如同梦幻一般。妮娜肯定做过背景调查，也许她觉得把我锁在这里根本不会有人发现。

我一下子回想起十年前刚入狱的那晚，听着牢房门砰的一声关上，我知道未来很长一段时间都要待在里面，当时就暗自发誓，等我出去以后再也不让自己被困住，困在哪里都不行，可现在出狱还不到一年就被困在这里了。

没事，我有手机，可以打电话报警。我一把从梳妆台上抓起刚刚放下的那个手机，今天早些时候明明还有信号，可现在完全没有了。

我被困住了。这里只有一扇小小的窗户，还打不开，只能看到后院。

我该怎么办？我又一次握住门把手，想再试一下，门把手竟然转动了。

门就这样突然开了。我跌跌撞撞地来到走廊，大口大口地喘着粗气，等心跳慢慢恢复正常。原来我根本就没被锁在屋子里，妮娜也没设计什么疯狂的阴谋把我困在里面。门只是卡住了而已。

不过这种不安的感觉一直如影随形，我总觉得应该尽早找机会离开这里。

七

早上我走下楼时看到妮娜正在厨房，“按部就班”地搞着破坏。

她打开柜台下面的柜子，把所有锅碗瓢盆全都翻出来。水槽上放着一摞盘子，她一把推掉一半，有些直接碎在了厨房地板上，然后又打开冰箱在里面翻来翻去，随手抓出什么东西直接扔到地上。我吃惊地看着她从冰箱里拿出一整盒牛奶，用力砸到地板上，牛奶直接喷了出来，把那些锅碗瓢盆和破盘子围成一道白色的河。

“妮娜？”我试探着喊了她一声。

妮娜愣了一下，两只手还死死抠着那个百吉圈面包，然后转头看着我：“在哪里？”

“什么在哪里？”

“我的笔记呀！”她痛苦地喊道，“就是今晚家教会要用的笔记啊，我全都放在厨房柜台上了！现在全不见了！你对我的笔记做了什么？”

首先，她为什么觉得自己的笔记会在冰箱里？其次，我没有扔掉她的笔记，虽然确实有可能把柜台上某张皱皱巴巴的小纸条当成垃圾扔掉，不过我一直收拾得很小心，就怕误扔什么重要东西。说句良心话，几乎所有东西都是垃圾。

“我什么也没做。”我说。

妮娜攥紧拳头插在腰间：“你的意思是笔记自己长腿跑了？”

“我不是这个意思。”我小心翼翼地朝她走近了一步，脚下的运动鞋踩到了一个碎盘子，发出嘎吱一声。我得记住绝不能光脚进厨房。“也许你把笔记放在别的地方了？”

“我没有！”她怒气冲冲地对我说，“我就把笔记放在这里了。”她猛拍了一下厨房柜台，吓得我直接跳了起来。“就在这个柜台上！现在没了！”

楼下闹出这么大动静安德鲁肯定听到了，循着声音慢慢走到厨房。他身穿一套深色西装（比昨天还帅），正打着领带，看到地上这片狼藉后手指僵住了。

“妮娜？”

妮娜转身眼泪汪汪地看着他：“米莉把我今晚开会要用的笔记给扔了！”

我本想开口否认，但估计也无济于事。妮娜认定是我扔了她的笔记，而且完全有可能是我干的。但是如果这些笔记真那么重要，她为什么偏要放这里？厨房昨天脏乱成那个样子，笔记放在那里怎么可能找得到。

“真是太糟了，”安德鲁张开双臂抱她入怀，“你电脑里不是还备份了些笔记吗？”

妮娜把头埋进他那件昂贵的西装外套，鼻涕眼泪蹭得到处都是，不过安德鲁看起来完全不在意。“是备份了一些，可是大部分还得重做。”

她转身用责备的目光看着我。

我感觉没必要再坚持自己的清白，既然她认定是我扔了她的笔记，那最好的办法就是道歉。“对不起，妮娜，”我说，“如果有什么我能做的……”

妮娜低头看着厨房的一地狼藉：“我现在要去重新做笔记了，看看你给我厨房弄得这个烂摊子，赶紧清理干净。”

她说完走出厨房，踏着沉重的脚步爬上楼梯。我站在原地想着该怎么收拾眼前这个烂摊子：水槽里那些打碎的盘子还有洒在地板上的牛奶，现在都和盘子碎片混在一起，还有二十几颗葡萄在地板上滚来滚去，我踩到一粒，没想到直接爆开粘在运动鞋底。

安德鲁还待在厨房摇着头。既然妮娜已经走了，我觉得应该说些什么。“你听我解释，”我说，“不是我……”

“我知道，”还没等我说自己是无辜的，他就说，“妮娜有些紧张敏感，不过她心地还是很善良的。”

“嗯……”

他脱下深色外套露出里面干净的白衬衫，一边往上卷着袖子一边说：“我帮你一起清理。”

“不用的。”

“我们一起清理会快些。”

他径直走向厨房旁边的储藏间，从里面拿出拖把。我完全没想到他竟然知道拖把在哪里。实际上，储藏间里那些打扫工具他都一清二楚。现在我明白了，妮娜以前肯定也干过类似的事，他已经习惯了帮她收拾烂摊子。

可现在毕竟是我在这里工作，这又不是他的活儿。

“我来吧，”我抓住拖把想要从他手里扯过来，“你都换好衣服了，这是我的活儿。”

他抓着拖把不肯放手，僵持片刻后还是松手了：“谢谢你，米莉，那辛苦你啦。”

至少有人能理解我。

我一边打扫厨房一边回想起之前在壁炉架上看到的那张照片。照片是安德鲁和妮娜第一次在一起时拍的，当时他们还没结婚，也还没有塞西莉娅，两个人都很年轻，看起来也很幸福。安德鲁现在还深爱着妮娜，不过总感觉和之前哪里不太一样，妮娜也不再是之前的样子了。

算了，反正这也不关我的事。

八

妮娜差不多把半个冰箱都掏出来扔在地上，我今天得跑一趟超市补货，而且一会儿还得给他们做饭，刚好挑些鲜肉，买些调味料，这样也能凑合弄出来几顿饭。妮娜给我的手机绑定了她的信用卡，我买东西能直接记在他们账上。

之前在监狱没太多食物可选，菜单虽然每天都换，可换来换去也就那么几样：鸡肉、汉堡、热狗、千层面、墨西哥卷饼，还有某种秘制鱼肉饼（我每次一吃就想吐），旁边搭配些煮烂的蔬菜。当时我总幻想着出狱后要吃什么，可真出来了我手里根本没钱买美食，只吃得起打折食物，后来我搬到车里住就更吃不上什么了。

现在给温彻斯特一家采购完全是不一样的感觉。我径直奔向顶级牛排，等回头在“油管”（YouTube 的中文俗称）上搜几个视频看看该怎么做。我给爸爸煎过牛排，不过那都是很久以前的事了。我觉得只要我买的食材够贵，不管怎么烹制肯定都好吃。

采购结束后我拎着满满四大袋食材塞进汽车后备厢，一路开回温彻斯特家。车库只有两个车位，已经被妮娜和安德鲁的车占上了，之前妮娜和我说过，让我别把车停在车道，所以我只能停在外面大街上。我正费劲把食材拖出后备厢，就看到那个叫恩佐的园丁从旁边那个房子走出来，右手拿着吓人的园艺工具。

恩佐看到我费力在拽着，犹豫片刻后就朝这边慢跑过来。他冲我皱了皱眉头，“我来吧，”他用英语说着，带着一股浓重的意大利语口音。

我正打算使劲拎起一个袋子，没想到他直接伸出粗壮的手臂把四个袋子都抱了起来，一路抱到前门口。他朝门的方向点了点头，耐心地等我开门。我尽快开门，毕竟他抱着差不多 80 磅的食材。他重重地踩在迎宾门垫上，蹭了蹭靴子底，径直走进厨房把食材放在柜台上。

“*Gracias*。”我用西班牙语说道。

他撇了一下嘴，用意大利语纠正我：“不对，应该是 *Grazie*（意大利语的谢谢）。”

“*Grazie*。”我又换成意大利语重新说了一遍。

他皱着眉站在原地。我发现恩佐长得也挺帅，不过是那种有些吓人的暗黑系的帅。我看他上臂有文身，虽然有一部分被T恤衫遮住了，但还能看到他右臂肱二头肌上文着个爱心，上面刻着“安东尼娅”。他手臂肌肉那么发达，如果心血来潮想要伤害我，根本不用费多大力气。不过我觉得这个男人完全没有伤害我的意思，反倒更像是担心我。

我想起那天妮娜开门前他对我嘀咕的那个词：危险。他想告诉我什么？他觉得我在这里会有危险吗？

也许我应该在手机上安个翻译软件，这样就可以输入他想告诉我的话了……

这时楼上传来声音，打断了我的思绪。恩佐吸一口气，转身快步朝门口走去。

“可是……”我急忙去追，可惜没追上，他比我走得快多了，我还没走出厨房，他就已经从前门出去了。

我站在原地，不知道该去整理食材还是出去追他，不过现在不用纠结了，因为妮娜已经从楼梯走到客厅。她的裙装换成裤装，但还是一身白，我好像没见过她穿别的颜色，白色确实和她头发颜色更搭，但是洗护这些白衣服恐怕会让我抓狂。从现在开始，洗衣服的活儿就是我的了，我得记住下次去超市时多买些漂白剂。

妮娜看见我站在那里，眉毛都要挑到发际线了：“米莉？”

我强挤出一丝笑容：“嗯？”

“我听到楼下有人说话，你是在招待客人吗？”

“不是客人。”

“你不可以把陌生人请到我们家来，”她皱着眉头，“如果你真想请人来家里做客，我有两点要求：第一，你得先征得我们同意，至少提前两天告诉我们；第二，你得把客人请到你自己房间里招待。”

“刚刚是那个园丁，”我解释道，“他只是帮我把食材搬进屋里而已。”

我以为这样解释她会满意，没想到她眼神一沉，右眼下眼皮跳了一下。“那个园丁？恩佐？他刚刚在这里？”

“嗯，”我摸了摸脖子后面，“他是叫这个名字吗？我不知道，他只是帮我把食材抱进来。”

妮娜死死盯着我的脸，铁了心要找到我撒谎的证据：“我不希望他再出现在这个房子里，他整天在外面干活儿，浑身脏兮兮的，房子这么干净整洁，是我花了大工夫打扫的。”

我真不知道该回她些什么。恩佐进来时把靴底都蹭干净了，根本没带进任何污垢，而且说起脏乱差，还能比我昨天第一次走进这栋房子时的场面更糟吗？

“你听懂了吗，米莉？”她逼问我。

“嗯，”我赶紧回答，“听懂了。”

她用怪异的眼神看了我一眼，我不知道她是什么意思，只是觉得很难受，晃了晃身体。“对了，怎么再没见你戴过眼镜了？”

我下意识地摸了下脸。为什么我第一天非要戴那副破眼镜？我最开始就不应该戴眼镜！还有，昨天她问我的时候就应该老实交代。“呃……”

她挑起一边眉毛：“我刚刚去阁楼浴室没看到隐形眼镜护理液。我不是故意窥探你，只是担心万一你要开车接送孩子，我希望你视力没问题。”

“呃……”我把手心的汗擦在牛仔裤上。算了，我老实交代吧。“情况是，我其实……”我清了清嗓子，“我其实不需要戴眼镜，我面试那天戴的眼镜是……装饰用的。”

她舔了下嘴唇：“明白了，你撒谎骗了我。”

“我不是故意撒谎，那只是一种时髦打扮。”

“行，”她那双蓝眼睛冷得像冰一样，“可后来我问过你，你说你戴着隐形眼镜，不是吗？”

“呃，”我紧握双手搓来搓去，“好吧，我当时确实撒谎了，我觉得眼镜的事有点儿尴尬……真的对不起。”

她的嘴角立刻耷拉下来：“请别再对我撒谎。”

“不会了，真的对不起。”

她先是盯着我，然后又仔细扫视一圈客厅：“请你把这里打扫干净，我花钱雇你可不是让你跟那个园丁打情骂俏。”

妮娜说完迈着大步走了出去，砰地关上前门。

九

妮娜去参加今晚的家教会，就是她口口声声说我弄丢了她的笔记，搞砸了的那个家教会。她和那些家长一起吃饭，我只用给安德鲁和塞西莉娅两个人准备晚饭就行。

妮娜不在，整个房子都安静多了。我也说不清为什么，反正感觉她有种能量，可以把整个空间塞满。现在我一个人在厨房忙着，拿出菲力牛排放进煎锅，煎好后再放进烤箱。整个温彻斯特家静得出奇，真好啊，要是我没那个老板就更好了。

安德鲁真会赶时候，我刚从烤箱拿出牛排放在厨房柜台上，他就到家了。他瞥了一眼厨房：“闻起来真香，和上次一样。”

“谢谢。”我往土豆泥里又撒了些盐，之前已经放了挺多黄油和奶油，早就入味了。“你能去叫塞西莉娅下来吃饭吗？我给她打过两次电话了，可是……”其实我给她打过三次，她都没接。

安德鲁点了点头：“好。”

安德鲁走到餐厅喊了她的名字，很快我就听见一阵急促的下楼脚步声。

我拿了两个盘子，分别摆好牛排、土豆泥和西兰花。塞西莉娅餐盘里的分量要少些，我不打算强迫她吃西兰花。如果她爸爸想让她吃，自然有办法让她吃下去。可要是盘子里没有蔬菜，那就是我的不对。从小到大，我妈妈都会给每个餐盘放上一份蔬菜。

她肯定到现在都不明白怎么把我养成这个鬼样子。

塞西莉娅穿着一条花里胡哨的裙子，颜色浅得不像样子，我从没见她穿过正常小孩该穿的衣服。她这样穿不对，因为根本没法玩，裙子穿起来不舒服也不耐脏，哪里稍微脏一点儿，一眼就看出来了。她走到餐桌旁，爬上椅子坐了下来，拿起我之前摆放好的餐巾，优雅地铺在腿上。

“你怎么给我的是水？”她看到自己餐具旁放着杯水，皱着鼻子，“我讨厌水，给我苹果汁。”

如果我小时候敢这么跟别人说话，妈妈肯定会打我手心，让我说“请”。不过塞西莉娅又不是我的孩子，我来这里这么久还没能成功让她亲近我，所以我只是礼貌地笑了笑，把水拿走，给她换了杯苹果汁端了过来。

我刚把新换的苹果汁放在她面前，她就仔仔细细检查起来。她高举杯子，对着灯光眯起眼睛：“这个杯子脏，给我换一个。”

“这个杯子不脏，”我反驳道，“这是刚从洗碗机里拿出来的。”

“就是脏，”她做了个鬼脸，“我不要，给我换一个。”

我深吸一口气，努力让自己平静下来。我不和这个小女孩一般见识，她既然想要一个新杯子装苹果汁，那就给她换一个新杯子。

我给塞西莉娅换了新杯子，刚放下就看到安德鲁走到餐桌前。他松开领带，解开白衬衫最上面的那颗扣子，露出胸前细小的胸毛，我赶紧移开目光。

我出狱后还在学怎么和男人打交道，与其说“学”倒不如说是完全不打交道。我唯一一份工作就是在酒吧当服务员，难免会有男客人约我出去，我一直拒绝，毕竟我自己的生活过得乱七八糟，没精力想这种事，而且那些男人我也看不上。

我在监狱时才 17 岁，虽然不是处女，但我的经历仅限于笨拙的高中恋情。在监狱时周围都是魅力四射的男狱警，难免偶尔会有那种悸动，有时候确实挺痛苦。我出狱后满心期待，想找个男人发生段关系或者单纯亲亲嘴也行。

不过不是现在，等将来哪天吧。

然而，安德鲁让我想到自己十多年都没碰过男人，至少没像那样碰过。我当服务员的那个酒吧乌烟瘴气，遇到的都是动手动脚的讨厌鬼，他和那些人完全不一样。等我做好准备重新拥抱一段关系了，我要找像他那样的男人，不过得是没结婚的单身汉。

我突然想到如果只是想稍微释放一下，也许恩佐会是个不错的人选。不行，他不会说英语。不过如果只是一夜情应该没关系。他看起来像那种实干派，不用多说就知道该怎么做。不像安德鲁还戴着婚戒，恩佐又没结婚，虽然我忍不住在想那个安东尼娅是谁，毕竟他胳膊上还文着她的名字。

赶紧打住。我转身回到厨房，把那两个餐盘端上餐桌。安德鲁看到餐盘里完美多汁的牛排眼前一亮。能烤成这样我都觉得自己了不起。

“看起来真棒，米莉！”他说。

“谢谢。”我说。

我又看了看塞西莉娅，她的反应却截然相反。“咦，真恶心！这是牛排。”她在陈述显而易见的事实。

“牛排很好吃，西西，”安德鲁对她说，“你试一下。”

塞西莉娅看了看她爸爸，又低头看了看自己的盘子，小心翼翼地用叉子戳了戳牛排，好像担心牛排会自己从盘子里跳出来冲入她嘴里一样，满脸痛苦的表情。

“西西……”安德鲁说。

我看了看塞西莉娅，又看了看安德鲁，不知道该怎么办。现在我觉得可能不该给一个九岁的小女孩做牛排，我还以为她住在这种地方品位一定很高雅。

“呃，”我说，“要不我……？”

安德鲁拉开椅子，从桌上拿起塞西莉娅的盘子：“算了，我给你做些鸡块吧。”

我跟着安德鲁回到厨房，不停地道歉。他只是笑了笑，“别担心，塞西莉娅喜欢吃鸡肉，尤其是鸡块，就算我们去长岛的高档餐厅，她还是要点鸡块。”

我松了口气：“你不用管了，我给她做鸡块就行。”

安德鲁把她的盘子放到厨房柜台上，冲我摆了摆手：“不，还是我来吧。不过既然你要继续在这里干，最好跟着学一下。”

“好……”

他打开冰箱冷冻室，抽出一大袋家庭装鸡块。“塞西莉娅喜欢吃这种鸡块，认准这个牌子别买错了，其他任何牌子都不行。”他使劲拆开密封口，从里面取出一块冷冻鸡块。“鸡块必须是恐龙形状的，明白吗？”

我忍不住笑了：“明白。”

“还有，”他一边说着一边举起鸡块，“你得先检查一下，看看恐龙的形状完不完整，有没有缺头少腿或者丢尾巴，这些都很关键，如果恐龙形状不完整就不能要。”他打开微波炉顶上的橱柜，从里面取出一个盘子，精心挑选出五个形状完美的鸡块放在盘子上。“得挑五个鸡块放进微波炉，加热时间要正好 90 秒，时间不够里面不熟，时间太久就糊了，火候要把握好。”

我郑重地点了点头：“明白。”

鸡块在微波炉里转着，他扫视了一圈厨房，这个厨房相当于两间我之前住的公寓。“我们花大价钱翻新了厨房，我说不出具体的数，反正没少花钱，可塞西莉娅只吃微波炉转出来的东西。”

“她知道自己喜欢什么。”我把“被宠坏的小孩”这几个字咽了回去。

“是啊。”微波炉叮的一声响了，他把那盘滚烫的鸡块拿出来。“你呢？你吃过了吗？”

“我一会儿拿些吃的上楼就好。”

他扬起一边眉毛：“你不想和我们一起吃吗？”

我其实想和他一起吃，安德鲁身上有种让人着迷的气质。不过这样肯定不行，万一妮娜刚好走进来，看到我们俩在餐桌上有说有笑，她肯定不高兴，而且我觉得塞西莉娅也不会让今晚好过。

“我还是回屋里吃好了。”我说。

他可能还想再坚持一下，不过后来又改了主意。“对不起，”他说，“我们之前没请过这种住家女仆，我不太清楚规矩。”

“我也一样，”我说，“不过我觉得妮娜应该不想看到我和你一起吃饭。”

虽然这是明摆的事，可不知道我这么说出来算不算越界，赶紧屏住呼吸。不过安德鲁只是点了点头：“也许你说得对。”

“不过，”我抬头看着他的眼睛，“还是要谢谢你教我做鸡块。”

他对我咧嘴一笑：“随时乐意效劳。”

安德鲁端着那盘鸡块回到餐厅，我站在水槽边看着塞西莉娅不吃的那盘牛排，狼吞虎咽地吃完，然后上楼回自己房间。

十

一周就那样过去了。今天我下楼看到妮娜在客厅，手里还拿着一个鼓鼓囊囊的垃圾袋，不知道她又要闹什么幺蛾子。

才和温彻斯特一家人住一周，但感觉像是很多年，应该是好几百年。妮娜的脾气让人捉摸不透，前一秒还抱着我说感谢我在这里干活儿，下一秒就因为我没干活儿痛骂我，还是那种她根本没告诉过我的活儿，反正就是这样变来变去。塞西莉娅各种捣乱，明显不喜欢我待在这里，不过我要是能找到其他工作，肯定不在这里干。

可惜我没别的选择，只能继续待在这里。

家里唯一还算可以忍受的只剩下安德鲁。他不总露面，我只跟他接触过几次，还都挺平淡无奇的。真没想到我竟然会用“平淡无奇”这个词。其实有时候我挺同情安德鲁，毕竟天天和妮娜朝夕相处不是件容易的事。

我站在客厅门口想看看妮娜要干什么。她是想让我从现在开始给垃圾分类吗？按字母顺序排好？按颜色和气味分类？还是说她对我买的垃圾袋不满意，想让我换个垃圾袋重新装？我完全猜不出来。

“米莉！”她喊道。

我心头一紧，很快就知道她想让我干什么了。“唉！”我应道。

她招手叫我过去，我装作没事人一样走过去，尽量别像赶赴刑场的样子。

“有什么事吗？”我问。

妮娜提起那个沉甸甸的垃圾袋，直接扔在豪华的皮沙发上。我皱起了眉头，真想提醒她：皮沙发那么贵，别把垃圾弄在上面。

“我刚才整理了一下衣柜，”她说，“真可惜，有几件裙子有些小了。我装在袋子里了。你能帮忙把这袋衣服投进捐赠箱吗？”

就这样？那还行。“当然，没问题。”

“对了，”妮娜后退了一步，上下打量着我，“你穿多大码？”

“6码。”

她高兴地说：“太好了！这些裙子不是6码就是8码。”

不是6码就是8码？妮娜看起来至少得穿14码，估计挺长时间没清理衣柜了。“哦……”

“你应该试试，”她说，“你都没一件好看衣服。”

我往后退了退。她说得没错，我确实一件好看衣服都没有。“我不确定该不该……”

“当然应该！”她把袋子朝我这边推了推，“你穿上肯定好看，全拿去吧！”

我接过袋子慢慢打开。最上面是一条白色的小裙子，看样子应该很贵，面料摸起来很软和，我很喜欢。她说得对，我穿上肯定好看，不过这件裙子穿在谁身上都好看。如果我真打算重新开始约会，最好能有几件像样的衣服，哪怕全是白色也行。

“好，”我收下了，“谢谢你。”

“别客气！希望你喜欢这些衣服！”

“如果你哪天想要回这些衣服就和我说。”

她仰头大笑，双下巴也跟着抖了起来：“我觉得接下来这段时间应该不需要，因为我和安迪正计划要个孩子。”

我张大嘴巴：“你怀孕了？”

妮娜怀孕了？不知道这是好事还是坏事，不过倒是能解释她为什么喜怒无常。她摇了摇头："还没呢，我们一直在努力，只是还不够走运。不过我们俩都挺想再要个孩子，我们还约了专家，过几天就去看。我觉得差不多再等一年，家里还会添一个小家伙。"

我不知道该怎么回答："恭喜。"

"谢谢你，"她微笑着对我说，"好好享受这些衣服吧，米莉。对了，我还有个东西要给你。"她拿起那个白色钱包，从里面翻出一把钥匙："你之前想要一把你房间的钥匙，对吧？"

"谢谢你。"我还记得刚来的那一晚，我半夜惊醒以为自己被锁在房间里，后来也没顾上去想门锁的事。我发现门确实有点卡，但没人会偷偷溜上来把我锁在里面。虽然我人在里面拿着钥匙也没用，但我还是接过钥匙放进口袋，毕竟我离开房间后能把门锁上也好。妮娜看着就像是爱偷窥的人。对了,有件事感觉现在到时候提了。"还有个事，那个屋子的窗户打不开，像是用油漆封住了。"

"是吗？"妮娜好像觉得无所谓。

"也许会有火灾隐患。"

她低头看到白色美甲掉了一块，皱着眉头："不会吧。"

"我不确定，只是觉得房间里应该有一扇能开的窗户，在里面待着有些闷。"

其实房间并没有那么闷，反倒有些漏风，不管怎样，只要能让他们把窗户修好就行。我真是受够了：房间里就只有那么一扇窗户，还被漆上了。

"到时候我请人过去看看。"从她的语气中，我知道她根本不会请人过去看，我也可能永远别想有一扇能打开的窗户。她低头看了看那个垃圾袋："米莉，我很高兴把衣服给你，但是拜托你别把垃圾袋就这么扔在客厅，这样可不好。"

"不好意思。"我喃喃地说。

她又叹了口气，好像不知道该拿我怎么办。

十一

"米莉！"妮娜在电话那头抓狂地说，"我要你去学校接塞西莉娅！"

我怀里正抱着一堆要洗的衣服，用肩膀和耳朵夹着手机努力保持平衡。无论我在做什么，只要妮娜打来电话我都会秒接，否则她就一直打到我接为止。

"没问题。"我说。

"谢谢你！"妮娜夸我，"你真好！ 2点45分去温特学院接她，你最好了，米莉！"

我听得满脸问号：我该去哪儿和塞西莉娅碰面？温特学院在哪儿？没等我问，妮娜就挂了电话。我抽出手机，看到时间吓得慌了神，只剩下不到15分钟，得赶紧搞清楚学校的地址，把我老板的女儿接回来。洗衣服的事先放一放。

我赶忙冲下楼，同时在谷歌中输入学校的名字，但是什么都没搜出来，附近没有叫这个名字的学校，离得最近的一个都在威斯康星州！虽然妮娜总是提一些奇奇怪怪的要求，但应该不可能让我在15分钟内去威斯康星州接她女儿回家。我给妮娜回了电话，但她没接，我又给安迪打电话，他也没接。

我急得在厨房走来走去，不知道接下来该怎么办，这时突然看到冰箱上贴着一张纸，上面写着学校的假期安排——温莎学院。

她刚刚说的是温特学院！谢天谢地，我终于知道该去哪里了。现在只剩10分钟，我得赶快过去。

温彻斯特一家所居住的城镇其实有好几所全国顶尖的公立学校，可塞西莉娅还是去上私立学校，原因自然不用多说。这个温莎学院真是宏伟典雅，全是乳白色的柱子，墙上砌着深棕色的砖，满墙爬着常春藤，感觉就像霍格沃茨这种奇幻世界的东西。如果妮娜能提醒我停车位的事就好了，现在临近放学时间到处都是车，根本找不到空地停车，我兜兜转转开了好几分钟，终于找到一个空位成功挤进去，左边停着一辆奔驰，右边停着一辆劳斯莱斯，我这辆撞凹了的尼桑夹在中间，真怕有人说不符合他们这里什么规矩，把我的车给拖走了。

眼瞅着时间不多，我急忙朝学校大门冲去。学校有五个不同的大门，不知道塞西莉娅会从哪个门出来。我又给妮娜打了个电话，还是一样转到了语音信箱。她去哪了？虽说这和我没关系，可那个女人不用工作，所有的家务都是我在做，她自己一个人能做什么呢？

我问了周围的家长，他们态度都很暴躁、不耐烦，不过总算知道塞西莉娅会从最右边那个门出来。我不想把事情搞砸，还是再确定一下比较好。我看门口有两个衣着整洁、打扮精致的女人正站着聊天，于是走过去问她们："四年级学生是从这个门出来吗？"

"对，没错。"比较瘦的那个人说。她的头发是深褐色的，眉形完美极了，眼睛上下不停打量着我："你要找谁？"

她看得我浑身不舒服。"塞西莉娅·温彻斯特。"

她们互相看了一眼，像是明白了什么。"你一定是妮娜新雇的那个女仆吧。"那个红头发的矮个子女人说道。

"管家。"我纠正她。虽然我也不知道自己为什么要纠正她，毕竟妮娜想怎么叫我都行。

那个深褐色头发的女人偷偷笑了笑，但也没就此再多说什么："你目前在那干得怎么样？"

看来她在等着挖黑料，不过我不可能给她任何机会："挺好的。"

她们又互相看了看。“妮娜没把你逼疯吗？”那个红头发的女人问我。

“什么意思？”我小心地问。我不想和这些妖妇八卦，不过确实对妮娜有些好奇。

“妮娜有点……紧张兮兮的。”那个深褐色头发的女人说。

“妮娜疯了，”那个红头发的女人大声说，“真的。”

我倒吸了口气：“什么？”

深褐色头发的女人抬起胳膊肘使劲撞了一下红头发的女人，让她惊呼出声：“没什么，她在开玩笑。”

这时学校所有大门都开了，孩子们蜂拥而出，她们俩也走过去接孩子。本来还想从她们嘴里套话，现在没机会了，只能自己回想刚刚的对话。

我看到门口那个浅金色头发的小女孩了，是塞西莉娅！别的孩子穿的都是牛仔裤和T恤衫，就她穿着一条浅绿色的蕾丝裙，站在人群中格格不入。我毫不费力就能在人群中看到她，便朝她走去。

“塞西莉娅！”快要走到她跟前时我疯狂挥着手臂，“我来接你了！”

塞西莉娅一脸不情愿地看着我，仿佛她宁愿跟某个大胡子流浪汉钻进货车后座，也不愿意和我一起回家。她摇摇头，转身背对我。

“塞西莉娅！”我喊得更大声了，“过来，你妈妈说让我来接你。”

她转身像看傻子一样看着我：“不，她没说。索菲娅的妈妈会来接我去练空手道。”

我刚要解释，一个女人就走过来了。她40多岁，下身穿着瑜伽裤，上身是件套头衫。她抬手搭在塞西莉娅肩膀上：“准备好去练空手道了吗？”

我眨着眼睛看着她，感觉不像是绑架犯，这里面肯定有误会。妮娜刚刚给我打电话让我来接塞西莉娅，虽然说错了学校名字，不过事情说得很清楚。

“不好意思，”我对那个女人说，“我在温彻斯特家工作，妮娜今天让我来接塞西莉娅回家。”

她挑起一边眉毛，双手叉腰露出新修的指甲：“不会吧，每周三都是我接塞西莉娅一起去练空手道，也没听妮娜说有什么变动，估计是你搞错了。”

“不是。”我声音颤抖地说。

她拿起古驰钱包掏出手机：“我给妮娜打个电话问一下。”

我看着她在手机上按了个键，一边等着妮娜接电话，一边用她那长指甲轻轻敲着钱包。“喂，妮娜，我是瑞秋，”她停顿了一下，“嗯，是这样的，这里有个女孩说是你让她过来接塞西莉娅，不过我刚刚都和她解释了，每周三我都会带塞西莉娅去练空手道。”然后又是一阵沉默，那个叫瑞秋的女人点了点头：“对，我就是这么跟她说的，还好打电话和你确认了。”又停了一会儿，瑞秋笑了：“我完全明白你的意思，要想找个好人确实很难。”

可以想象妮娜在电话那头都说了些什么。

“好了，”瑞秋说，“和我想的一样，妮娜说是你搞错了，我现在得带塞西莉娅去练空手道了。”

塞西莉娅还冲我吐了吐舌头，她可真会“锦上添花”。不过现在这样也不算太糟，至少我不用开车载她回家了。

我掏出手机点开短信，想看看妮娜有没有给我发信息让我别去接塞西莉娅。我查过了，她没给我发过任何信息。我立刻编辑了一条短信给她：

一个叫瑞秋的女人刚跟你联系过了，说你让她带塞西莉娅去练空手道。那我就回家了？

妮娜很快回信：

对。你为什么觉得我让你去接塞西莉娅？

因为是你叫我去的！我气得下巴在抖，不过我不能较真，毕竟妮娜就是这样。其实为她工作（或者说是和她一起工作）还是不错的，只是她有些阴晴不定，脾气有些古怪。

“妮娜疯了，真的。”那个爱八卦的红头发女人当时是这么和我说的，我一直在想她是什么意思。妮娜不仅仅是一个性格古怪、要求较高的老板，她是不是还有什么别的事？

也许我还是不知道比较好。

十二

虽然我努力克制自己管好自己的事，别去管妮娜的精神健康史，可我还是忍不住多想，毕竟我在为这个女人干活儿，而且我还和这个女人住在一起。妮娜确实有很多奇怪的地方。比如今天早上打扫主卧浴室，我想不通一个心理健康的人怎么会把浴室弄得这么乱：毛巾扔在地上，牙膏粘在洗手池边上。我知道抑郁症有时就会让人没什么动力，做不了那些整理清洁的事，不过我看妮娜精气神很足，至少够让她每天出去到处瞎走。

最恶心的是地上那个卫生棉条，还是几天前用过的，血淋淋的，搞得我都想吐了。我使劲擦洗着洗手池，先是那堆粘在上面的牙膏，再是一团团的化妆品。我的目光四处游离，突然落到药柜上。如果妮娜真的“疯了”，应该还吃着药吧？可是直接翻药柜有些破坏信任感。

不过我只打开看一眼，应该不会有人知道。我朝外看了看卧室，没人，又走过去看了看那边的角落，只想百分百确定没人。现在就我一个人。我走回浴室，犹豫片刻后轻轻打开药柜。

里面的药真多。我拿起一个橙色的药瓶，上面写着妮娜·温彻斯特，药名是氟哌啶醇。我刚要拿起第二个药瓶，楼下走廊传来一声：“米莉？你在里面吗？”

我赶紧把药瓶塞回柜子关上柜门，心怦怦跳得厉害，手心直冒冷汗。我刚挂起笑容，妮娜就冲到卧室，她上身穿着件白色无袖衬衫，下身是条白色牛仔裤。她看到我在浴室就停了下来。

“你在干什么？”她问。

“我在打扫浴室。”我可没看你那些药。

妮娜斜眼看着我，像是发现我翻了她的药柜，毕竟我撒谎的技术不怎么样。但是她低头看着洗手池。

“你是怎么清洁洗手池的？”她问。

“呃，”我举起手中的喷雾，“我用的是这个洗手池清洁剂。”

“是有机的吗？”

“呃……”我看了看上周从超市买回来的这瓶清洁剂，“不是。”

妮娜脸色一沉。“我更想用有机清洁产品，米莉，没那么多化学物质，你知道吗？”

“嗯。”我嘴上这么说，其实心里不这么想。我不相信这个女人自己吃着那么多药，居然会担心清洁产品里有化学物质，那个量根本微不足道。就算有化学物质，也都在洗手池里，她又没吃进嘴里，更不会进入血液。

“我只是觉得……”她皱着眉，“洗手池清洁得不够干净，我能看看你是怎么清洁的吗？我想看看你哪里出问题了。”

她想看着我清洁她的洗手池？“好……”

我拿起清洁剂，冲着洗手池多喷了些，使劲擦着瓷盆，连最后那点儿牙膏也弄干净了。我瞥了一眼妮娜，她若有所思地点了点头。

“挺好，”她说，“我想知道我不在的时候，你是怎么清洁洗手池的。”

“一样的。”

“不是吧，”她翻了个白眼，“算了，我没那么多时间整天盯着你打扫卫生，这次一定要把清洁做到位。”

“嗯，”我咕哝着说，“好，我会的。”

妮娜慢悠悠走出卧室，可能是准备去做水疗，要么就是和她那些朋友一起去吃午饭，不管什么事只要能打发时间就行，反正她也不工作。我回头看了看那个洗手池，现在真是光洁无瑕。一股不可抑制的冲动涌上心头，想把她的牙刷浸到马桶里。

我没有把她的牙刷浸到马桶里，不过我掏出手机输入了“氟哌啶醇”这个词。屏幕上出现了几条查询结果：氟哌啶醇是一种抗精神病药物，用于治疗精神分裂症、双相情感障碍、谵妄、躁动以及急性精神病。

这还只是其中一种药而已，药柜里至少还有十几瓶药，天知道都是些什么。刚刚偷窥她药柜确实有些不好意思，不知道还会发现什么其他的，想想又觉得有些害怕。

十三

我拿着吸尘器打扫客厅，突然看到一个影子从窗前经过。

我慢慢走到窗前，果然，恩佐正在后院干活儿。根据我的观察，他每天轮流在不同人家的房子进行园艺和景观美化。现在他正在前院花坛挖土。

我走进厨房，拿起一个空玻璃杯接满凉水，端着就往外面走。

我不知道自己想干什么。自从那两个女人说妮娜疯了之后，我就一直在想这件事。后来我又在药柜里找到抗精神病的药，就算妮娜真有精神问题，我也不会随意评判她，毕竟我在监狱里见过太多类似的情况，那些女人虽然患有精神疾病，但依然在顽强斗争。不过知道她的情况总归对我有帮助，要是我能更了解她，说不定还能帮帮她。

记得第一天过来时，恩佐似乎想提醒我什么事。现在妮娜不在家，安德鲁出去工作，塞西莉娅在学校上课，简直就是最佳时机，我得去问问他。唯一麻烦的是他不会说英语。

还是去问问吧，反正也没什么损失。他肯定渴了，我给他送水应该会得到感谢吧。

我出门看到恩佐正忙着在地上挖洞。我很大声地清着嗓子，他没听见，我又清了一次，他还是没反应，只能挥手说："*Hola*！"

这句话可能又是西班牙语。

恩佐刚刚还盯着地上，现在抬头动了动嘴。"*Ciao*（你好）。"他用意大利语回道。

"*Ciao*。"我学着他用意大利语重复了一遍，暗下决心以后一定要说对。

他穿着T恤衫，领口一圈被汗浸湿，衣服牢牢贴在胸前，显出每块肌肉的形状，和健美运动员身上的肌肉不一样，他身上的肌肉很结实，一看就是干体力活儿的。

我又清了清嗓子："我给你拿了……水，怎么说？"

"*Acqua*（水），"他用意大利语说道。

我使劲点了点头："对，就是那个。"

看到了吗？能行，我们正在交流，一切进展都很顺利。

恩佐迈着大步朝我走来，满是感谢的神情，接过水一口气喝掉半杯，长舒一口气，用手背擦了下嘴："*Grazie*。"

"不用谢，"我朝他笑了笑，"你在温彻斯特家干很久了吗？"他一脸茫然地看着我。“你……在这里工作……多少年？”

他又举起杯子喝了一大口。还剩下四分之一，等他全部喝完又要回去干活儿，留给我的时间不多了。“*Tre anni*，”他终于回答我了，还是用意大利语说的，紧接着用带有浓重口音的英语补充道，“三年。”

“对了，”我两只手紧张得搓来搓去，“你觉得妮娜……”

他皱眉看着我，不过不再是一脸茫然，感觉好像听懂了，等着听我后面要说什么。虽然他说不了几句英语，但也许能听懂不少。

“你觉得妮娜……”我又重新开始说，“你喜欢她吗？”

恩佐眯起眼睛看着我，举起水杯又喝了一大口，把水杯塞还给我，没多说一个字，径直走回花坛拿起铲子继续干活。

我张嘴还想再试一下，但还是闭上了。当我刚到这里时，恩佐想提醒我什么，可惜还没来得及开口妮娜就开门了。显然，他已经改变了主意。不管知道什么，他都不打算告诉我了，至少现在不会。

十四

我和温彻斯特一家人住在一起差不多三周了，是时候该去见假释官了。其实每个月都要见一次，可我搬进来后一次都还没见过。我专门挑了休息日约见面，不想让他们知道我要去哪里。

我的假释官叫帕姆，中等年纪，身形结实，下巴线条明显。我出狱后先是住在监狱安排的福利房，然后帕姆帮我找了那份服务员的工作，我就搬出来租公寓住了。后来我丢了工作也没和帕姆说，也没告诉她我被房东赶出来的事。我们上次见面还是一个多月前，那会儿我满嘴谎话。

向假释官撒谎违反假释规定，居无定所、住在车里也违反假释规定。我不想撒谎，可我也不想眼睁睁看着自己的假释被撤销，再次被送回监狱，服完最后那五年刑期。我不能让这种事发生。

不过现在情况已经好起来了。今天我可以对帕姆说实话了，至少是大部分实话。

尽管今天春风和煦，帕姆那间小小的办公室却热得像有 100 华氏度[1]。一年里有半年，她的办公室都热得像个桑拿房，剩下半年像个冰窖，根本没有任何中间状态。她把那扇小窗户打开了，还开着风扇对着办公桌吹，桌子上放着那几十份文件都要被吹飞了，她还得用手压着。

“米莉。”她看到我走进来满脸笑容。她人很好，是真心想帮我，可我还那样骗她，感觉更加内疚。“见到你真好！最近怎么样？”

她办公桌前放着几把木椅，我挑了一把坐了下来：“挺好的！”这也算是句谎话，不过总体过得还算不错。“没什么要汇报的。”

帕姆快速翻着她桌上那些文件：“我收到你的消息说住址变了，你现在搬到长岛，在给一家做管家？”

“没错。”

“你不喜欢在查理酒吧当服务员吗？”

我咬了下嘴唇说：“不太喜欢。”

这也是一句谎言。上次我骗她说查理酒吧那份工作是我自己主动不干的，虽然实际情况是他们把我炒了，但是他们炒掉我根本没道理。

不过至少我还算幸运，他们只是默默解雇了我，没让警察介入。当然，这也是我们说好了的：我自己悄悄离开，他们不把警察牵扯进来。我没太多选择的余地，毕竟要是他们报警把发生的事情都告诉警察，我又要被送回监狱。

所以，我没告诉帕姆我被炒鱿鱼的事情，因为我一旦说了，她肯

---

① 100 华氏度约等于 37.8 摄氏度。

定会打电话给他们问清楚原因。丢了工作后我被赶出公寓，当然这件事我也不能告诉她。

不过现在好了。我有了一份新工作，还有一个新住处，不用担心自己再被抓回去关起来。上次和帕姆见面时我只敢坐个椅子边，紧张得要命，但这次我感觉好多了。

“我真为你感到骄傲，米莉，”帕姆说，“那些从青少年时期就被关进监狱的人有时出来后挺难适应的，不过你做得很好。”

“谢谢你。”她绝对不需要知道那个月我住在车里的事。

“新工作怎么样？”她问，“他们对你怎么样？”

我揉了揉膝盖：“还行吧，就是雇我的那个女人有点儿怪，不过我只是负责打扫卫生，也不是什么大问题。”

我又撒了个小谎。我不想告诉她妮娜让我越来越不爽。我还专门上网搜了，想看看她之前有没有什么犯罪记录，可是什么也没搜出来，但我也没付钱做正式的背景调查。不过妮娜那么有钱，不可能让自己惹上官司。

“那太好了，”帕姆说，“你有男朋友了吗？”

其实这不是假释官应该问的问题，不过帕姆和我一直处得挺好，我倒也不介意回答这个问题：“没影儿的事。”

她仰头大笑起来，以至于我都能看见她嘴里有一颗亮闪闪的假牙。“我能理解，你也许还没准备好约会，不过你应该试着交些朋友，米莉。”

“好。”我说，虽然我根本就没这个打算。

“等你真的开始约会，”她说，“别勉强自己接受任何人，不要因为你有前科就随便找个混蛋约会，你值得一个人好好对待你。”

“嗯……”

此刻，我开始幻想以后和男人约会的场景。我闭上双眼，努力勾画出这个男人的相貌，结果满脑子都是安德鲁的样子：平易近人，充满魅力，还有他那张笑脸，英俊帅气。

我猛地睁开眼睛。不可能，简直就是白日做梦。

“还有，”帕姆补充道，“你那么漂亮，真不应该将就。”

我差点儿笑出声来。一直以来，我费尽心思把自己打扮得不那么显眼：衣服都穿那种松松垮垮的，发型就那么两种，不是盘成丸子头就是扎成马尾辫，一点儿妆都没化过，一直都是素颜。可就算这样，妮娜看我还像看狐狸精一样。

“我还没准备好考虑这个事。”我说。

“没关系，”帕姆说，“不过你要记住，能有份工作做，还有个地方住确实重要，但是人际关系比这些更重要。”

也许她说得对，只不过我现在还没准备好，没心思去考虑这件事。我得把注意力放在自己身上，确保别惹上官司，我可不想再被送回监狱了。这才是真正重要的事。

我现在晚上入睡还挺费劲的。

在监狱时就算睡觉也总得睁着一只眼睛，时刻保持警觉，现在我人虽然出来了，可这种本能还在。我第一次有张真正的床可以躺着睡觉时还能好好睡上一阵子，可现在我失眠的老毛病又回来了，再加上这间屋子这么闷，让我更难睡着。

现在第一份薪水已经到账了，等下次有机会出去时得给自己买一台电视机，就装在这间卧室。说不定就能一边看着电视一边迷迷糊糊睡着了，电视的声音可以模拟监狱夜晚的嘈杂环境，有助于我放松。

我一直没想好到底要不要用温彻斯特家的电视，当然不是那个巨大的家庭影院，而是客厅里那台普通的电视。这应该没什么大问题，妮娜和安德鲁都睡得挺早，每天晚上睡前流程也挺固定的。一到 8 点 30 分，妮娜就准时上楼哄塞西莉娅上床睡觉。我听到她先是读睡前故事，接着再唱歌给塞西莉娅听。每天晚上她唱的都是同一首歌：电影《绿野仙踪》的主题曲《彩虹之上》。妮娜的歌声没有任何声乐训练的痕迹，不过却饱含一种奇妙难舍的美感。

妮娜哄塞西莉娅睡着后就回到主卧，一个人看会儿书，要么看看电视，过不了多久安德鲁也会跟着上楼。要是我等到10点以后下楼，一楼完全是空的，一个人都没有。

择日不如撞日，今天晚上我就下楼试一试。

所以现在我就摊在沙发上看着《家庭问答》[①]。现在快凌晨1点了，电视上那些参赛选手还很亢奋，多多少少显得有些违和。史蒂夫·哈维还在和他们开着玩笑，我虽然很累，可是看到一个选手站起来展示自己的踢踏舞技巧还是笑出了声。小时候我就经常看这档节目，当时总是幻想着自己去参加节目的场景，我不确定到时我会邀请谁和我一起去，我爸妈和我，这才三个人。我还能邀请谁呢？

“那是《家庭问答》吗？”

我猛地抬起头。现在是深更半夜，安德鲁不知什么时候站在我身后，就像电视屏幕上的人一样清醒。

该死！早知道我就应该待在自己房间。

“哦！”我说，“我很抱歉，我不是故意……”

他扬起一边眉毛：“为什么要抱歉？你也住在这里，你完全有权看电视。”

我从沙发上抓起一个抱枕，盖住我睡觉穿的运动薄短裤，而且我

---

①《家庭问答》（*Family Feud*）是一档很受欢迎的美国电视游戏节目，其基本规则是节目组提前随机调查一百个人，统计他们对某一问题的回答，由两个家庭组成两支队伍，猜出最受欢迎的答案，答案对应人数多者即为得分，得分高的队伍获胜。该节目以其幽默风格、紧张刺激的氛围以及观众们猜测答案的互动性而广受欢迎。2010年东方卫视推出《家庭问答》中国版——《家庭赛乐赛》，游戏规则类似，两个家庭通过两个环节的答题为赢取大奖而努力，游戏题目和答案均来自一百个人的生活经验和生活智慧，需要猜出大多数人是怎么想的，从而得到更高的分值。

还没穿胸罩。“我打算买个电视放在我屋里。”

“看我们的电视也可以，米莉，反正你在楼上也收不到什么信号。”他的眼白在电视机的光照下闪闪发亮。“我很快就上去，只是过来拿杯水。”

我坐在沙发上把枕头紧紧抱在胸前，纠结着要不要上楼去。我的心在狂跳，现在上楼也睡不着。他说他只是过来拿杯水喝，也许我可以留下。我看着他拖着步子走进厨房，然后听到了水声。

他拿着水杯回到客厅，小口喝着水。他只穿了一件白色背心和一条平角裤。

“你怎么从水槽那里接水啊？”我忍不住问。

他扑通一声坐在我旁边的沙发上，虽然我不希望他坐下来。“什么意思？”

我现在要是直接从沙发上起来肯定很不礼貌，只能尽量往前挪一挪。我不想让妮娜看到我们俩穿着内衣惬意坐在沙发上。“你没用冰箱上的滤水器取水。”

他笑着说：“我不知道，我一直都是直接从水槽那里接水的，这水有毒吗？”

“我不知道，我觉得里面有一些化学物质。”

他伸手捋着那头黑发，让头发微微竖了起来：“我有些饿了，冰箱里还有晚上的剩菜吗？”

“不好意思，没有了。”

他揉了揉肚子：“如果我直接从花生酱罐子里挖着吃会不会很不礼貌？”

一听到花生酱这个词我就害怕：“只要你不在塞西莉娅面前吃就行……”

他歪了下头：“为什么？”

“因为她过敏啊。”塞西莉娅明明有致命的花生过敏，可这个家里似乎没人在意。

安德鲁居然笑了："不，她不过敏。"

"不，她过敏。她和我说她过敏，就是我刚来这里第一天说的。"

"要是我女儿对花生过敏，我应该知道吧。"他嗤鼻一笑，"如果她真的过敏，你觉得我们还会在食品柜里放那么一大罐花生酱吗？"

当时塞西莉娅告诉我她过敏的时候我也这么想。食品柜里放着一大罐花生酱，明摆着家里没有人对花生致命过敏嘛。

"蓝莓。"安德鲁说。

我皱着眉头："冰箱里好像没有蓝莓。"

"不是。"他冲着电视屏幕点了点头，《家庭问答》已经进入第二轮了。"他们采访了一百个人，让他们说出一种可以整个放进嘴里的水果。"

屏幕上的选手回答说是蓝莓，结果蓝莓就是排名第一的回答。安德鲁挥拳欢呼道："看到了吗？我就知道！我要是去参加这个节目肯定表现会很好。"

"排第一的回答总是很容易猜到的，"我说，"比较棘手的是猜对那些相对模糊的回答。"

"行吧，机灵鬼。"他冲我咧嘴一笑，"那你说出一种可以整个放进嘴里的水果。"

"嗯……"我用手指轻轻敲着自己的下巴，"葡萄。"

果然下一位选手回答的就是"葡萄"，并且是正确答案。

"我错了，"他说，"你也很擅长这个，那草莓呢？"

"也许也在里面，"我说，"虽然你不会真的想把整个草莓放进嘴里，毕竟草莓上还有叶子什么的。"

选手也说出草莓还有樱桃，可还差最后一个答案一直没猜对。当其中一个选手说到桃子时，惹得安德鲁大笑起来。

"桃子！"他叫道，"谁能把一整个桃子塞进嘴里？得把下巴掰开才行吧！”

我咯咯地笑着：“比西瓜强。”

“这可能就是答案！”

最后一个上榜的答案是李子。安德鲁摇了摇头，“我可不这么觉得。到底都是哪些人说可以把整个李子放进嘴里的，拿出张照片来给我看看。”

“节目应该设置上这个环节，”我说，“放一下这一百个人的采访，让大家听听他们为什么这么回答。”

“你应该给《家庭问答》节目组写封信提出这个建议，”他严肃地说，“你能彻底改变整个节目。”

我又咯咯笑了。我第一次见到安德鲁时以为他是那种无趣的有钱人，可他完全不是。虽然妮娜不太正常，但是安德鲁还挺好的，非常接地气，还很幽默风趣，而且对塞西莉娅来说也是个好爸爸。

其实有时候我有些同情他。我本不该这样想，妮娜才是我的老板，是她付给我薪水，让我住在这里，我应该忠心于她。可是她糟透了，自己就是个懒妇，对我却格外严苛，还总是告诉我些前后矛盾的信息。恩佐似乎也很害怕她。

平心而论，要不是安德鲁这么有魅力，我可能也不会产生这种感觉。虽然我已经坐得离他尽可能远了，就差从沙发边掉下去了，可我还是忍不住多想。他穿着那条该死的平角裤，背心布料也很薄，透出肌肉的轮廓，性感极了。他肯定能找到比妮娜更好的妻子。

我刚要松一口气，想着安德鲁要和我一起看电视，还在暗自窃喜，突然一个刺耳的声音打断了我的思绪：“天啊，你俩待在一楼这里笑什么呢？”

我猛地回头看到妮娜正站在楼梯那里，直勾勾地盯着我们俩。只要她穿着高跟鞋，我在一英里外都能听到她走过来的声音，不过这次她光着脚，脚步声轻得出奇。她穿着一件白色睡袍，垂到脚踝，双臂交叉，放在胸前。

“妮娜，”安德鲁打了个哈欠，从沙发上站起来，“你怎么起来了？”

妮娜还在瞪着我们。真不知道他是怎么做到现在还能完全不慌，反正我是吓得都快尿裤子了。毕竟现在是凌晨1点，被他妻子撞见我们俩单独待在客厅，还都只穿着内衣，虽然我们俩也没做什么，但影响有些不好。

“我正想问你呢，”妮娜反驳道，“你们俩好像玩得挺开心，在笑什么呢？”

安德鲁耸了耸肩膀：“我下楼来喝杯水，正巧碰到米莉在这儿看电视，我半路被《家庭问答》吸引了。”

“米莉，”妮娜把注意力转到我身上，“你为什么不在自己房间里装一台电视呢？这是我们的起居室。”

“对不起，”我赶紧说，“等下次有机会我就去买电视。”

“嘿，”安德鲁扬起眉毛，“这里又没人，米莉就看一小会儿电视，有什么问题吗？”

“可是你在啊。”

“她在这里也不影响我。”

“你明天一大早不是有个会吗？”妮娜瞪大眼睛盯着他，“现在都凌晨1点了，你确定还不睡觉，要继续看电视吗？”

他深深地吸了一口气。我也屏住呼吸，期待着他能顶撞她一下。然而，他的肩膀一沉：“你说得对，妮娜，我还是上床睡觉吧。”

妮娜站在那里双臂交叉，放在她那丰满的胸前，看着安德鲁拖着步子慢慢走上楼梯，那样子就像是一个被她罚不准吃晚饭就直接上楼的孩子。没想到她竟然会嫉妒到这个地步，真吓人。

我赶紧从沙发上站起身来关掉电视。妮娜还待在楼梯口那里，目光上下打量着我，从我下身穿的运动短裤扫到上身穿的背心，还看到我没穿胸罩。我再一次意识到这个场面有多糟糕。可是我本来以为就只有我一个人在这里。

“米莉，”妮娜说，“从今往后希望你出来进去穿着得体些。”

“我很抱歉，”我又道了一次歉，“我没想到还会有人没睡。”

“真的？”她哼了一声，“你会深更半夜跑到陌生人家闲逛就因为你觉得周围没人吗？”

我不知道该怎么回答。这不是陌生人家！我就住在这里，虽然是住在上面的阁楼。“不会……”

“只要到睡觉时间就请你待在阁楼，”她说，“除了阁楼，这个房子里其他所有地方都是给我们家人用的，你明白吗？”

“我明白。”

她摇了摇头：“其实我都不太确定我们是不是真的有必要雇一个女仆，也许从一开始就不应该……”

哦，不！该不会就因为我在她家客厅看电视，她就要在凌晨1点把我给炒了吧？这样可就糟了。而且妮娜也不可能再推荐我去找新工作，别指望她帮我说什么好话，感觉更像会捣乱的人：但凡有人打算雇我，她就会打电话过去告诉他们她有多讨厌我。

我得想办法搞定这事。

我攥紧拳头，指甲都快戳进手心。“听我说，妮娜，”我开口说道，“我和安德鲁之间什么都没有……”

她仰头大笑，听着让人发怵，既像笑也像哭：“你以为我会担心这种事？安德鲁和我可是灵魂伴侣，我们有一个孩子，而且很快还会再有一个孩子。你以为我会害怕我丈夫出轨，就为了这么一个住在阁楼的放荡女仆，他甘愿冒这么大风险吗？”

我吞了下口水，刚刚好像反而弄巧成拙了：“他不会。”

“他肯定不会。”她双眼直勾勾地盯着我，“你可给我记好了。”

我站在原地不知道该说些什么。她猛地朝着茶几的方向撇了一下头："那么乱，还不赶快收拾干净！"

她甩下这句话就转身上楼了。

其实茶几根本就不乱，上面只有安德鲁留下的那个水杯而已。我走到茶几跟前抓起杯子，又回想起刚刚的场景，羞愧得满脸通红。楼上卧室的门砰地关上了，我低头看着手里的水杯。还没等我反应过来，水杯摔到了地上。

水杯摔得粉碎，满地碎玻璃，我往后退了一步却被一块碎玻璃扎进脚掌。

真是蠢到家了。我低头看着满地狼藉，心想得赶紧打扫干净。对了，得赶紧先找双鞋穿，可别再让碎玻璃扎到脚。我深吸一口气，努力让呼吸平稳下来。等我把这些碎玻璃全都打扫干净就没事了，妮娜永远都不会知道。

不过今后我得多加小心。

十五

周六下午妮娜要在后院组织一个小型聚会，就是家教会的那几个人聚在一起商量筹划一个"田野日"的活动，说白了就是让孩子们在田野里玩几个小时，这么个活动不知道为什么需要筹备好几个月。妮娜最近一直都在说这件事，还给我发了不下十几条信息，反反复复提醒我一定要记得去取开胃菜。

今天早上我一睁眼发现整个房子又变得一团糟了，看得我的头都大了。每天都是这样，我真是想不通这个房子怎么会变得这么乱。难不成妮娜吃药就是为了治那种半夜起来把家里弄得一团糟的病吗？

就拿浴室来说吧，我真想不通只不过一夜工夫怎么会变得这么糟。早上我到她浴室打扫卫生，一般都会看到至少三四条湿毛巾横七竖八地扔在地上，牙膏粘在水槽壁上，得使劲擦才能弄掉。也许妮娜不太愿意顺手把衣服丢进洗衣篮，那就只能我替她收了。我花了整整 10 分钟才把她的胸罩、内裤、裤子、连裤袜之类的脏衣服全都收进洗衣篮里。还好安德鲁把脏衣服都放进洗衣篮里了，那些需要干洗的衣服真不少。妮娜没把需要干洗的衣服专门分出来，我得自己判断哪些衣服该放进洗衣机，哪些衣服该送到干洗店，但愿我别弄错了，否则没什么好果子吃。

还有那些食品包装袋。不管是卧室还是浴室，但凡是个边边角角的地方全都塞着糖纸。她和安德鲁第一次见面时拍的那张照片，她看起来那么瘦，现在却重了 50 磅，我好像明白为什么了。

我把房子里里外外彻底打扫了一遍，把要干洗的衣服送到干洗店，把要放洗衣机的衣服洗完烘干熨平。这些都干完以后，就剩不到一个小时，那些女人们就要到了，可是妮娜交代给我一大堆要做的事都还没做，其中就有取开胃菜的活儿。估计不管我多努力和她解释，她都不会理解我，毕竟上周她抓到我和安德鲁在看《家庭问答》就差点儿把我炒了，我不能再犯错了，得确保今天下午万无一失。

我走到后院。温彻斯特家的后院真漂亮，在这周围算得上数一数二，恩佐干得好极了：树篱修剪得恰到好处，就像是用尺子比照着剪出来的一样；院子边边角角都点缀着各色鲜花，平添了几抹色彩；草坪茂盛葱郁，我好想躺在上面挥舞手臂，在草坪上留下几个天使翅膀印。他们应该不常待在这里，所有露天家具表面都蒙着一层厚厚的灰尘，其实每样东西表面都有一层厚厚的灰尘。

时间不够了，我干不完了。

“米莉？你还好吗？”

安德鲁站在我身后。他这次换成了休闲风，上身是一件蓝色翻领衫，下身是一条卡其色的休闲裤。不知怎么他这身打扮看起来比穿着那套昂贵西服帅气多了。

“我很好。”我喃喃地说着，我根本就不该跟他说话。

“你看起来都快哭了。”他说。

我下意识地用手背抹了抹眼睛：“我很好，只不过是这次家教聚会要做的事情有些多。”

“那也没必要哭，”他皱着眉头，“不管你做得多好，家教会的这些女人永远都不会满意的，她们都挺讨厌。”

他这番话并没让我好受一些。

“听着，也许我……”他在口袋里摸索一番，掏出一张皱巴巴的纸巾。“没想到我口袋里竟然还有张纸巾，给你。”

我勉强挤出一丝微笑，接过纸巾轻轻擦了擦鼻子，闻到了淡淡的香味，是安德鲁须后水的味道。

“好了，”他说，“我能帮什么忙吗？”

我摇了摇头：“没事，我自己能搞定。”

“你还哭着呢。”他抬起一只脚，搭在那把脏椅子上，“说真的，我不是一点忙都帮不上。你就告诉我需要我做些什么。”我还在犹豫，他接着又说道：“听我说，我们俩都想让妮娜开心，对吧？只有照我说的这么做你才能让她开心，如果我不管你，然后眼睁睁看着你把这件事搞砸，她肯定会不高兴的。”

“好吧，”我嘟囔着说，“如果你能把开胃菜取回来，那真是帮了大忙。”

“好。”

我如释重负，毕竟去店里取开胃菜要花 20 分钟，回来还要再花 20 分钟，这样就只剩下 15 分钟，还要把这些露天家具全都擦干净，难以想象妮娜穿着一身白衣服坐在脏椅子上的场面。

“谢谢你，”我说，“我真的很感谢你。”

他冲我咧嘴一笑：“真的吗？”

“真的。”

我话音刚落，塞西莉娅就冲进了后院。她穿着一件粉红色的白边连衣裙，一路跑来却连一根头发丝儿都没乱，头发平整的样子和她妈妈如出一辙。“爸爸。”她说。

他转头看向塞西莉娅：“怎么了，西西？”

“电脑坏了，”她说，“我做不成作业了，你能修好吗？”

“包在我身上。”他伸出一只手，搭在她的肩膀上，“不过我们先开车出去兜一圈，肯定很有意思。”

她满脸怀疑地看着他。

他没多解释：“去把鞋子穿上。”

要想让塞西莉娅穿上鞋子我得花上半天时间，可是现在她自己就乖乖回到屋里照他说的穿好了鞋子。只要别让我管她，塞西莉娅这个小孩儿还是不错的。

“你和她处得真好。”我感叹道。

“谢谢。”

“她长得挺像你。”

安德鲁摇了摇头：“没有吧，她长得像妮娜。”

“真的挺像你，”我坚持说道，“她的肤色和头发确实和妮娜一样，可是她的鼻子像你。”

他搓了搓翻领衫的下摆：“塞西莉娅不是我的亲生女儿，我们俩之间要是有长得像的地方也只能是巧合。”

我怎么总说错话啊：“我没想到……”

“这没什么。”他那双棕色的眼睛紧紧盯着后门，等塞西莉娅穿好鞋回来，“我刚认识妮娜时塞西莉娅还是个婴儿，她只认得我这么一个爸爸，我也把她当成自己的亲生女儿，她到底是不是我亲生的其实没什么区别。”

“确实，”在我眼里安德鲁的形象又高大了好多，他不仅没去追求什么超模，还娶了一个带孩子的女人，还把这个孩子当成自己的亲生骨肉好好抚养，“就像我刚刚说的，你和她处得真好。”

“我觉得小孩子挺好的……真希望我们能有十几个孩子就好了。”

安德鲁好像还有话要说，可是却闭上了嘴。我记得几周前妮娜还和我说过他们有多想怀孕，我也记得当时浴室地上那个带血的卫生棉条，不知道从那以后他们成功了没。看安德鲁那副悲伤的神情，我觉得应该没成。不过我倒是相信妮娜肯定能成功怀孕，毕竟世界上所有资源都在他们手中。算了，这不关我的事。

十六

果然，这次过来参加家教会的女人都很讨人厌。

算上妮娜一共也就四个人，名字我都记住了：吉利安娜（要么就是吉莉安娜）、帕特里斯和苏珊娜（可别和吉利安娜搞混了）。我之所以能记住她们叫什么名字还得多亏了妮娜！她让我不要离开后院，就一直站在角落里时刻候着，万一她们有什么需要好及时应对。至少开胃菜挺成功的，而且妮娜也不知道是安德鲁帮我去取的。

“田野日的这个菜单我还是不太满意。”苏珊娜握着笔杆在下巴上轻轻敲着。之前我听妮娜提起过苏珊娜是她“最好的朋友”，但是现在看起来妮娜和她这些所谓的“朋友”关系都挺一般的。“我觉得应该再多提供一个无麸质的选项。”

“同意，”吉利安娜说，“虽然有素食这个选项，但是没有无麸质素食，那些吃素食但是不吃麸质的人该吃什么呢？”

吃草？我觉得只有这几个女人这么在意麸质的问题。每次我端过来一份开胃菜，她们都会问我菜里有多少麸质，好像我知道一样，其实我连麸质是什么都不知道。

今天真是又闷又热，只要能让我回屋吹空调让我干什么都行。真气人，看着她们喝着那个粉红色的柠檬气泡水，我要是能喝上一口就好了。我趁她们没在看我，赶紧抹掉额头上那些汗珠，一边抬手一边担心：可别被她们看到我腋下渗出的汗渍。

“这个蓝莓羊奶酪面包应该提前热一下，”帕特里斯拿起一小块放进嘴里，边嚼边说，“现在几乎是凉的。”

“我知道，”妮娜抱歉地说，“我全都交代过我的女仆了，让她好好弄，不过你们也清楚要想找个好帮手可不容易。”

我惊得张大嘴，她根本没交代过，而且她没意识到我现在就站在这里吗？

“没错，”吉利安娜同情地点了点头，“现在再也雇不到什么好手了。在咱们这个国家人们的职业操守太差劲了。知道为什么人们找不到什么好工作吗？纯粹就是懒。”

“要么就去雇个外国人，”苏珊娜补充道，“不过他们基本上不会说英语，就像恩佐那样。”

“至少他看着养眼啊！”帕特里斯笑着说。

其他几个人都在哈哈大笑，说来也奇怪，妮娜却没跟着一起笑。我觉得她完全没必要觊觎那个性感的园丁，毕竟她都嫁给安德鲁了，也难怪她看不上恩佐，不过她似乎对恩佐有种奇怪的怨念。

我好想插话，不能任由她们一直这样在背后（其实是当面）说我的坏话。我得让她们好好看看我才不是美国懒鬼，而是在努力工作，连一句抱怨的话都没说过。

“妮娜，”我清了清嗓子，“你想让我把开胃菜热一下吗？”

妮娜转身看着我平静地说：“米莉，我们正在说话，请不要插嘴，这样太不礼貌了。”

“我……”

“还有，”她接着说，“请你别再叫我妮娜，我又不是你的酒友。”她冲其他几个女人偷偷笑了笑：“应该是温彻斯特太太，下次别让我再提醒你。”

我目瞪口呆地盯着她。我第一次见她那天她就让我叫她妮娜，我在这里工作这么久一直都是这么叫她的。她们看到妮娜教训我时都把她当成女英雄了。帕特里斯也开始说自己类似的遭遇，她抱怨自家清洁女工厚颜无耻，竟告诉她自己养的狗是怎么死的。“可不是我刻薄，”帕特里斯说，“但是我为什么要在乎胡安妮塔的狗有没有死呢？她就在那一直说个不停。”

“我们确实需要找人来帮忙，”妮娜嘴上说着自己接受不了这些开胃菜，手上却没闲着，抓起一块就往嘴里塞，她一个人都快吃掉一半开胃菜了，其他几个女人就像小鸟一样都没吃几口，“尤其是等我和安德鲁生了孩子。”

其他几个女人一下子兴奋了起来。“妮娜，你怀孕了吗？”苏珊娜喊了出来。

“我就知道你吃那么多，一个人顶五个人的量，肯定是有原因的！”吉利安娜得意地说着。

妮娜瞪了她一眼，我得努力憋住笑意。“我还没怀孕呢，不过我和安迪已经约好去看那位生育专家，听说他特别厉害，估计今年年底就会有孩子。”

“那太棒了，”帕特里斯一只手搭在妮娜肩膀上，“我知道你们俩想要孩子挺久了，而且安德鲁当爸爸也挺称职的。”

妮娜点了点头，眼睛里好像闪着泪花，接着清了清嗓子：“姐妹们，恕我失陪一会儿，很快回来。”

我看着妮娜冲进房子不知道该不该跟上去。她可能是去卫生间了吧。当然，或许这也是我该干的活儿，跟着妮娜进卫生间帮她擦手，替她冲马桶，天知道还有什么活儿在等着我。妮娜走后其他几个女人彼此相视一笑。“我的天啊！”吉利安娜偷偷笑了笑，“刚刚也太尴尬了！我居然对她说了那样的蠢话，我真以为她怀孕了呢！看着挺像吧？”

“她胖得像栋楼一样，”帕特里斯附和着，“她真应该请个营养师，再请个私人教练。对了，你们发现她的发根长出来了吗？”

其他人点了点头。虽然我没加入她们的聊天，但我同样注意到了妮娜的发根了。我来面试的那天，她的头发简直完美无瑕，可现在她深色的发根已经长出来差不多一厘米。真没想到她竟然会放任自己的头发长成这个样子。

“换作是我，顶着一头这样的头发走来走去肯定很尴尬，”帕特里斯说，“她怎么能奢望自己有本事留住那么个英俊帅气的丈夫呢？”

“对了，我还听说他们俩秘密签过一份婚前财产协议，”苏珊娜补充道，“要是离婚了，她基本上什么都拿不到，连孩子的抚养费都没有，听说他从未正式收养塞西莉娅。”

“婚前财产协议！”帕特里斯脱口而出，“妮娜怎么了？她为什么要签这种东西？看来她要努力讨他欢心才行。”

“她得节食减减肥，不过可不能让我告诉她！”吉利安娜大声说，“我不想再把她送回那个精神病院，毕竟她精神不太正常。”

我屏住呼吸。当时在学校碰到的那两个女人就暗示我妮娜疯了，当时我还一直抱有希望，觉得她只是偶尔发发疯罢了，现在听起来妮娜可比这个情况严重多了。如果这些八卦泼妇说的全是真的，那她之前一定进过精神病院，看来真是病得不轻。

想想之前她告诉我的错误信息，情绪总是阴晴不定，我还颇有微词，现在反而有些内疚。这不是她的错，她自己也饱受煎熬。现在似乎所有事情都能稍微说得通了。

“我和你们说，”帕特里斯把声音压低了些，她刻意小声说话就是为了不让我听见，不过其实声音挺大的，“我要是妮娜，才不会雇一个年轻漂亮的女仆住在家里，估计她得嫉妒疯了。”

我赶紧把目光移开，尽量别被她们发现我能听清每一个字。我已经尽我所能不让妮娜吃醋，不想让她发觉我对她丈夫有意思，也不想让她知道我觉得他很有魅力，更不想让她以为我和他之间可能会发生什么。如果安德鲁还是单身我肯定对他有兴趣，可惜他已经结婚了，我会离那个男人远远的，妮娜没必要担心。

十七

今天安德鲁和妮娜就要去见那位生育专家了。

之前整整一个星期，他们俩都满心期待着今天这次见面，兴奋中又夹杂着一丝紧张。他们吃饭时也在讨论，我偶然听到了些只言片语。妮娜做了不少生育检查，今天他们就要去听结论了。妮娜觉得他们可能需要做体外受精，这个项目虽然很烧钱，不过他们有的是钱。

虽然时不时我还是被妮娜气得够呛，但是看着他们俩在为迎接新生儿忙前忙后做着各种准备，这个画面还是挺温馨的，昨天他们俩还在商量想要把客房改造成育婴室。我不知道他们俩到底谁更兴奋，反正我希望他们能心想事成，尽快怀孕。

他们出去看医生，我就留在家里照看塞西莉娅。只是照看一个九岁小女孩应该不是什么难事，不过塞西莉娅似乎铁了心非要把这件事弄得难如登天。天知道她今天出去上的是什么课（空手道、芭蕾、钢琴、足球、体操——我完全搞不清楚了），反正下课后她一个朋友的妈妈顺路把她送回来了。她前脚刚进家门，后脚就把一只鞋朝一个方向踢掉，另一只鞋朝另一个方向踢掉，接着又把背后的双肩包甩掉，朝第三个方向扔了出去。我运气还算不错，天太热她没穿大衣，要不然肯定还得再找第四个方向把大衣给丢出去。

"塞西莉娅，"我耐心地说，"你能把鞋子放到鞋架上吗？"

"等会儿。"她一边敷衍着我，一边一屁股坐到沙发上，用手抚平淡黄色连衣裙上的褶皱，按下遥控器打开电视，挑了一个卡通片放了起来，声音吵死人了，屏幕上好像是一个橘子和一个梨在吵架。"我饿了。"

我深吸一口气，努力调整好情绪："你想吃些什么？"

我以为她会想出什么莫名其妙的东西，再嚷嚷着非要我做给她吃，就为了让我忙得汗流浃背，没想到她只是说："来个博洛尼亚三明治怎么样？"

做博洛尼亚三明治要用到的那些东西还好家里都有，我松了一口气，甚至都没坚持要求她说"请"这个字。既然妮娜想让她女儿长成个熊孩子，那就随她吧，反正女儿是她的，我又没义务替她管教孩子。

我打开冰箱，里面的东西都要溢出来了。我拿出几片面包，还有一袋博洛尼亚牛肉香肠片。不知道塞西莉娅喜不喜欢在三明治上涂蛋黄酱，我要是自作主张她肯定会说不是涂多了就是涂少了，还是直接把蛋黄酱给她让她自己涂。我回到客厅把三明治和蛋黄酱放在茶几上给塞西莉娅，她低头看了看三明治，皱起了眉头，然后试探着拿了起来，满脸厌恶的表情。

“恶心！”她叫道，“我不要这个。”

我真想直接上手掐死这个女孩：“你说你想吃博洛尼亚三明治呀。”

“我没说我想吃博洛尼亚三明治，”她抱怨道，“我说我想吃鲍鱼三明治！”

我目瞪口呆地盯着她：“鲍鱼三明治？那是什么？”

塞西莉娅生气地嘟囔着，把手里的三明治扔到地上，面包片和香肠片摔散成三堆掉在地上，还好刚刚没涂蛋黄酱，要不还得洗地毯。

我真是受够这个女孩了。也许我不该这么说，可是她都这么大了，应该知道不能把食物扔到地上。再说，如果家里很快要多一个新生儿，她得注意自己的行为举止，得有这个年纪孩子该有的样子才行。

“塞西莉娅！”我咬牙切齿地说。

她抬起她那微尖的下巴：“怎么了？”

我也不知道接下来我和塞西莉娅之间会发生什么，因为我们俩还没来得及开始真正较量，前门就传来开门声，一定是安德鲁和妮娜看完医生回来了。我转身挂起微笑，相信妮娜这次看完医生回来肯定特别兴奋。他们俩只有刚进客厅的时候笑了一下，其余时间都一直板着脸。

这样说还是太保守了些。妮娜顶着一头乱糟糟的金发，身上的白衬衫皱巴巴的，眼睛有些浮肿，里面充满了血丝。安德鲁看起来也不太好，领带半松着，就像是本来要解开领带中途又被什么事情打断了，眼睛里也都是血丝。

我紧张地搓着双手：“一切还好吗？”

我就应该闭嘴，别说话才是明智之举。妮娜把目光转向我，原本苍白的脸一下子涨得通红。“米莉，”她厉声对我说，“你怎么这么爱打听？和你一丁点儿关系都没有。”

我吞了下口水：“我很抱歉，妮娜。”

她低头看到了这一地狼藉：塞西莉娅横七竖八的鞋子，茶几旁散落着的面包片和博洛尼亚肉片。塞西莉娅一溜烟跑出了客厅，妮娜气得脸都歪了。“我回家非要面对这些吗？这么个烂摊子？我花钱雇你是干什么的？也许你该重新找份工作了。”

我喉咙发紧：“我本来是要清理的……”

“别非要我盯着你干活儿，”她狠狠瞪了安德鲁一眼，“我得去躺下了，我头痛得厉害。”

妮娜往楼上走着，脚步声很沉重，每走一步鞋跟都重重地砸在楼梯上，声音响得像子弹一样，突然脚步声停了，紧接着就是砰地卧室关门声。看来这次见医生不太顺利，刚才真不应该和她说话。

安德鲁瘫坐在皮沙发上，往后仰着头：“太糟了。”

我紧紧咬着嘴唇，坐到他旁边，虽然也许我不该这样：“你还好吗？”

他用指尖揉了揉眼睛：“不太好。”

“你想……谈谈吗？”

“不太想，”他紧闭双眼长叹一声，“我们俩成不了了，妮娜怀不上孩子了。”

我的第一反应就是震惊。虽然我不太清楚这到底是怎么回事，但是我不相信妮娜和安德鲁居然花钱都解决不了这个问题。我发誓之前看过新闻，上面说一个 60 岁的女人都成功怀孕了。

不过我还是别和安德鲁说了。他们刚去看的可是顶尖的生育专家，肯定比我知道的多。“安德鲁，真的很抱歉。”

“嗯……”他抬起一只手理顺自己的头发，“我努力想让自己接受这个现实，可要说我不失望肯定是假话。我爱塞西莉娅，也一直把她当成自己的亲生骨肉，可是……我一直想……”

这么久以来我们第一次聊得这么深，他能这样对我敞开心扉真好。“我懂，”我低声说着，“一定很难吧……你们俩。”

他低头盯着自己的大腿:“为了妮娜我也要坚强起来，她听到这个消息后伤心极了。”

“我能做些什么吗?”

他沉默了片刻，伸出手沿着一道皮沙发缝儿摸索着。“妮娜想去市里看这场演出《最后决战》，她反反复复提了好几次，我知道如果我们买到票了她肯定开心。如果你能跟她约个时间再订个贵宾席，那就太好了。”

“行。”我说。虽然妮娜有太多让我难以忍受的地方，但是这个消息实在太残忍了，很难想象她听到后会是怎样的心情，我真的很同情她。

他又揉了揉那双布满血丝的眼睛:“谢谢你，米莉。我真不知道，没有你我们该怎么办。妮娜有时候对你不太好，我替她跟你道歉，她只是有些喜怒无常，但是她挺喜欢你的，也很感激你的帮助。”我不知道他说的这些是不是真的，不过也懒得和他理论，毕竟我现在钱还没攒够，还得继续在这里工作，得想办法让妮娜开心起来。

十八

那天晚上我从一阵喊叫声中惊醒。

阁楼的隔音效果很好，我听不清外面在说什么，不过能听到大喊大叫的声音从楼下传来，一个男声一个女声，一定是安德鲁和妮娜。

接着我听到哐啷一声。我本能地从床上爬了起来。也许这和我没关系，但是楼下肯定有事，至少我得确保一切安好。

我把手放在房间门把手上，这次又没转开。门会卡住，我经历过这么多次,早就习以为常。但是每隔一段时间,我还是会感到一阵恐慌。

可是紧接着我手中的门把手就转动了，我出来了。

我沿着吱吱作响的楼梯走到二楼。从阁楼出来后明显感到喊声更大了。声音是从主卧那里传出来的，是妮娜的声音，她正对着安德鲁大喊大叫，听上去几乎是歇斯底里。

“这不公平！”她大喊着，“能做的我都做了，可是……”

“妮娜，”他说，“不是你的错。”

“就是我的错！你要是和一个更年轻的女人在一起，就能如愿生孩子了！就是我的错！”

“妮娜……”

“没有我你会过得更好！”

“好了，别这么说……”

“真的！”她的语气不像是伤心倒像是生气，“你就盼着我走呢吧！”

“妮娜，别这样！”

房间里又传出哐啷一声，紧接着又传来第三声。我往后退了一步，反复纠结：我到底是敲门确认一切安好，还是赶紧跑回房间躲起来。接下来几秒钟我就站在那里，犹豫不决，这时门突然开了。

妮娜站在门口，穿着她那件纯白色的睡裙，就是她撞见我和安德鲁在客厅那晚穿的那件。现在白裙子上多了一道深红色的血痕，从她大腿根外侧的地方一直淌到裙边。

“米莉，”她瞪着眼睛，直勾勾地盯着我，“你在这里干什么？”

我低头看了看她的手，右手整个手掌全是同样深红色的血迹。“我……”

“你是在偷窥我们吗？”她挑起一边眉毛，“你在偷听我们说话吗？”

“没有！”我后退了一步，“我只是刚刚听到哐啷一声，有些担心……我想确保一切都好。”

裙子上面肯定是血迹。她发现我正盯着她的睡裙就说：“我只是割伤了手，没什么好担心的，不需要你来逞英雄。”

安德鲁在哪呢？要是她杀了他呢？要是他的尸体就躺在卧室呢？或者更糟，他现在正大出血就快失血过多而死，而我明明有机会救他呢？我不能就这样一走了之。我这辈子也许做过一些坏事，不过我不能放任妮娜这个杀人犯逍遥法外。

“安德鲁在哪？”我问。

她的脸颊微微泛起了红晕：“你什么意思？”

“我只是……”我光脚站着，左右晃了晃身体，“我刚刚听到哐啷一声。他还好吧？”

妮娜死死盯着我：“你好大的胆子！你在指控我什么？”

我突然想起来安德鲁是个男人，长得那么高大强壮，如果妮娜三下五除二就能把他干掉，那我这么和她对着干能有多大胜算？但是我不能走，我得确保他没事。

“回你的房间去。”她命令我。

我喉咙发紧，咽了下口水：“不。”

“回你的房间去，不然你就被解雇了。”

我知道她是认真的，但是我不能走。这时里面传来一个声音，我松了口气，肩膀也放松了下来。

主卧里水龙头出水的声音。安德鲁没事，只是在洗手间。

“高兴了吗？”她用那双淡蓝色的眼睛盯着我，眼神里还夹杂着一种微妙的愉悦感，她就爱吓我，“我丈夫活得好好的。”

我低下头：“好吧，我刚刚只是想……抱歉，打扰你了。”

我转身拖着沉重的脚步慢慢穿过走廊。我感觉妮娜正盯着我的背影。“米莉？”

我转身看到月光透过走廊照在她那件白裙子上，闪闪发亮，她就像个天使一样，当然除了裙子上的血迹。这时我才发现她脚边有一摊深红色的液体，她受伤的右手还在滴着血。“啊？”

“晚上就老老实实待在阁楼，”她对我眨了眨眼睛，“你听明白了吗？”

她不用再跟我说第二遍，我再也不想从阁楼出来了。

十九

第二天早上，妮娜又切换回那个讨人喜欢的模式，似乎不记得昨晚发生了什么事。要不是看到她右手上还缠着绷带，白纱布上渗出深红色的点点血迹，我真会以为昨晚只不过是一场噩梦。

她虽然没有直接在我面前表现出很奇怪的举动，但是她今天早上比平时更疲惫些。她开车送塞西莉娅上学，轮胎刮到路牙子发出尖锐刺耳的声音。她回来以后只是站在客厅中央盯着墙壁，我问她还好吗。

“我很好。”她扯了扯白色上衣领子，领子皱皱巴巴的，可是我明明熨过。“你能给我做点儿早餐吗，米莉？老样子。”

“当然。”我说。

妮娜说的“老样子”就是打三个鸡蛋，加上好多黄油，还有帕尔马干酪，炒一炒，再配上四片培根，一个英式松饼，也是加了黄油的。我不禁想起那天家教会成员聚会上，那个女人趁妮娜不在时评论妮娜的体重，妮娜不像她们那样会仔细检查吃进嘴里的食物热量，她不是无麸质者，也不是素食主义者，想吃什么就吃什么，吃得还不少。她甚至还有夜宵小零食，那些放在柜台上第二天早上留给我洗的脏盘子就是证据，没有一个放进过洗碗机。

我把食物端到餐桌给她，旁边还放上了一杯橙汁。她仔细检查着食物，我担心现在她马上要切换回暴躁模式，告诉我盘子里所有东西都做得差极了，要么就是说她一开始就没让我做早餐。但是她对我甜甜地笑着："谢谢你，米莉。"

"不用客气，"我犹豫地在她身旁徘徊，"对了，安德鲁托我给你弄两张百老汇《最后决战》的票。"

她的眼睛亮了起来："他真体贴，太好了。"

"你什么时候有空？"

她舀起一勺鸡蛋放进嘴里，若有所思地咀嚼着："我下周日有空，如果你能弄到票。"

"没问题，我还可以照看塞西莉娅。"

她往嘴里塞了很多鸡蛋，其中有一些没放进嘴里，掉在了她的白衬衫上。她似乎没注意到，还自顾自地继续往嘴里塞着食物。

"再次感谢你，米莉。"她对我眨了眨眼，"如果没有你，我们真不知道该怎么办。"

她经常和我说这句话，还有一句就是她会炒了我。不过我知道这不是她的错。就像她那些朋友说的那样，妮娜肯定有一些情绪问题。我一直在想她在精神病院待过的事，他们不会无缘无故把她关起来的。一定发生了什么事，我很想知道到底是怎么回事，可是我又不能问她。我之前试图从恩佐嘴里套话出来，也没有结果。

妮娜几乎把盘子里的食物都吃光了，不到五分钟，这时安德鲁跑下楼来。昨晚之后我一直有点儿担心他，虽然我听到了流水声。也许妮娜给水龙头装上了某种自动计时器，只是为了营造出他还在卫生间的假象。这也不是完全没可能。无论如何，看到他安然无恙就放心了。他穿着一身深灰色的西装，里面搭了一件浅蓝色的西服衬衫，很帅。

还没等安德鲁走进餐厅，妮娜推开她的餐盘站了起来。她捋了捋头发，头发不像之前那么有光泽，深色的发根也比以前更明显了。

"嗨，安迪，"她灿烂地笑着，"你今天早上好吗？"

他刚要回答，但看到她衬衫上的那块鸡蛋：“妮娜，你衣服粘上鸡蛋了。”

“哦！”她擦拭着衬衫上的鸡蛋，脸颊泛红。但鸡蛋已经在衣服上粘了好几分钟，她那件精致的白色织物上还是留下了一块污渍。“真是不好意思！”

“没关系，你看起来依然很漂亮。”他双手握住她的双肩，把她揽到怀里吻了一下，我看着她倒在他怀里心里确实有一丝嫉妒。“我得赶紧去办公室了，今晚见。”

“我送你出去，亲爱的。”

妮娜真幸运，她什么都有，虽然住过精神病院，但是至少没住过监狱。她有一栋这么豪华的房子，一大笔钱，还有一个丈夫，心地善良、幽默风趣、富甲一方、体贴入微，还英俊潇洒。

我闭上眼睛想象自己是妮娜该是怎样的感觉：管着整个房子，穿着昂贵的衣服、鞋子，开着豪车，雇一个女仆随意使唤她做饭、打扫卫生，让她住在阁楼那个小屋里，而我自己住着大卧室，睡在特大号的床上，躺在贵得离谱的床单上。最重要的是，有一个像安德鲁那样的丈夫。感受他吻我的感觉，就像刚刚他对妮娜那样，感受着他贴在我胸前的体温……

我不能再这样想下去，赶快打住！不过我确实很久都没碰过男人了，之前在监狱里待了十年，天天想着出来后遇到某个完美男人把我救出苦海，可是现在……

别灰心，还有希望。

我爬上二楼，开始整理床铺，打扫卧室。我刚全部打扫好，正准备下楼就听到门铃响，赶紧冲下去开门。没想到竟然是恩佐，他站在门口怀里抱着一个巨大的纸箱子。

“*Ciao*”我记住了他那天教我的意大利问候语。

他的脸上闪过一丝笑意："*Ciao*。这个……给你。"

我立刻就明白发生什么事了。有时候快递员不知道他们能从大门进来，所以他们就会把那些很重的包裹直接放在门外，我每次都得费半天劲儿搬进屋里。恩佐一定是看到快递员把包裹扔在门口，现在好心帮我拿进来。

"*Grazie*。"我用意大利语说。

他扬起眉毛看着我："你想我……"

我愣了一秒钟才明白他在问什么："哦……就放在餐桌上吧。"

我指了指餐桌，他把包裹拿了过去。我想起上次恩佐进来的时候妮娜那个反应，可是她现在又不在，那个箱子看起来也太重了，我抱着费劲。他把快递放在桌上后，我看了一眼寄件人——伊芙琳·温彻斯特，心想大概是安德鲁家的人。

"*Grazie*。"我又用意大利语说了一遍。

恩佐点了点头。他穿着一件白色的T恤衫和牛仔裤,看起来很不错。他总是在附近某户院子里忙得大汗淋漓，这附近很多有钱女人们都喜欢色眯眯盯着他看。不过我还是更喜欢安德鲁的长相，当然和恩佐还有语言障碍问题。不过也许和恩佐一起找点儿乐子也不错，可以帮我释放一点儿被压抑的能量，也许这样我就会停止对我老板的丈夫产生完全不恰当的幻想。

我不太确定该怎么引入这个话题，他不太会说英语。不过我可以确定：爱的语言是世界通用的。

"水？"我一边向他主动提议，一边努力思考着到底该怎么开口。

他点了点头用意大利语说："*Si*（嗯）。"

我跑到厨房，从橱柜里拿出一个玻璃杯接了半杯水，拿出来给他。他感激地接过水，用意大利语说："*Grazie*。"

他拿起杯子喝水时，二头肌都鼓了起来。他的身材可真好，不知道床上功夫怎么样，也许棒极了。

我一边看着他喝水，一边紧紧捏着双手。“嗯……你……忙吗？”

他放下杯子，一脸茫然地看着我：“嗯？”

我清了清嗓子：“比如，你有很多……工作吗？”

“工作。”他点头表示听懂了这个词。我真想不明白他在这里工作三年竟然连点儿英语都听不懂。他用意大利语答道：“*Si. Molto occupatoa*（对，很忙）。”

“哦。”

看来进展不太顺利啊，也许我应该开门见山。

“听我说，”我朝他走近了一步，“我只是觉得也许你想……休息一会儿？”

他用那双黑眼睛打量着我的脸：“我……不懂。”

我能行的，用爱的语言。“休息，”我伸出手放在他的胸口，挑起眉毛暗示他，“你懂的。”

我本以为此时他会冲我邪魅一笑，抱起我一路奔上阁楼，酣畅淋漓大干几个小时。可是我没有想到他的目光竟然暗淡了下来，立刻从我身边跳开，就像我的手着火了一样，然后愤怒地快速说出一串意大利语。我听不懂他在说什么，不过肯定不是“你好”，也不是“谢谢”。

“我很抱歉。”我无助地说道。

“*Sei pazzo*（你疯了）！”他用意大利语冲我喊道，用一只手拨弄着头发，“*Che cavolo*（见鬼）！”

简直太尴尬了，我都想钻到桌子底下躲起来。我想过他有可能会拒绝我，但是却没想到会这么坚决。“我不是有意……”

他抬头看了一眼楼梯间，面露恐惧，然后又看着我的脸：“我……我现在就有。”

“好，”我朝他点了点头，“我很抱歉，我刚刚只是想表现得友好些，不是有意……”

他看了我一眼，好像知道我刚才说的都是些狗屁废话。有些东西确实是世界通用的。

“我很抱歉。”我第三次道歉，看着他大步走向门口，“还有……谢谢你帮忙拿包裹。”

他停在门口转过身，用那双黑色的眼睛和我的目光对视。“你……你离开这里，米莉，”他用蹩脚的英语说着，“这里……”他抿紧嘴唇，然后说出了我们第一天见面时他对我说的那个词——“危险”，这次是用英语说的。

他再次抬头看了看楼梯口，脸上露出不安的神情，然后摇了摇头。我还没来得及问清楚他的意思，他就匆匆走出了前门。

二十

真是太丢脸了。

现在回想起之前恩佐拒绝了我，我还是会感到羞愧难当，此时我正等着塞西莉娅的踢踏舞课下课。我的头嗡嗡作响，舞蹈教室里传来一阵阵小脚齐声踏步的声音，吵得我的头更疼了。我环顾了一下房间，想看看还有没有其他人像我一样也觉得这声音烦人的。没有？只有我吗？

坐在我旁边的女人终于同情地看了我一眼。她的皮肤自然光滑，没有做过祛皱整容的迹象，也没有打肉毒素的痕迹，估计年龄应该和我差不多，所以我觉得她来接的也不是自己的孩子。她也是个女仆，和我一样。

“艾德维尔[1]？”她问。一定是她有第六感，所以才注意到了我的不适，要不然就是我唉声叹气给她传递了这个信号。

我先是犹豫了一下，然后点了点头。虽然吃止痛药并不能让我摆脱被那个性感意大利园丁拒绝的羞耻感，但是至少能缓解一下我的头痛。

她把手伸进她那黑色的大手提包里，拿出一瓶艾德维尔。她冲我挑着眉毛，示意我伸出手，接着从瓶子里摇出两粒红色的小药片倒在我的手掌上。我把药片扔进嘴里，干咽了下去，不知道要过多久药才会起作用。

“对了，我叫阿曼达，”她告诉我，“在这里，我算是个自发为大家提供药品的‘临时药店’。”

我忍不住笑了出来：“你来接谁？”

她把棕色的马尾辫从肩上拂开：“伯恩斯坦家的那对双胞胎，你应该看看她们齐步跳踢踏舞的样子，那真是一大奇观。说到让人头疼的事，你的呢？”

“塞西莉娅·温彻斯特。”

阿曼达低声吹了下口哨：“你在温彻斯特家干活儿？那祝你好运吧。”

我膝盖一紧：“什么意思？”

她耸了耸肩：“妮娜，你知道的，她……”她伸出用食指做了一个众所周知的“疯子”手势。“对吧？”

“你怎么知道的？”

“每个人都知道。”她看了我一眼，“对了，我感觉妮娜是那种爱嫉妒的人，她丈夫真的很帅，你不觉得吗？”

---

① 一种布洛芬止痛药。

我把目光移开："他还好吧。"

阿曼达开始在手提包里翻来翻去，而我舔了舔嘴唇。这正是我一直在等待的机会，我可以从她那里打听些妮娜的事情。

我说："为什么大家都说妮娜疯了？"

她抬头看着我，那一刻我有些担心自己冒犯到她了，八卦得这么明显。她只是咧嘴一笑："你知道她曾被关进过疯人院，对吧？大家都在议论这件事呢。"

我不喜欢她用"疯人院"这个词，要是让她来形容那个我度过人生过去十年的地方，她肯定能变着花样说出一大堆同样"精彩"的词。但是，我需要听她说这个事。我开始砰砰地心跳加速，和旁边房间里孩子们的小脚敲击声同步。"我确实听说过一些……"

阿曼达啧了一声："当时塞西莉娅还是个婴儿，可怜的小家伙儿，要是警察晚到一秒钟……"

"什么？"

她压低了声音环视着房间："你知道她做了什么，对吧？"

我摇了摇头没说话。

"太可怕了……"阿曼达吸了一口气，"她想把塞西莉娅淹死在浴缸里。"

我用手捂住嘴："她……什么？"

她严肃地点了点头："妮娜给她下了药，把她扔进浴缸，放着自来水，然后自己吞了一堆药。"

我张开了嘴，但是一句话也说不出来。我一直以为故事会是这样的，比如她和另一个妈妈在芭蕾舞课上，因为芭蕾舞裙哪个颜色最好看而吵了一架，然后因为意见不合而精神崩溃了，或者可能是她最喜欢的美甲师决定退休不干了，她受不了。现在这个故事和我之前想的完全不一样：这个女人竟然想要杀死自己的孩子。我真想不出还能有什么比这更可怕的了。

“安德鲁当时显然是在市里的办公室，”她说，“但是他给她打电话一直没打通，担心得不得了，还好他及时报警了。”

我刚才明明吃过艾德维尔了，可是现在头痛更严重了，感觉就快要吐出来了。妮娜想要杀死自己的女儿，还想要自杀，难怪她在吃治精神病的药。

可是在我看来这完全讲不通。不管我对妮娜有什么意见，她显然非常爱塞西莉娅，这种事情不可能伪装。不过我相信阿曼达，我确实从不少人那里听到过这个谣言，整个镇上的人都弄错了？也不太可能。

妮娜之前真的想要杀她女儿。

但是我不清楚真实情况，我听说她得过产后抑郁症，也听说产后抑郁症是如何让一个人的思想陷入一片黑暗，也许当时她根本不知道自己在做什么，如果真是谋杀，她现在就该在监狱里了，一辈子都待在里面。

虽然我很担心妮娜的精神状况，可是我从没真正相信过她有能力做出暴力行为。不过也许她比我想象的要能干得多。

自从被恩佐拒绝后，现在我还是第一次回想起他匆匆走向前门时，那满眼的恐慌。“你离开这里，米莉，这里……危险。”他在担心我，他害怕妮娜，要是他会说英语就好了。他要是真会说英语，我觉得我现在可能已经搬出去了。

不过我能做什么呢？虽然温彻斯特给我的薪水很高，可也没多到够我离开的，至少还得再多赚几个月的钱才行。如果现在我辞职不干，别指望他们能给我写一封像样的推荐信，到头来只能回去继续过之前那种生活，整天找各种招聘广告海投简历，等着他们发现我坐过牢，然后接二连三地被拒之门外。

我只需要在这里再坚持一下，尽量别惹妮娜生气，我未来的人生可全都押在这里了！

二十一

今天的晚餐时间快到了，可是恩佐搬进来的那个纸箱子还放在餐桌上。我想要挪个位子，可实在太重了。要是贸然搬箱子，我担心自己一不小心给它摔了。很可能里面放的是某个价值连城的明代花瓶，或者是同样易碎的贵重物品。

我又仔细看了看箱子上的寄件信息，寄件人是伊芙琳·温彻斯特，不知道这个人是谁，字倒是写得挺大，还很潦草。我试探着稍微晃了晃箱子，里面的东西嘎嘎作响。

“提早送到的圣诞礼物吗？”

安德鲁问。他一定是从车库入口那里进来的，嘴角上扬，正冲着我笑，领带松松地悬在脖子上，看起来精神比昨天好多了，我也跟着高兴。他见完医生回来后情绪一直很低落，我真的以为他就这样一蹶不振了。还有昨天晚上，他们俩吵得那么凶，我都怀疑妮娜会杀了他。

“现在才六月。”我提醒他。

他咂了咂嘴：“庆祝圣诞，永不嫌早。”他从桌子那边绕过来，仔细端详着箱子上的寄件信息。他和我离得很近，中间也就只隔了几英寸，我都能闻到他须后水的味道，这个味道闻起来……真香，真贵。

停，米莉，别再闻你的老板了。

“是我妈妈寄来的。”他说。

我对他咧嘴笑了笑：“你妈妈还给你寄爱心包裹啊？”

他笑了：“她以前确实总寄，尤其是之前，妮娜……生病那会儿。”

生病！对于妮娜的所作所为，这可真是个委婉的说法，反正我是想不出来。

“也许是给西西的礼物，”他说，“我妈妈就爱宠着她，总说西西就只有一个奶奶，必须宠着她。”

“那妮娜的爸妈呢？”

他顿了一下，两只手搭在箱子上：“妮娜很小的时候她爸妈就去世了，我都没见过他们。”

妮娜之前想要自杀，想要杀了自己的女儿，现在再加上她那已经去世的爸妈，我只希望我这个女仆可别是下一个。不管之前妮娜有什么问题，大家显然觉得她已经准备好重新融入社会了，我不该轻易妄下定论。

“好了，”安德鲁直起腰来，“让我打开箱子看看。”

他冲进厨房拿来一把美工刀，划开箱子顶部，掀开盖子，此时我的好奇心达到了顶峰。我一整天都在盯着这个箱子看，想知道里面是什么贵重物品。此时，安德鲁盯着箱子里面的东西，脸色渐渐苍白。

“安德鲁？”我皱着眉头问，“你没事吧？”

他没回话，一屁股瘫坐在椅子上，抬起手用指尖按压着两边的太阳穴。我想要赶紧过去安慰他，可还是没忍住，中途停下来往箱子里瞅了一眼，顿时明白为什么他脸色那么难看了。箱子里装满了各种婴儿用品，有白色的婴儿毯、拨浪鼓、洋娃娃，还有一小堆白色的婴儿连体衣。

妮娜逢人便说，他们很快就会迎来一个新生命了。可想而知，她肯定也和安德鲁的妈妈说了，然后安德鲁的妈妈就寄来了这些东西，不过可惜她有些操之过急了。

安德鲁目光呆滞。“你没事吧？”我又问了一遍。

他眨了眨眼像是忘了我也在这里，然后淡然一笑：“我没事，真的，只是……不想看到这些。”

我悄悄坐到他旁边的椅子上：“也许是那个医生搞错了呢？”

虽然我有些想不通他为什么还想要和妮娜生个孩子，明明之前她差点儿杀死塞西莉娅，她都做过那么可怕的事情了，他怎么还能信任她，把孩子托付给她呢？

他揉了揉脸："没弄错。妮娜比我大，我们刚结婚那会儿她有些……问题，我当时觉得要孩子不适合，所以我们就先等了等，没想到现在……"

我惊讶地看着他："妮娜比你大？"

"大一点儿，"他耸了耸肩，"爱情和年龄无关，我爱过她。"说到他对妻子的感情，他刚刚用的可是"过"这个字，我听到了，他也注意到了，因为他的脸都变红了。"我是说，我爱她，我爱妮娜，不管发生什么，我们都会在一起。"

他说这些话的时候，语气坚定极了，不过接着又望了一眼那个箱子，脸上写满了悲伤。不管他嘴上说什么，心里肯定开心不起来，因为他和妮娜没办法再要孩子了。

"我先把箱子放到地下室，"他喃喃地说，"说不定周围有谁家会生孩子，到时我们可以把这些东西送给他们，要么我们就直接……我们可以捐出去，肯定能派上用场。"

我突然有种冲动，好想张开双臂把他搂进怀里。虽然安德鲁富甲一方，可我觉得他很可怜，他人那么好，理应得到幸福。妮娜有那么多问题，情绪还那么不稳定，她能给他幸福吗？还是说他只是出于义务，别无选择，只能继续和她在一起？

"如果你想找人说说话，"我轻声说道，"我在这里。"

他看着我的眼睛："谢谢你，米莉。"

我把手放在他的手上想要安慰他，可他转过手，轻轻握了握我的手。当他的手掌碰到我的手时，好像有一道闪电击穿了我的身体，之前从没有过这种感觉。我抬头看着安德鲁那双棕色的眼睛，我能看出他也感觉到了。有那么一瞬间，我们俩就这样互相凝视着，被某种看不见、道不明的引力吸在一起。然后，他的脸红了。

“我得去了，”他把手抽了出去，“我应该……我必须得……”

“嗯……”

他从桌旁站起身来，冲出餐厅爬上楼梯，走出视线前还特意回头，不舍地看了我一眼。

二十二

接下来整整一周我都躲着安德鲁。

我不能否认自己对他有感觉，而且不仅仅是有感觉那么简单，我真的爱上这个男人了，每一分每一秒都在想他，甚至做梦都是他在吻我。

他应该对我也有感觉，虽然嘴上说着爱妮娜的话。不过我不想弄丢这份工作，和已婚老板上床肯定保不住工作，我只能竭尽全力把自己的情感藏起来。安德鲁白天大部分时间都在工作，避开他也不是什么难事。

今天的晚餐时间快到了，我正在餐桌旁摆着餐盘，准备趁安德鲁没进来之前赶紧躲远，这时妮娜慢悠悠地走了过来，看到晚餐是三文鱼配米饭，还有给塞西莉娅准备的鸡块，满意地点了点头。

“闻起来真香啊，米莉。”她评论道。

“谢谢，”我正准备像往常一样结束今天的工作，“这样就可以了吧？”

“还有一件事，”她轻轻拍了拍自己的金发，“你订到《最后决战》的票了吗？”

“订到了！”我抢到了这周日晚上最后两张贵宾席的票，我都觉得自己好厉害。虽然多花了些钱，但是温彻斯特家还是付得起的。“你们在舞台正数第六排，几乎可以摸到演员。”

“太棒了！”妮娜高兴得拍手叫好，“酒店房间也订了吧？”

“在广场酒店。”

因为开车去市区有些远，所以妮娜和安德鲁会在广场酒店过夜。塞西莉娅会去她朋友家住，这么大的房子就只剩下我一个人，我都能光着身子到处走了（我没打算真这么做）。

“一定会是一个美好之夜，”妮娜叹了口气，“我和安迪都挺需要这个机会的。”

我没说话，不打算对他们的关系说什么，尤其刚刚听到关门的声音，知道安德鲁回来了。不过自从他们看完医生，接着吵完那一架，两个人的关系似乎有些疏远。我不用刻意关注就能发现他们相处时那种尴尬的客气。妮娜自己似乎也不在状态。就像现在，她的白衬衫扣子扣错了，漏扣了一颗，全都错位了，衣服一边长一边短。我真想提醒她，可是担心她会冲我大喊大叫，还是别说了。

“祝你们玩得愉快。”我说。

“我们会的！”她冲我微微一笑，“还有整整一周，我真有些等不及啦！”

我皱了皱眉：“整整一周？演出是大后天啊。”

安德鲁一边大步走进餐厅，一边松着领带，看到我时停了下来，但还是控制住了自己，没多做其他反应。我也一样控制住了自己，努力不去想他穿西装的样子有多帅。

“大后天？”妮娜重复着，“米莉，我让你订的是下周日的票！我记得清清楚楚。”

“对……”我摇了摇头，“可你是上周和我说的，所以我订了这周日的票。”

妮娜的脸颊涨得通红："这么说，你是承认了我让你订下周日的票，但你还是订了这周日的？"

"不，我的意思是——"

"我真不敢相信你竟然这么粗心，"她双臂交叉，抱在胸前，"这周日我可看不了演出，我得开车送塞西莉娅去马萨诸塞州参加夏令营，还得在那里过夜。"

什么？她让我订的就是这周日的票，塞西莉娅会去她朋友家住，我不可能搞错。"也许可以让别人送她过去？我是说，演出票退不了。"

妮娜看起来像是被冒犯到了："我后面两周都见不到她，不能让别人送我女儿去夏令营！"

为什么不行？总比差点儿杀了她好吧。不过我不能这么说。

"我真是不敢相信，你竟然能把这个事搞得这么糟，米莉，"她摇了摇头，"这两张票钱，还有酒店的房费都直接从你工资里扣。"

我张大了嘴，这加起来比我一个月的工资都多，其实比我三个月的工资都多。我一直这么努力攒钱就是为了能早日离开这个鬼地方。一想到未来那么长时间都拿不到工资，我真想痛哭一场，可还是强忍住了泪水。

"妮娜，"安德鲁插嘴说道，"别生气，我觉得肯定有办法退票的，我会给信用卡公司打电话，这件事就交给我吧。"

妮娜狠狠瞪了我一眼："行吧，不过要是退不回钱，只能你来赔，你听懂了吗？"

我点了点头没说话，赶紧跑进厨房，不想让她看到我在哭。

二十三

周日下午，我收到了两条好消息：

第一，安德鲁成功退掉了票，我不用免费干活了。

第二，塞西莉娅要离开家整整两周。

我不确定哪个好消息更让我高兴。不用花一大笔钱付这两张票钱，确实挺让我高兴的。不过更让我高兴的是，我不用再伺候塞西莉娅了，毕竟有其母必有其女。

塞西莉娅收拾的行李至少够她用一年，她几乎把所有东西都装进那些包里了，塞满每一个空隙。我现在拎着这些包就像是在搬石头一样，还要一路搬到妮娜那辆雷克萨斯上。

“请小心些拿包，米莉。”妮娜不耐烦地看着我。我使出浑身力气才把包举进后备厢，手掌被勒得通红。“千万别弄坏任何东西。”

塞西莉娅能带什么易碎的东西去夏令营啊？不就是些衣服、书本和杀虫剂吗？不过我可无权质疑她：“抱歉。”

就差最后一个包了，我返回屋里正巧撞见安德鲁下楼，他看到我正要提起那么大一个行李，两只眼睛瞪得溜圆。

“嘿，”他说，“我帮你拿吧，看起来真挺重的。”

“没事。”我坚持这样，完全因为看到妮娜正从车库那边走过来。

“没事，让她拿吧，安迪，”妮娜举起一根手指摇了摇，“你的背不好，得当心些。”

他看了她一眼：“我的背没事。再说了，我想和西西告个别。”

妮娜拉长了脸：“你确定不和我们一起去吗？”

“我也希望能和你们一起去，”他说，“但是我不能明天一整天都不工作，而且下午还有好几个会。”

她哼了一声：“你总是把工作排第一。”

他皱了皱眉。她这话确实挺伤人，安德鲁虽然生意做得挺大，但是每天晚上都会回家吃晚饭，周末偶尔会加班，可这个月他都已经参加了两场舞蹈表演、一场钢琴独奏会、一场四年级毕业典礼和一场空手道表演了，还有一天晚上，他们去学校参加了一场几个小时的文艺演出。

“对不起。”他说道。

她又哼了一声，扭过头去。安德鲁伸手碰了碰她的胳膊，她猛地甩开他的手，冲回厨房拿包。

他抱起最后那件行李，走到车库，放进后备厢，向塞西莉娅道别。塞西莉娅正坐在妮娜那辆白色雷克萨斯里，穿着一件白色蕾丝连衣裙，整个装扮和夏令营格格不入，不过我也不打算多说什么。

整整两周都没有那个小怪物捣蛋，我高兴得都想跳起来，不过还是把嘴角压了下去。“这个月都见不到塞西莉娅，我会难过的。”我一边看着妮娜从厨房走过来，一边说道。

“真的吗？”她冷淡地说，“我还以为你受不了她呢。”

我张大了嘴。她说得没错，我和塞西莉娅确实合不来，不过我没意识到原来她已经知道我有这种感觉了。如果她连这个都知道，那她会不会发现我也不怎么喜欢她呢？

妮娜抚平自己的白衬衫，回到车库，同时也带走了我所有的紧张情绪。只要妮娜在，我就感觉如履薄冰，好像不管我做什么她都要仔细剖析一番。

安德鲁从车库走了出来，两只手在牛仔裤上擦了擦。我喜欢他一到周末就穿 T 恤衫和牛仔裤的样子，我喜欢他做运动时头发乱蓬蓬的样子，我喜欢他冲我微笑、对我眨眼的样子。

不知道他是不是和我一样，也庆幸妮娜走了。

“好了，”他说，“既然妮娜走了，我要坦白一件事。”

“哦？”

会是表白吗？我疯狂爱上你了，我要离开妮娜，我们一起私奔，去阿鲁巴岛。

不太可能。

“那两张演出票没退掉，”他垂下了头，“我不想让妮娜为难你，也不想把这笔账记在你身上，我相信一定是她把日期弄错了。”

我慢慢点了点头：“嗯，是她搞错了，可是……好吧，那谢谢你了。”

“所以……你应该叫上你的朋友，今晚一起去市里看这场演出，还可以在广场酒店过夜。”

我几乎要惊呼出来：“你真是太大方了。”

他右边的嘴角微微上扬：“都拿到票了，为什么要把票浪费掉呢？好好享受吧。”

“是啊……”我摆弄着T恤衫的下摆。真不敢想象要是被妮娜发现会怎样，而且只是想到要去看演出我就开始焦虑了。“你的好意我心领了，但我还是不去了。”

“真的吗？据说这是近十年最好的演出！你不喜欢看百老汇的演出吗？”

他不了解我的生活，也不知道过去十年我都在做些什么。“我从来都没看过百老汇的演出。”

“那你必须去啊！一定得去！”

“好吧，但是……”我深吸一口气，“其实我找不到人陪我一起去，也不想一个人去，所以还是不去了。”

安德鲁盯着我，用手指搓了搓下巴说：“我和你一起去。”

我扬起眉毛：“你确定这是个好主意吗？”

他犹豫了一下：“我知道妮娜嫉妒心重，不过可不能因为这样就白白浪费了两张这么贵的票，而且你竟然从没看过百老汇的演出，真是太可惜了。去看看吧，肯定会很有意思的。”

没错，演出肯定会很有意思的。我就是在担心这个，该死。

一个属于我的美妙之夜慢慢浮现在眼前：乘着安德鲁的宝马车一路开去曼哈顿，坐在贵宾席上看最热门的百老汇演出，然后在附近找家餐厅吃些东西，喝杯普罗塞克[①]，可以和安德鲁说说话，完全不用担心妮娜会突然出现。

一切听起来都太美好了。

“好，”我说，“那我们去吧。”

安德鲁的脸一下子亮了起来：“太棒了。我去换件衣服，一小时后我们在这里见，好吗？”

“没问题。”

我朝阁楼走去，心里一沉。对于今晚，我一边满心期待，一边又有种不好的预感，总觉得如果我去了肯定会有坏事发生。我已经无可救药地爱上安德鲁了，整个晚上都和他待在一起，只有我们两个人，这简直是在玩火。

不过只是一起去曼哈顿看场演出而已，我们俩都是成年人了，完全可以掌控自己的行为，没问题的。

二十四

去看演出肯定不能穿牛仔裤和T恤衫。我上网查过，虽然官方没有着装要求，但这样打扮感觉不太对劲，而且安德鲁说他要去换衣服，那我也去换件漂亮衣服。

---

① 一种意大利起泡白葡萄酒。——译者注

问题是我没有什么漂亮衣服可换。其实我有，就是妮娜给我的那袋。我把那些衣服全都挂起来了，这样就不会压坏了，不过一件都还没穿过，主要是因为这些衣服都太漂亮了，我天天在温彻斯特家打扫卫生，也没什么合适的场合需要盛装打扮。

不过今晚正是需要盛装出席的场合，说不定也是唯一一次。最大的问题是，所有裙子都白得刺眼。白色是妮娜最喜欢的颜色，但不是我最喜欢的颜色，我甚至都不觉得自己有什么最喜欢的颜色（除了橙色）。不过我一直都不喜欢穿白色衣服，因为太容易弄脏了，今晚我可得多加小心。我不会穿一身白的，我也没有白色的鞋子，只有几双黑色的高跟鞋，就这样穿吧。

我把所有连衣裙都挨个看了一遍，这些裙子都很漂亮，也都挺性感的。我选了一件紧身鸡尾酒短裙[①]，长度刚好能露出膝盖，领口还有一条蕾丝系带。妮娜可比我重多了，我还以为穿上会很宽松。不过她肯定是好多年之前买的，现在我穿着很合身，我自己专门去买估计也找不到比这件更合适的。我没怎么打扮，只是稍微涂了个口红，画了个眼线，就这样。不管今晚发生什么，我都要守好规矩，我可不想自找麻烦。

要是让妮娜发现我和她丈夫之间有一丝一毫的瓜葛，她肯定会不惜一切代价把我毁掉。

我下楼时看到安德鲁已经在客厅等着了，他穿着一件灰色的西装外套，配了一条同色系的领带，还专门洗了澡，刮掉了下巴的胡茬。他看起来真的太帅了，帅到我都想直接冲上去一把抓起他的衣领。不过接下来才是最惊奇的一幕：他看到我的一瞬间，眼睛突然睁得溜圆，猛吸了一口气。

① 一种正式场合穿的短裙。——译者注

我们就这样彼此注视着对方好一会儿。

“天呢，米莉，”他整理着领带，手在微微颤抖，“你看起来……”

我张开了嘴，不知道该不该问他：这个主意是不是不太好，我们是不是应该及时叫停这一切。不过我最终还是没能下定决心开口。安德鲁把目光从我身上移开，低头看了一眼手表：“我们得走了，在百老汇附近停车可是件麻烦事。”

“好，我们走吧。”

现在已经没有回头路了。

我坐进了安德鲁的宝马车。坐在这个炫酷的真皮座椅上，我感觉自己像个明星。安德鲁刚坐进主驾，我就发现自己的裙子缩到了大腿那里。明明刚才换衣服的时候，裙子差不多到膝盖的位置，可现在不知怎么就跑到大腿中部了。我使劲往下拽着，可是只要我一松开手，裙子就又自己跑上去了。

还好我们开出大门这一路，安德鲁一直在专心开车。他是一个对婚姻忠诚的好丈夫，即使刚刚都快被我穿裙子的样子迷晕了，也不意味着他控制不了自己。

“要去看演出了，真是太兴奋了，”我一边说着，一边看着他往长岛高速的方向开着，“我真不敢相信，我要去看《最后决战》了。”

他点了点头：“我听说演出很精彩。”

“刚才我换衣服的时候还用手机播了里面几首歌听。”我说。

他笑了笑：“你之前说我们在第六排，对吧？”

“没错。”我们不仅要去百老汇看最火的演出，而且还坐在那么靠前的位置，几乎都能够到演员。“不过我想说……”

他扬起眉毛。

“你没能和妮娜一起，我心里挺过意不去的，”我往下拽了拽裙边，感觉这个裙子就是在故意和我作对，好像铁了心要把我的内裤露出来，

“毕竟想要这两张票的人是她。”

他摆了摆手：“这个你不用担心。我们结婚以后，妮娜总去看百老汇的演出，次数多得我都数不清。今晚的演出对你来说很特别，你得好好欣赏，我相信妮娜肯定也希望你能喜欢。”

“呃。”这一点我倒不太确定。

“相信我，没事的。”

他慢慢减速停下车，一边等着红灯，一边用手指一下下地敲着方向盘。我发现他好像没在看挡风玻璃，他在看我的腿。

我一抬眼和他四目相对，他脸一红赶紧把目光移开了。

二十五

真是个美好的六月之夜。我带了件披肩，但是外面挺暖和，我就把披肩留在安德鲁车里。在剧院外排队时我只穿着一件白色连衣裙，胡乱搭了一个包，其他什么都没有了。我一进剧院，看到眼前的场景立马倒吸一口气，感觉这辈子从来没见过这样的场面。舞台前方的观众席全是一排排的座位，抬头又看到还有两大片观众席，一直延伸到远处的天花板，正前面是一块红色的幕布，底下透出诱人的黄光。

等我终于把目光从眼前的场景移开时，我注意到安德鲁脸上的表情，好像是被我的样子逗笑了。“怎么了？”我说。

“只是挺可爱的，”他说，“你的表情。这一切我早就已经习以为常了，不过现在能通过你的眼睛再看看这一切还挺好的。”

“这里太大了。”我情不自禁地说。

这时引座员走了过来，递给我们两张节目单，引导我们就座。真不敢相信我们竟然会离舞台这么近，我甚至都能抓到演员的脚踝。在这么大的剧院里，坐在这么好的位置，来看最火的演出，旁边还坐着安德鲁，我觉得自己完全不像一个刚从监狱里放出来、身无分文、做着烦人工作的女孩，我觉得自己很特别，好像就应该待在这里。

我盯着安德鲁的侧脸，现在这一切多亏了他。他本来可以装傻充愣，找我收票钱或者自己找个朋友一起来看演出，但他把我带到这里，我会记一辈子。

“谢谢你。”我脱口而出。

他转头看着我，嘴角向上一弯。他笑起来的样子可真帅啊。“不用谢。”

剧院里放着音乐，我隐约听到包里传来嗡嗡的响声——是我的手机。我取出手机，是妮娜发来的，屏幕上显示着：

别忘了把垃圾扔出去。

我咬紧牙关，刚感觉自己不只是个女仆，美梦没做多久就戛然而止。妮娜总是不厌其烦地提醒我垃圾日的事情，每周都要提醒，哪怕我从没忘记过一次。但是看到她的短信才想起来，我的确忘记把垃圾拖到路边了。通常我都是吃完晚饭扔垃圾的，谁知今晚计划有变。不过我只要在今晚回去后把垃圾拖到路边就好，等安德鲁的宝马车变回南瓜，我又变回灰姑娘。

“你还好吗？”

安德鲁一边看着我，一边不自觉地眉头紧锁。我对他生起的那股暖意稍微消退了一些。安德鲁不是我的约会对象，也不是专门订百老汇演出来讨我欢心的。他是我的老板，而且已经结婚了。他带我来这里，只不过是觉得我没见过什么世面，可怜我罢了。我可不能忘了这一点。

演出真的太精彩了。我在第六排，现在我知道为什么这是百老汇最受欢迎的一场演出了：音乐节目太引人入胜了，舞蹈节目太华美绚丽了，主演太潇洒帅气了。

不过我还是觉得他没有安德鲁帅。大家起立鼓了三次掌后，演出终于结束了，观众们纷纷向出口涌去。安德鲁慢慢悠悠地站起身来伸了伸腰：“去吃晚饭怎么样？”

我把节目单塞进包里，这样确实有风险，但是我真的想要留住这段奇妙美好的经历。“听起来不错。你想好地方了吗？”

“离这里几条街远有一家很棒的法式餐厅。你喜欢吃法餐吗？”

“我从来没吃过法餐，”我说，“不过我倒是挺喜欢吃法式炸薯条的。”

他笑了笑：“我觉得你会喜欢的。这顿我请，你觉得怎么样？”

如果真让妮娜发现她丈夫带我来看百老汇演出，还请我吃高价法餐，她肯定会不高兴的。但是管她呢，来都来了，又不是只看演出不吃饭，她就不生气了。“听起来不错。”

在之前的人生里，我完全不可能走进一家法式餐厅，还是安德鲁带我来的这种。门上贴着一份菜单，我只瞥见了几道菜的价格，里面任何一道开胃菜都是我好几个星期的工资。但是站在安德鲁身边，穿着妮娜的白色连衣裙，我感觉自己能融入这里，反正没人敢叫我离开。

大家看到我们俩一起走进餐厅，肯定以为我们就是一对儿。我在餐厅外的玻璃上看到我们两个人的身影，般配极了，比妮娜跟他在一起更般配。没人注意到他手上带着婚戒，而我却没戴。安德鲁伸手轻扶着我的后腰，一路引我到餐桌旁，还帮我拉开了椅子。

“你真是太绅士了。”我说。

他笑了笑：“感谢我妈妈，她就是这样教我的。”

“她把你教得真好。”

他冲我笑了笑：“她要是听到这话肯定很高兴。”

这话也让我想起了塞西莉娅，那个被宠坏了的熊孩子，似乎就喜欢各种使唤我。不过塞西莉娅也受了不少苦，她妈妈之前还想杀死她。安德鲁点了一杯红酒，我也跟着点了一杯一样的。我甚至都没看价格，看了也只会让我难受而已，反正他说他会付钱。

“我不知道该点什么。”这些菜的名字都没怎么听过，而且整个菜单都是用法语写的。“你能看懂这个菜单吗？”

“*Oui*（是的）。”安德鲁用法语说道。

我扬起眉毛：“你会说法语？”

“*Oui*，*mademoiselle*（是的，小姐），”他用法语说完这句话，冲我眨了眨眼，“其实我法语说得还挺流利的，我大三时去巴黎留学了一年。”

“哇哦！”我不仅没在大学学过一天法语，甚至都没上过大学，我高中拿的还是普通高中同等学力证书。

“你需要我把菜单翻成英语给你读一遍吗？”

我感觉自己的脸开始有些烫了：“不用了，就替我挑几个你觉得我会喜欢的菜吧。”

他听后一脸满意：“好的，交给我吧。”

服务员端来一瓶红酒，还有两个红酒杯。我看着服务员打开瓶塞，往两个杯子里都倒满了酒。安德鲁示意服务员把这瓶酒留下。我拿起酒杯喝了一大口。

天呢，真是太好喝了，比我在当地卖酒的店里花五美元买的好太多了。

“你呢？”他说，“你还会说其他语言吗？”

我摇了摇头：“我庆幸自己会说英语。”

我讲的是笑话，可是安德鲁听了却没有笑。“你不应该贬低自己，米莉。你已经为我们工作好几个月了，你工作认真负责，人也很聪明，你能来帮忙是我们的幸运，但是我真的想不明白你为什么想来做这份工作，你没有别的职业追求吗？”

我摆弄着餐巾回避他的目光，他对我一无所知。“我不太想聊这个。”

他犹豫了一下，然后点了点头：“好吧，不管怎样，我很高兴你今晚能出来。”

我抬起眼睛，发现他那双棕色的眼睛正隔着桌子盯着我。“我也是。”

他好像还想再说什么，可他的手机响了。我又喝了一口酒，真是太好喝了，真想一口全都干掉。

“是妮娜打来的。”也许是我出现幻觉了，怎么感觉他脸上的表情有些痛苦呢。“我最好还是接吧。”

我听不到妮娜在说什么，但是隔着桌子也能听到她颤抖的声音，听起来感觉挺生气的。手机离他的耳朵差不多一厘米远，妮娜每说一个字，他就跟着皱一下眉。

“妮娜，”他说，“听我说，其实是……好，我不会……妮娜，放轻松，”他噘着嘴，“我现在不能和你谈这个，等你明天回家，我们见面聊好吗？”

安德鲁猛地挂断电话，砰的一声把手机摔在桌子上，举起红酒杯喝掉一半。”

“都还好吗？”我问道。

“没事。”他用指尖抵住太阳穴，“我只是……我爱妮娜，但有时候我真搞不明白，为什么我的婚姻会变成这个样子，我们俩 90% 的对话都是她在冲我大喊大叫。”

我不知道该怎么回他：“我……很抱歉。不知道这样说能不能让你感觉好一些，我和她 90% 的对话也是这样。”

他的嘴角抽搐了一下："好吧，我们俩在这一点上是一样的。"

"那她以前是这样吗？"

"完全不这样，"他抓起酒杯把剩下半杯酒一饮而尽，"我们俩刚认识的时候，她是一个单身妈妈，一个人打两份工。我特别佩服她，明明自己日子过得那么苦，却充满力量，也正是她这一点特别吸引我。可是现在她除了抱怨，什么都不干，她对工作完全不感兴趣，还一直娇惯着塞西莉娅，还有最糟糕的是……"

"什么？"

他拿起酒瓶，又给自己倒满一杯。"算了，没什么，我不该……"他环顾餐厅，"我们的服务员呢？"

我很想知道安德鲁刚刚到底想说什么。安德鲁也为我点好了餐。我甚至都没问他点的是什么，因为我想当成一个惊喜，他点的菜一定很好吃。还有他说法语时的腔调，真是太棒了。我一直希望自己会多说一种语言，不过对我来说现在学可能有些太晚了。

"我希望你会喜欢我点的菜。"他有些羞涩地说。

"一定会的，"我对他微笑着，"你品位那么好，看你的房子就知道了。还是说所有东西都是妮娜挑的？"

他举起酒杯喝了一小口："不是，房子是我的，大部分装修设计在我们结婚前就弄好了，准确地说，是在我们认识之前。"

"真的吗？大多数在市里工作的男人，结婚前都会选择住单身公寓。"

他哼了一声："不，我从没这么想过。我早就准备好结婚了。其实在遇到妮娜之前，我和别人订过婚……"

遇到妮娜之前？这是什么意思？妮娜毁了他的订婚吗？

"算了，"他说，"我只想安定下来，买个房子，生几个孩子……"

说完最后这几个字，他的嘴角垂了下来，虽然嘴上没说，但是我知道自从得知妮娜再也不能生孩子以后，他直到现在还在难过。

“真可惜啊，关于……”我晃了晃杯子里的酒，“生育问题。对你们俩来说，应该都挺难受的吧。”

“是啊……”他把目光从酒杯上移开，“自从上次看完医生后，我们一直都没亲热过。”

我差点儿把酒杯打翻在餐桌上。这时服务员来了，把开胃菜端上餐桌，是几片圆形面包，上面涂着粉红色的酱。可是刚刚听到安德鲁那么说，我很难再继续关注菜了。

“*Mousse de saumon canapés*（三文鱼慕斯面包片）。”他用法语说了一遍菜名，等服务员走后，又用英语解释了一遍，“其实就是烟熏三文鱼慕斯配法棍面包片。”

我只是盯着他。

“不好意思，”他叹了口气，“我刚刚不应该说那样的话，真的很不合适。”

“呃……”

“我们还是……”他指了指餐桌上那几片面包，“好好享受晚餐吧，麻烦你把我刚刚说的那些话忘了吧。我和妮娜……我们俩挺好的，每对夫妻都会经历感情低谷期。”

“好。”

我努力想忘掉他说的那番话，可是没成功。

二十六

我们度过了一段美好的晚餐时光。没再讨论妮娜，谈话也变得轻松多了，尤其开始喝第二瓶红酒之后。我都记不清上次度过这么美好的夜晚是什么时候了，眼瞅着这一切马上就要接近尾声，不由开始难过起来。

“今天太谢谢你啦。”我一边对他说着，一边看着他结账。那个账单我连一眼都不敢看，光是葡萄酒估计都要花一大笔钱。

“不，谢谢你。”他整张脸几乎都亮了起来，“今晚我过得很开心，上次这么开心还是……”

他清了清嗓子：“不管怎么说，今晚过得真的很开心，正是我需要的。”

他签完支票站起身，左摇右摆有些站不稳，我们今晚喝太多酒了。我现在才想起来他还得开车回长岛，还得跑高速。不管怎么考虑，感觉这都不是个好主意。

估计安德鲁也猜到我在想什么了。他扶着桌子，站稳了脚。“我不应该再开车了。”他说。

“对，”我说，“最好别开了。”

他揉了揉脸：“我们还在广场酒店预订了房间，你觉得怎么样？”

好吧，傻子都看出来，这就是个巨大的错误。我们两个人都喝多了，他妻子出城了，他好久都没发泄过了，而我憋的时间还要更久些。我得说不行，否则肯定不会有什么好结果。

“我觉得这个主意不好。”我喃喃地说。

安德鲁把一只手放在胸前：“我会老老实实做个合格的绅士。订的是间套房，里面有两张床。”

“我知道，可是……”

“你不相信我？”

我不相信我自己，这才是比较麻烦的地方。

“好啦，今晚我不能开车回岛上了，”他低头看了一眼自己的劳力士手表，“现在听我的，我去广场酒店订两个单独的房间。”

“天啊，那可得花一大笔钱啊！”

他摆了摆手：“不会的，我有时在那里接待客户，有优惠价，没事的。”

安德鲁喝得实在太多了，肯定开不了车，我也喝了很多，也开不了。我们可以打车回到岛上，但是他并没有主动提这个方案。“好吧，只要我们分开，各住一间就行。”

他拦下一辆黄色的出租车，我坐下后，裙子又缩到大腿的位置了，这条破裙子究竟是怎么回事啊？我抓住裙边使劲往下拽着，可是还没整理好，就发现安德鲁又在盯着我。不过这次被我发现他偷看后，他反而冲我笑了笑。

“怎么了？”他说，看来真是喝多了。

“你在盯着我的腿！”

“那又怎么样？”他笑得更放肆了，“你的腿这么好看，看一看也不会怎么样。”

我打了一下他的胳膊，他顺势捂住肩膀，假装自己受伤的样子。“我们得开两间房，分开睡，别忘了。”

我们突然四目相对，我看着他那双棕色的眼睛，一瞬间感到有些难以呼吸。我相信安德鲁不愿背叛妮娜，但是她现在人在另外一个州，他喝多了，他们两个人之间大小矛盾不断——估计已经很久了，反正从我第一天过来工作起，她一直就对他不太好。他应该找个更好的。

“你在看什么？”他压低了声音说道。

我喉咙发紧，咽了下口水：“没看什么。”

“今晚你可真美，米莉，”他喘着粗气说道，“不知道之前我有没有和你说过，不过现在你要知道。”

“安德鲁……”

“我只是……”他的喉结动了一下，“最近这段时间，我只是觉得太……”

他还没来得及再多说几个字，出租车突然一个急转弯，把我们甩向了右边。我一直都没系安全带，整个身子甩了过去，头差点儿撞到车窗上，还好他及时扶住了我，他的身体紧紧贴着我，对着我的脖子喘着粗气。

“米莉。”他低声说。

然后，他吻了我。

天哪，我也吻了回去。

二十七

我们没开两间房。

没错，我和我的已婚老板上床了。他在出租车上吻了我，然后就一发不可收拾。我们俩互相撕扯着对方的衣服，也就是安德鲁办理入住手续那会儿，我们才把手从对方身上拿开，一进电梯又开始亲热起来，像年轻情侣一样。

进到房间后，事情完全没有任何回旋余地，我没机会坚守老实本分，他也装不成正人君子，更不可能被已婚这种事拖后腿。我不知道他上一次是什么时候，反正我上一次是好久好久以前，估计他得帮我重燃欲望之火。这种事我是不可能拒绝的，我早就在包里放了几个安全套，本来是给恩佐准备的，自从感觉我们俩之间可能有戏起，就一直准备着了。

这感觉真好，简直是太棒了，对我来说真是久旱逢甘霖。房间里有一扇巨大的落地窗可以俯瞰整座城市。窗外太阳刚刚升起，我正躺在广场酒店的豪华大床上，安德鲁就睡在我身旁，嘴巴微微张着，伴随着呼吸的节奏，轻轻吐着气。我一想起他昨晚的样子，就忍不住开心。我有点儿想把他叫醒，看他还想不想再来一次，不过我心里也很清楚，这种事情永远都不可能再发生了。

安德鲁已婚，我是他的女仆，昨晚他还喝多了，那只不过是一夜情罢了。

可是，我就这么看着他熟睡时英俊的侧脸，想让自己的美梦再做得久一些，说不定他会不再忍受妮娜和她的那些屁话，开始爱我，要我和他一起，住在他那栋华丽的大房子里，然后我还可以给他生个孩子，圆了他长久以来的梦，毕竟妮娜一辈子都没机会给他生孩子。我记得之前在家教会上听那些讨厌的女人提到过，安德鲁和妮娜签了一份秘密的婚前财产协议，就算和妮娜离婚也花不了多少钱，虽然我觉得他肯定不会亏待妮娜。

别傻了，这种事永远都不会发生。要是他知道之前我那些事，肯定有多远跑多远。不过我做做白日梦总归可以吧。

安德鲁哼了一声，用掌根揉了揉眼睛，把头扭向一边，用力睁开眼睛。他一睁眼看到我躺在旁边，没被吓一跳，我觉得这应该算是件好事。"嘿。"他嘶哑地说。

"嘿。"

他又揉了揉眼睛："你怎么样？还好吗？"

除了心里一沉，其他都挺好的。"我挺好。你怎么样？"

他想从床上坐起来，可惜没成功，头又掉回到枕头上："我感觉酒还没醒，天啊，我们昨晚喝了多少啊？"

他确实比我喝得多，不过我不怎么能喝酒，所以醉得也挺厉害。"两瓶红酒。"

"我……"他的眉头皱成一团，"我们没事吧？"

"没事，"我勉强笑了笑，"完全没事，我保证。"

他头疼得厉害，龇牙咧嘴地又试着坐起来，这次成功了：“对不起，我不应该……”

“不用担心，”我说话时声音有些嘶哑，赶紧清了清嗓子，“我去洗个澡，也许我们该准备回家了。”

“是啊……”他叹了口气，“你不会告诉妮娜的，对吧？我是说，昨晚我们俩都喝多了，醉得不省人事，然后……”

这就是他关心的事情。“我不会说的……”

“谢谢，太感谢啦。”

我没穿衣服，只是盖着个毯子，不过我不想让他看到我赤身裸体的样子。我从床上抓起床单裹在身上，爬下床，踉踉跄跄地朝浴室走去。我能感觉到安德鲁在看我，不过我没有回头看他，真是太丢脸了。

“米莉？”

我还是没敢回头看。“嗯？”

“我不后悔，”他说，“昨晚和你在一起我很开心，昨晚发生的一切我完全不后悔，我希望你也一样。”

我鼓起勇气，看了他一眼。他还躺在床上，被子只盖到腰间，发达的胸肌就露在外面。“不，我完全不后悔。”

“不过……”他叹了口气，“这种事情不能再有第二次了，你明白的，对吧？”

我点了点头：“嗯，我明白。”

他的脸上露出一丝不安的神情，抬手捋顺头发：“我希望这一切都能是另一个样子。”

“我懂。”

“我真希望遇到你时……”

他不需要把话说完，我明白他的意思：要是我们遇到时他还单身就好了。也许他会走进酒吧，碰巧遇到我当服务员，我们彼此目光相遇，他开口问我要电话号码，我就会给他。可惜实际情况不是这样。他已经结婚了，还有孩子，我们俩之间不可能再发生什么了。

“我知道。”我又说了一遍。

他就这样一直盯着我，甚至我一度开始怀疑他会不会提出要和我一起洗澡，毕竟我们已经在这间房里放纵过一次了，再多来一次又何妨？他转过身背对着我，把被子往上拽了拽，我就自己去洗冷水澡了。

二十八

我们开车回岛的路上几乎没怎么说话。

“快到了。”我们驶出长岛高速公路时，他喃喃地说着。他脸上戴着墨镜，我也不太能看出来他是什么表情。

“好。”

我的裙子又缩上来了，就怪这条该死的裙子，惹出这么多麻烦事！我拽了拽裙子，隔着墨镜都能发现安德鲁又在看。我对他挑了挑眉毛。他害羞地笑了：“路上再看一次。”

我们开车经过一个住宅小区，他猛地一个急转弯，绕开了垃圾车，此时我突然一惊，想起一件可怕的事情。

“安德鲁，”我低声说道，“昨晚我没把垃圾扔出去！”

“哦……”

他似乎还不太明白事情的严重性。“昨晚妮娜特意发短信过来，叮嘱我把垃圾扔了，但是我没扔，因为我根本就没在家。之前我从来没有忘过，要是让她发现……”

他摘下墨镜，露出微微充血的眼睛：“该死！你还能赶得上扔垃圾吗？”

我看了一眼垃圾车，正朝着他家相反的方向越开越远。“我觉得费劲，应该赶不上了，现在太晚了，垃圾车一般都来得特别早。”

“你就说你忘了，行吗？”

“你觉得妮娜会相信吗？”

“该死，”他又骂了一遍，手指不停地敲着方向盘，“没事，交给我吧，放心。”

现在只能自己把垃圾运到垃圾场。我都不太确定垃圾场在哪里，安德鲁说交给他了，我希望他是认真的。我们开到家门口，安德鲁按下按钮，大门自动打开了。恩佐正在院子里干活，听到动静抬起头，看到车开进来而不是开出去，一脸震惊。

我应该赶紧低头藏起来，可惜太晚了。恩佐放下手里的活儿，瞪着那双黝黑的眼睛，和我四目相对，然后摇了摇头，就像第一次见时那样。

真该死。

安德鲁也注意到了他，不过只是挥了挥手，丝毫不觉得早上 9 点半开车载回来一个女人有什么奇怪。他把车开进车库前，停了下来。

“我去问问恩佐，看他能不能帮忙处理垃圾。”他说。

恩佐往后退了一步，看样子并不想和他说话。

“*Ciao*（你好），恩佐。”安德鲁用意大利语打着招呼，露出灿烂的微笑。天啊，他笑起来真好看。我闭上眼睛，想起昨晚被他抚摸全身，回味着那种感觉，不由得浑身发抖。“我需要你帮忙。”

恩佐一句话也没说，只是盯着他看。

“是扔垃圾的事情，”安德鲁指了指屋旁那四大袋垃圾，全都塞得满满当当的，“昨晚我们忘记把垃圾拖出来给清洁工了，你能开着自己的卡车帮我们把这些垃圾运到垃圾场吗？我会给你 50 美元。”

恩佐看了看那边的垃圾袋，又转过来看了看安德鲁，一句话也没说。

“垃圾……”安德鲁重复着，“扔到……垃圾场。听懂了吗？”

恩佐摇了摇头。

安德鲁咬紧牙关，从裤子后兜掏出钱包。“帮我们处理掉垃圾，我会给你……”他翻了翻钱包，“100 美元，”他当着恩佐的面抽出一把钞票，“处理掉垃圾……用你的卡车……运去垃圾场。”

恩佐终于开口说话了：“不，我很忙。”

“你忙的就是我们的院子，而且……”安德鲁叹了口气，又把手伸进钱包，“200 美元……去一趟垃圾场……请你帮帮忙。”

我本来以为恩佐还会再次拒绝，没想到他伸出手接过钞票，一把抓起那四大袋垃圾一次性拿了出去。我能看到他那件白色的 T 恤衫下，肱二头肌鼓起来的形状。

“没错，”安德鲁说，“运去垃圾场。”

恩佐只是盯着他看了看，拿着垃圾袋径直从他身边走过，没再多说一个字，把垃圾全都扔上卡车直接开走了。

“好啦，解决完了。不过天哪，他真是个混蛋！”

“没想到他居然听懂了。”

“可不是嘛，”他对我翻了个白眼，“他这是揣着明白装糊涂，先前拒绝只不过是为了多要些钱罢了。”

我确实感觉恩佐不太愿意帮忙，但肯定不是为了多拿钱。

“我不喜欢那家伙，”安德鲁抱怨道，“他在附近人家里轮流干活儿，但是三分之一的时间都在我们院子里。天天待在这里看着挺忙，我都不知道他到底在忙些什么。”

“你的房子确实是整个街区最大的，”我提醒他，“草坪也是最大的。”

“没错，可是……”安德鲁盯着恩佐的卡车，直到它消失在路的尽头，“我不知道，之前我就让妮娜把他炒掉，再雇个人，她说既然大家都用他，显然他就是‘最好的’。”

自从恩佐直截了当地拒绝我后，他就不是我最喜欢的人了，不过这倒不是他让我感觉不舒服的原因。我忘不了第一天过来时，他用意大利语对我说的那句“危险”，还有他明明那么身强力壮，用一只手就能把妮娜制服，但似乎完全不敢惹妮娜。不知道安德鲁有没有意识到恩佐对他妻子有多么警惕。

算了，反正我不会主动告诉他。

二十九

妮娜差不多下午 2 点左右到家。她开车回来的路上，突然有了购物兴致，就买回来四大袋东西，随手扔在客厅地板上。

“我发现了一家特别可爱的小店，”她告诉我，“我都没忍住！”

“挺好的。”我强装热情地说道。

妮娜脸颊红红的，腋下还有汗渍，头发有些乱，发根还没补色，右眼眼角的睫毛膏也结了块。我就这么打量着她，真想不明白安德鲁究竟看上她哪一点。

“帮我把那几个袋子拿上楼可以吗，米莉？”她扑通一声坐在皮沙发上，掏出手机，“非常感谢。”

我拿起其中一个袋子，可真重。她去了什么店啊？哑铃店吗？估计得搬两趟。“有些重。”我说。

“是吗？”她笑着说，“我没觉得啊，也许你该去健身房锻炼了，米莉，你变弱了。”

我的脸颊有些发烫。我变弱了？妮娜看起来身上一丁点儿肌肉都没有。她从来都不锻炼身体，甚至连运动鞋我都没见她穿过。

我吃力地提着两个购物袋慢慢朝楼梯走去。妮娜又在喊我：“对了，米莉？”

我咬紧牙关：“嗯？”

妮娜坐在沙发上，转身抬头看着我：“我昨晚给家里打电话了，怎么没人接呢？”

我僵住了，两个胳膊被购物袋坠得抖了起来：“啊？”

“我昨晚打了家里的电话，”她这次语速稍慢了些，“差不多11点左右。接电话也是你的活儿，但是你没接电话，而且安德鲁也没接。”

我放下购物袋，揉了揉下巴，装作一副努力回想的样子：“当时我可能已经回屋睡觉了，电话声音没那么大，没把我吵醒。安德鲁也许出去了？”

她眉毛一扬：“周日晚上11点，安德鲁出去了？和谁？”

我耸了耸肩：“那我就不清楚了。你试过打他手机了吗？”

我知道她没打，因为11点我正和安德鲁在一起……亲热。

“没有。”她说，不过也没再多解释什么。

我清了清嗓子：“反正那会儿我待在自己屋里，不知道他在做什么。”

她在客厅那头紧紧盯着我，淡蓝色的眼睛暗了下来：“也许你说得对，我去问问他。”

我点了点头，松了一口气，庆幸她没再继续追问我。她不知道当时发生了什么：我们一起开车去了市里，替她跟安德鲁一起去看了演出，还在广场酒店过了夜。一旦让她知道了，天知道她会对我做什么。

不过还好她不知道。我抓起购物袋，一路抬上楼梯放进主卧。我突然注意到主卧那间浴室，今天早上我刚打扫过了，虽然自从妮娜走后，浴室就变得特别干净，不打扫也行。我溜了进去，浴室几乎和我楼上住着的那间房一样大，还有一个超大的陶瓷浴缸，比一般的浴缸都要高，到我的膝盖。

我低头看着浴缸，想象着多年前在这里上演的一幕：小塞西莉娅正在浴缸里洗澡，水面慢慢上升，妮娜抓住她一把按进水里，看着她挣扎着想要呼吸……

我闭上双眼，转身背对着浴缸，不敢再继续想下去。不过我还是忘不掉妮娜的情感有多么脆弱，可千万不能让她知道昨晚我和安德鲁之间的事，否则她一定会崩溃，把我毁了。我赶紧从口袋里掏出手机，给安德鲁发了一条信息：

只是提醒一下：妮娜昨晚给家里打过电话。

他总是一点就通，一定知道该怎么做。

三十

塞西莉娅不在，家里安静多了。

她虽然经常在自己的房间里待着，但总归还是能带来一丝活力。现在她不在，温彻斯特家好像陷入了一片沉寂。不过没想到妮娜好像心情更好了些，还好没再提我们出去那晚她打电话的事。

我和安德鲁一直都在小心避开对方，但毕竟同住一个屋檐下，要想完全避开彼此其实也挺难，偶尔擦肩而过我们也会把目光移开。这十年来，我第一次喜欢上一个男人，但是却不能和他名正言顺地在一起，这就已经够糟糕的了，我真不想再跟着丢掉这份工作，希望我们能顺利挺过去。

今晚我得麻利些，尽快把晚饭准备好，赶在安德鲁回家前摆上桌。我正端着几杯水往餐厅走，迎面就撞上了安德鲁，就是字面意思那个

“撞上”：一只玻璃杯从我手里滑落，摔碎在地板上。

“该死！”我喊道。

我壮着胆子，抬头看了安德鲁一眼，他穿着深蓝色西装，打着一条深色领带，今天这身打扮也是帅爆了。他工作了一整天，下巴上的胡茬也长了出来，看起来反而更性感了。我和他目光相遇时，又是一阵心动的感觉，我看到他也睁大了双眼，肯定也有同样的感觉。

“我帮你把这里打扫干净吧。”他说。

“不用啦。”

但是他还是帮忙了。我把大块的玻璃碎片扫起来，然后他拿着簸箕收起来倒进厨房的垃圾桶。妮娜从来都不会帮忙，但是安德鲁不一样。他从我手里接过扫帚，我的手指轻轻碰到了他的手指，我们又四目相对，心中的火苗燃烧起来。对我来说，不能和这个男人在一起，不仅是一种心理上的痛苦，更是一种生理上的痛苦。

“米莉。”他用沙哑的声音说道。

我的喉咙也很干。他离我只有一英尺远，如果我稍微往前探个身，他就会吻我，我知道他一定会的。

“哦，不！发生什么事了？”

听到妮娜的声音，我和安德鲁就像身上着火了一样立马弹开。我紧紧握住扫帚，手指都变白了。“我摔了一个杯子，”我说，“只是……把这里打扫干净。”

妮娜低头看了一眼地板。迎着房间顶灯的光线，那些小小的玻璃碎片闪闪发光。“哦，米莉，”她说，“下次你得多加小心。”

我来这里工作好几个月，从来没摔坏过任何东西，也没搞过任何破坏。除了那天凌晨被她抓到我和安德鲁在看《家庭问答》，还有那晚那件事，不过她不知道。“嗯，对不起，我现在就去拿吸尘器。”

我来到杂物间（这里比我楼上的卧室还要大），把扫帚塞回去，拿出吸尘器。安德鲁就这样一直看着我，脸上露出一丝痛苦的表情。不管一分钟前他到底想对我说什么，现在应该还想说，只是没机会了——妮娜就在这里。

不过也许还有机会。

“我们晚点儿聊，好吗？”他在我耳边低声说道，然后跟着妮娜走进客厅，一起等我把这里打扫干净。

我点了点头，虽然不知道他想跟我聊些什么，不过我觉得这应该是一个好兆头。我们已经说好了，不许再提那晚广场酒店的事情，如果他想再聊……

算了，我还是别抱什么希望了。

差不多过了十分钟，我把这里全都打扫干净，然后把安德鲁和妮娜从客厅叫回来。他们两个人都坐在沙发上，不过却是各坐一边，低头看着手机，完全没有任何要说话的意思。我发现其实之前吃晚饭的时候，他们俩就已经这样了。

他们俩跟着我回到餐厅，妮娜绕过餐桌坐在安德鲁对面。她低头看着餐盘上的猪排配苹果酱和甘蓝，对我笑了笑。这时我突然发现，她的口红好像有些没涂好，右边嘴唇涂出去了，配上鲜红色的口红，样子有些像那种恶魔小丑。“晚餐看起来不错，米莉。”

“谢谢。”

“闻起来是不是很香啊，安迪？”她说。

“嗯，”他拿起叉子，“很好。”

妮娜继续说：“你在监狱肯定没吃过这样的饭菜吧，米莉？”

她话锋一转，不再谈论食物了。

妮娜像恶魔小丑一样，正咧着嘴冲我笑着。安德鲁坐在她对面，正死死盯着我，显然他现在才知道。

“呃。”我说。

“他们在那里都给你吃些什么啊？”她逼问我，“我一直都挺好奇监狱里吃得怎么样？”

我不知道该说什么，反正否认不了。她知道我过去的那些事。“还行。”

“希望你别从那里的伙食找灵感，”她笑着说，“继续保持，你做得挺好。”

“谢谢你。”我喃喃地说道。

安德鲁脸色苍白。他根本不知道我之前进过监狱，我也从没想过要告诉他。不知道为什么每次和他在一起，我都感觉自己之前那段人生经历好像来自遥远的过去，像上辈子的事情一样。可惜大多数人并不这么认为，对他们来说，我就是一个不折不扣的罪犯。

妮娜想让我搞清楚自己的位置。现在我只想赶紧逃走，不想再面对安德鲁那万分震惊的表情。我转身打算上楼回自己的房间，就快走到楼梯时，妮娜喊住了我：“米莉？”

我停了下来，整个后背都僵住了。我努力克制自己，不想冲她吼回去。我慢慢走回餐厅，脸上挂起职业假笑：“怎么了，妮娜？”

她皱着眉：“你忘把调味瓶拿过来了，今天这个猪排确实需要撒点儿盐，希望下次你能舍得多放些调料。”

“好的，抱歉。”

我走进厨房，从柜台上拿起调味瓶，这里离旁边妮娜坐的地方不远，也就差不多六英尺。我拿着调味瓶回到餐厅，虽然在努力控制自己，但还是没忍住把调味瓶重重地砸在餐桌上。我看了一眼妮娜，她的嘴角在抽搐。

“太感谢你了，米莉，”她说，“可千万别再忘了。”

我真希望她能踩上一块玻璃碴。我不敢看安德鲁，天知道他会怎么想我。我真不敢相信刚刚自己居然还在幻想着和他的未来。我不是在奢望什么，不过确实有那么一瞬间……算了，更奇怪的事情也发生过。不过现在一切都过去了。他刚刚听到我进过监狱，好像被吓坏了，要是能让我解释一下就好了。

我迈着沉重的脚步走到二楼，穿过那段又黑又窄的楼梯，走进卧室，砰地关上门，扑通一声坐到床上，努力不让自己的眼泪涌出来。不知道妮娜什么时候发现我过去那些事，是最近发现的，还是之前就做了背景调查？也许她就是想雇一个罪犯，这样就可以颐指气使，随心所欲地使唤人了。要是换作别人，肯定早在几个月前就辞职了。

我坐在床上，感叹着自己怎么那么可怜，突然瞥见床头柜上有什么东西——《最后决战》的节目单。

我拿起来,不明白这张节目单怎么会出现在床头柜上？演出结束后，我把节目单放进包里，想让自己记住那个美妙的夜晚，现在包扔在地上，节目单是怎么跑到床头柜上的？肯定不是我拿出来的。

一定是有人放在这里的。我确实把门锁上了，不过我不是这里唯一有钥匙的人。我有种不祥的预感。我终于明白为什么妮娜会说我坐过牢，她肯定知道我和安德鲁一起去看演出了，知道我们孤男寡女在曼哈顿。不过我不确定她知不知道我们俩在广场酒店过夜，但是她知道我们俩晚上 11 点都还没回家。她够聪明的话，应该能查出我们有没有住过酒店。

妮娜什么都知道了。

就这样，我有了一个危险的劲敌。

三十一

现在妮娜又多了一个折磨我的新花样，天天好像专门变着法子给我出各种难题。

她列了一张单子，告诉我要从超市买什么东西，而且写得都特别具体。她想要的不是牛奶，而是昆士兰农场的有机牛奶。如果超市没有一模一样的，就得发信息告诉她，再把其他同类商品全都拍照发给她，然后等着她慢慢悠悠给我回信息，我只能一直站在那该死的牛奶区等着。

现在我到面包区了，给妮娜发去一条信息：

这里没有楠塔基特酵母面包了，倒是还有些其他选择。

但凡是有现货的酵母面包，每一种我都拍好照片发给她了，现在就只能这么干等着她挨个看完。几分钟后，我收到了她发来的信息：

他们有奶油蛋糕吗？

现在我得把这里所有奶油蛋糕都拍照发给她。她就是在故意折磨我，虽然我确实和她丈夫上床了。

我正忙着挨个给这些面包拍照，突然发现面包区另外一头有一个身材魁梧、头发花白的男人站在那里看着我，就那么明目张胆地看着我。我瞪了他一眼，他往后退了几步。我手头本来就有一大堆麻烦事要处理，现在还要多对付一个跟踪狂。

我一边等着妮娜慢慢挑选这些面包，一边走神发呆。像往常一样，思绪游荡到了安德鲁那里。自打妮娜提到我蹲过监狱后，安德鲁就没有像他说的那样找我“聊”了。他果然被成功吓跑了，不过我也不能怪他。

我喜欢安德鲁，其实是爱上他了。我每分每秒都在想他，每天这样和他住在一起，却不能流露出任何爱意，真是太痛苦了。而且他真的应该找一个比妮娜更好的人，我能给他幸福，甚至还能满足他的心愿，给他生孩子。

就算他知道我们彼此相爱，也不会再发生什么了。他知道我进过监狱，肯定接受不了。他只能继续和那个巫婆一起，天天过着痛苦万分的日子，也许后半辈子就这样了。

我的手机又震了。

有法式面包吗？

又过了十分钟，我总算找到那条符合妮娜要求的面包。我推着购物车走到收银台，结果又看到刚刚那个身材魁梧的家伙。他肯定是在盯着我，而且他连购物车都没推，怪吓人的，他到底想干什么？

我迅速结完账，抱着这几个装满食材的纸袋一个个放回购物车，打算直接推到停车场，装进我那辆尼桑车里。我快走到出口时，突然有一只手牢牢抓住了我的肩膀。我抬头看到那个身材魁梧的男人就站在我面前。

"不好意思！"我努力想要挣脱却被他紧紧抓着胳膊，我右手攥拳，心想至少有一群人都在看着，我有目击证人。"你知道你在干什么吗？"

他指了指自己蓝色衬衫的衣领，上面别着一个工牌，我之前都没注意到。"我是超市保安，你能跟我过来一下吗，女士？"

我都要崩溃了。我已经在这个地方待了快 90 分钟，就为了买这么几样东西，已经够糟了，怎么现在还要带我走？为什么？

"怎么了？"我倒吸了口气。

我们引过来一大群人，其中有几个女人是那天在学校接孩子的，她们肯定会眉飞色舞地告诉妮娜，她们看到她家的女仆被超市保安抓住了。

"请跟我来。"那个家伙又说了一遍。

我推着购物车一起过去了，不敢随便扔在那里，毕竟里面有二百多美元的食材，如果被我弄丢了或者被人偷了，妮娜肯定会让我赔的。我跟着那个人走进一间小办公室，里面放着一张破旧的木桌子，桌子前面还有两把塑料椅子。他示意我坐下，于是我随便找了把椅子坐了下来。那个椅子被我这么一压，吱吱作响，怪吓人的。

“这里面一定有误会……”我看了一眼这个男人的工牌，他叫保罗·多尔西，“到底是怎么回事，多尔西先生？”

他朝我皱着眉头拉下脸：“刚刚有一位顾客说你在超市偷东西。”

我倒吸一口气：“我绝不会偷东西！”

“也许吧，”他把大拇指插进腰带环里，“不过我必须得检查一下。我能看一下你的小票吗，女士？你姓……？”

“卡洛威。”我在钱包里翻来翻去，终于找出那张皱皱巴巴的小票，“给你。”

“只是提示一下，”他说，“但凡在超市偷东西的，我们都会起诉。”

我坐在那张塑料椅上，感觉脸颊发烫。保安挨个查看我买的所有东西，然后费力地和购物车里的东西一一比对。我开始有些心烦意乱，突然想到万一收银员漏掉什么东西没记上账，那他就认定是我偷的了。然后呢？但凡在超市偷东西的，他们都会起诉，意思就是他们会报警，这样肯定违反我的假释禁令了。

对妮娜来说，这样简直完美，她不用自己扮演坏人解雇我，直接就可以让我滚蛋。她还可以再找些别的“好”法子报复我，如果就因为和她丈夫上床就把我送进监狱，那确实有些残酷，但是妮娜也许不这么觉得。不过这种事不可能发生，我没偷东西。

保安仔细核对着那张小票，我一边看着一边担心推车里那桶开心果冰激凌，想必已经化成水了。我的心怦怦直跳，几乎无法呼吸。我不想再回监狱了，我不想，也不能。“好吧，”他终于说话了，“看来东西都能对得上。”

我都快哭出来了：“当然了。”

他咕哝道：“真是不好意思，给你添麻烦了，卡洛威女士，因为超市最近总有小偷，只能谨慎些。刚刚我接到一个电话提醒我有顾客要偷东西，听描述和你长得差不多。”

一个电话？谁会给超市打电话，描述我长什么样子，然后告诉保安我打算偷东西？谁会做这种事？我只能想到一个人。

“好了，”他说，“感谢你的耐心等待，你现在可以走了。”

“你现在可以走了”，这真是最美好的几个字了。我不用双手被铐起来，还能推着购物车走出这家超市。

终于可以回去了。但是我有种不祥的预感，总觉得这事还没完，妮娜多的是办法等着对付我。

三十二

我睡不着。

距离上次在超市差点儿被抓已经过去三天了，妮娜最近对我挺友好的，也许是觉得我已经吸取了教训，清楚谁才是这个家的老大，也许她压根也没真想送我进监狱。

不过我不是因为这事才翻来覆去睡不着觉的。我根本控制不了自己，一直在想安德鲁，回想着我们一起度过的那个夜晚，还有我和他在一起时的感觉，那种以前从没有过的感觉，他也有同样的感觉，我能看得出来。

现在他肯定不会再有那种感觉，只会认为我就是个普通的罪犯。我踢掉腿上的毯子。这个屋子平时就很闷热，到了晚上也还是一样，如果能打开那扇破窗户透透气就好了。我觉得但凡是这种能让我在这里待得舒服些的办法，妮娜肯定都不支持。

我慢慢悠悠地走下楼梯，朝着厨房的方向走去。我房间的小冰箱里面没有食物，只有三小瓶水，是之前妮娜给我准备的，我还没动过。

我走向厨房时，瞥见后门廊上的灯还亮着，有人在外面。

是安德鲁。

他一个人坐在外面的椅子上，喝着啤酒。我悄悄打开后门。安德鲁看到我，一脸惊讶地眨了眨眼，但是也没说什么，只是又举起啤酒瓶喝了一大口。

“嗨。”我说。

“嗨。”他说。

我紧握双手：“我能坐在这里吗？”

“当然可以，请便。”

我站在冰冷的门廊木板上，俯身坐到他旁边的椅子上，心想要是我也能来瓶啤酒喝就好了。他甚至都没看我一眼，只是举起啤酒瓶继续喝着，双眼空洞地盯着外面那个巨大的后院。

“我想解释一下，”我清了清嗓子，“为什么我没有告诉你……”

“你不用解释，”他朝我瞥了一眼，低头看着手里的啤酒，“你为什么不告诉我，原因显而易见。”

“我本来想告诉你的，”其实我根本就没想告诉他，“不管怎样，我都要说句对不起。”

他晃了晃瓶子里的酒：“那你因为什么入狱？”

我现在真想有瓶啤酒喝。还没等我想好该怎么跟他说,他就说:“算了，我不想知道，这又不关我的事。”

我咬着嘴唇：“真的对不起，我之前没告诉你，只是想努力放下过去，没有任何恶意。”

“嗯……”

“还有……”我低下头，两只手放在腿上，“我觉得有些尴尬，不想让你看不起我，你的看法对我来说真的很重要。”

他转过头看着我，在昏暗的灯光下他的眼神很温柔。“米莉……”

“我还想让你知道……”我深吸一口气，“那天晚上我过得很开心，那是我生命里最美好的一个夜晚。我要感谢你给了我这一切，所以不管发生什么，我都要谢谢你。我只是觉得有必要告诉你这些。”

他皱了一下眉。“我也过得很开心,我已经有……”他捏了捏鼻梁，“一段时间没那么开心了，而且好像自己都没发现。”

我们就这样彼此对视着，眼神中还有爱的火花。他瞥了一眼后门，还没等我反应过来，他的嘴唇就贴在我的嘴唇上了。这一刻，时间好像静止了。

他眼睛里略带一丝遗憾的神情：“我不能……”

“我知道……”

这不只是我们两个人之间的事情，还有很多其他因素。但是如果他想要奋手一搏，我一定和他并肩作战，哪怕这意味着要和妮娜为敌，我也甘愿为了他冒这个险。

不过我还是站了起来，把他一个人留在门廊，让啤酒陪着他。

我朝二楼走去，光着脚踩在楼梯的木板上，感到一阵阵寒意。刚刚那个吻让我头晕目眩，嘴唇发麻，肯定不是最后一次，肯定不是。他刚刚看我的眼神代表他对我是真心的，就算知道我的过去，还是喜欢我，那现在唯一的问题就是——

等一下，那是什么？

走廊那边立着个人影。我眯起眼睛在黑暗中努力辨认着。然后那个人影动了。

我吓得尖叫了一声，差点儿从楼梯上摔下来，还好及时抓住了栏杆。这个人影离我越来越近，终于看清了：

是妮娜。

“妮娜。”我倒吸一口气。

她为什么站在走廊？刚刚在楼下吗？看到我和安德鲁接吻了吗？

“嗨，米莉。”走廊里很黑，但是她的眼白好像在发光。

“你在……这里做什么？”

她生气地看着我，月光照在她脸上，形成一片扭曲的阴影，怪吓人的：“这是我家，我没必要解释我的行踪。”

这不能算是她家，毕竟房子是安德鲁的。要不是他们结婚，她也不能住进来。如果他决定要和我在一起，那就是我的房子了。这些想法可真疯狂，显然异想天开，都是些不可能发生的事。

“对不起。”

她双臂交叉，抱在胸前：“那你又在这里干什么？”

“我……下来拿杯水。”

“你房间里不是有水吗？”

“我全都喝光了。”我撒谎了，她肯定知道我在撒谎，她总是偷窥我房间。

她沉默了片刻：“安迪没在床上，你刚刚在楼下看到他了吗？”

“呃……他应该在外面后门廊那里。”

“知道了。”

“不过我不太确定，我也没跟他说话。”

妮娜看了我一眼，好像根本不相信我说的任何一个字。也对，我说过太多谎话。“我过去看看他。”

“那我回房了。”

她点了点头，撞了一下我的肩膀走了过去。我的心怦怦直跳，一想到酿成大错，选择与妮娜为敌，就有些难以释怀，可我就是忍不住。

三十三

我星期天休息，可以出去转转。今天真是个美好的夏日，天不太热，也不太冷，刚好开车到附近的公园，坐在长椅上看着书。之前待在监狱里总会忘记这些简单的快乐，比如出去走走、在公园看看书。有时候渴望这些，只会让自己更加痛苦。

我再也不要回去了，再也不要。我从快餐店随便买了口吃的，然后就开车回家了。温彻斯特家的房子真漂亮，虽然我看不上妮娜，但是这栋房子我却恨不起来。

我像往常一样把车停在街上，走到房子前门。我开车回家这一路，天越来越阴沉，等我刚走到门口，乌云像一下子裂开了一样，豆大的雨点从天空倾泻下来。我赶紧拧开门，迅速溜了进去，还好没淋湿。

我走进客厅，里面光线昏暗，妮娜就这么坐在沙发上，什么都没做。她没看书，也没看电视，只是坐在那里。我打开门的时候，她的眼神瞬间警惕了起来。

“妮娜？”我问道，“一切还好吗？”

“不太好。”她朝沙发那头远远瞥了一眼，然后我才发现，她旁边放着一堆衣服，就是我刚来工作时她非要我收下的那堆衣服。“我的衣服怎么会在你的房间里？”

我盯着她，此时一道闪电照亮了整个房间。“什么？你在说什么？这些衣服都是你给我的呀！”

“我给你的？”她笑了，整个房间到处回荡着她那可怕的笑声，随后被雷声盖住了。“这些衣服值好几千美元，我为什么要给一个女仆？”

“你，”我两条腿在底下抖着厉害，“你说这些衣服穿着太小，坚持要我收下。”

“你怎么能撒这样的谎呢？”她朝我走了一步，那双蓝眼睛冷得像冰一样，“就是你偷了我的衣服！你是个小偷！”

“不是……”我想趁自己腿软之前，赶紧伸手扶住什么，但是却只抓住了空气，“我绝不会偷东西。”

“哼！”她不屑地说道，“我竟然会信任一个罪犯，让她在我家里干活儿，这就是我的下场！”

她说话的声音好大，安德鲁肯定是听到了动静，冲出办公室，出现在了楼梯顶。此时又一道闪电照亮房间，我看到了他那张英俊帅气的脸庞。天啊，他会怎么看我？之前被他知道我坐过牢就已经够糟了，现在我可不想让他觉得我在他家偷东西。

“妮娜？”他迈着大步，一次跨两级走下楼梯，“这是怎么回事？”

“我来告诉你这是怎么回事！”她得意扬扬地说着，“就是这个米莉，她一直在偷我衣柜里的衣服，这些衣服都是她偷的，我在她衣橱里发现的。”

安德鲁慢慢睁大了眼睛：“她……”

“我什么也没偷！”泪水刺痛了我的眼睛，“这些衣服都是妮娜给我的，是她说这些衣服全都不合身了。”

“说得好像我们会相信你的谎言一样，”她嘲笑着我，“我就应该叫警察来抓你。你知道这些衣服值多少钱吗？”

“不，千万别……”

“对了，”妮娜看到我脸上的表情笑了起来，“你还在假释期，对吧？发生这种事，直接就能把你送回监狱吧。”

安德鲁低头看了看沙发上那堆衣服，皱起眉头：“妮娜……”

“我现在就打电话报警，”妮娜从包里掏出手机，“天知道她还从我们这里偷了什么东西，对吧，安迪？”

“妮娜，”他抬起头，不再看那堆衣服，“米莉没偷这堆衣服。我记得你之前专门清空衣橱，把这些衣服全都装进了垃圾袋，说要捐出去，”他拿起一件白色的小裙子，“这条裙子你已经穿不进去好几年了。”

看着妮娜满脸通红的样子真让人高兴。“你在说什么？是在说我太胖了吗？”

他没有理她的话：“我是说她不可能从你那里偷衣服。你为什么要这样对她？”

她张大了嘴：“安迪……”

安德鲁一边绕着沙发一边看着我。“米莉，”他说我名字的时候，声音温柔极了，“你能先上楼，让我们俩单独谈谈吗？我得和妮娜谈谈。”

“好的，当然可以。”我非常乐意。

我往二楼走着，他们俩就静静地站在原地。我走上楼梯穿过门廊，打开阁楼的门。我站在原地思考着下一步该做什么，然后没进去直接关上了门。

我蹑手蹑脚地来到楼梯口，站在走廊边上，在这里看不到妮娜和安德鲁，但是能听到他们说话。我知道偷听不对，可就是忍不住，这次谈话或多或少会牵涉到刚刚妮娜控诉我的事情。

我希望哪怕我不在场，安德鲁也会维护我。她会试着说服他，让他相信是我偷了衣服吗？毕竟我是个罪犯。人这一辈子啊，一旦犯了一个错误，就没人再会相信你了。

“……没拿这些裙子，”安德鲁正说着，“我知道她没拿。”

“你怎么能向着她和我对着干呢？”妮娜反驳道，“她之前进过监狱，你不能相信那样一个人。她是个骗子，还是个小偷，她就应该被送回监狱。”

“你怎么能说这样的话呢？米莉一直都很好。”

“好啊，我就知道你这么想。”

"你什么时候变得这么残忍了,妮娜?"他的声音都开始颤抖了,"你变了，完全变成另一个人了。"

"大家都在变。"她愤怒地对他说。

"不,"他压低声音，和外面雨滴落在地上的声音混在一起，我得使劲听才能听到他的声音。"不像你，我都快认不出你了，你已经不是我当初爱上的那个人了。"

接下来是很长一段时间的沉默，突然被一阵雷声打破，声音响到足以撼动整个房子的地基。等雷声消散后，我清晰地听到妮娜接下来说的话。

"你在说什么，安迪?"

"我是说……我觉得我不再爱你了，妮娜，我觉得我们应该分开。"

"你不再爱我了?"她突然大叫道，"你怎么能这么说?"

"对不起，我过去只是随遇而安，一天天重复着日子，甚至都没意识到自己原来过得那么不开心。"

妮娜沉默了挺长一段时间，努力消化着他的话:"这和米莉有关吗?"

我屏住了呼吸，等着听他的回答。那晚我们之间是有感情的，不过我不会自欺欺人地认为他是因为我才要和妮娜分开的。

"这和米莉无关。"他终于说了。

"是吗?现在当着我的面你还打算撒谎，假装你和她之间什么都没发生过吗?"

该死，她知道!或者至少她觉得自己知道。

"我确实对米莉有感觉。"他用低沉的声音说道。我都觉得这话肯定是我幻想出来的，这个男人这么有钱多金，英俊帅气，而且已经结婚了，怎么可能对我有感觉呢? "不过这不是问题的关键。这是你和我之间的事情，我不再爱你了。"

“简直就是胡扯！”妮娜的声音越喊越高，估计很快就只剩下狗能听见她说话了，“你就是因为家里那个女仆才要和我分开的！这真是我听到过最荒唐的事情了，你也不嫌丢人。你不该这样的，安德鲁。”

“妮娜，”他的语气很坚决，“结束了。对不起。”

“对不起？”又是一阵雷声，地板都跟着震了起来。“你不知道什么是对不起……”

接着空了几秒。“你说什么？”

“要是你想这样，”她咆哮着对他说，“那咱们法庭上见，你就等着净身出户吧。”

“净身出户？这是我的家，妮娜。在我们认识之前我就买下这个房子了，还是我让你待在这里的。我们还签了婚前财产协议，你还记得吧，如果我们离婚，房子还是归我。”他又停顿了一下，“现在我希望你能离开。”

我壮着胆子，环顾了一下楼梯间，慢慢蹲下身子，看到妮娜站在客厅中央，脸色惨白。她的嘴刚要张开，接着又闭上了，一张一合的像条鱼一样。“你不是认真的吧，安迪？”她结结巴巴地说。

“我是认真的。”

“可是……”她紧紧捂住胸口，“那西西呢？”

“西西是你的女儿，你也从没想让我收养她。”

听她说话的声音，好像都有些咬牙切齿了。“我明白这是怎么回事了，就是因为我不能再生孩子，你就想找个更年轻的，能给你生孩子，我已经不够好了。”

“这不是问题的关键。”他说。虽然在某种程度上，也许确实是这样。安德鲁的确想再要一个孩子，可惜他和妮娜没可能了。

她的声音都在发抖：“安迪，请不要这样对我……别这样羞辱我，我求你了。”

“我希望你能离开，妮娜，现在。”

“但是现在外面还下着雨呢！”

安德鲁的声音没有一丝动摇：“收拾件行李，出去。”

我好像都能听到她在权衡利弊。不管我用什么词来形容妮娜，肯定和“傻”这个字不沾边。最后，她的肩膀垂了下来。“好吧，我走。”

妮娜咚咚的脚步声越来越近，朝着楼梯这个方向过来了。我突然想到得赶快躲起来，千万别被她看到了。可惜为时已晚，妮娜抬头看到我站在楼梯顶上。她满眼怒火，我从没见过她这个样子。我本来应该跑回自己房间，但是两条腿好像完全僵住动弹不得，只能听着她踩着高跟鞋，一步接着一步地踏在台阶上。

当她走到楼梯顶时，最后一道闪电划过，把她整张脸全都照亮了，她看起来像是站在地狱门口一样。

“你……”我的嘴唇发麻，几乎说不出话来，“你需要帮忙收拾行李吗？”

她的眼里全是怨恨，我都怕她会直接伸手戳进我的胸膛，徒手掏出我的心脏。“不需要，我自己能行。”

妮娜走进卧室砰地关上门。我不知道该怎么办。我可以回到阁楼，不过我往楼下看了一眼，安德鲁还待在客厅，正抬头看着我，所以我就下楼去和他说话了。

“对不起！”这几个字脱口而出，“我不是有意……”

“你就别怪自己了，”他说，“这是早晚的事。”

我瞥了一眼窗户，都被雨淋湿了。“你想让我……走吗？”

“不，”他说，“我想让你留下来。”

他碰了碰我的胳膊，我感到一阵酥麻，现在我只想让他吻我，不过可惜他不能这么做，妮娜还在楼上呢。

不过很快她就会离开了。

大约过了十分钟，妮娜走下楼梯，肩膀两边各背着一个大包。要是换作以前，她肯定会让我替她背，还要嘲笑我弱得没力气的样子。现在她得靠自己了。我抬起头看着她，她的眼睛肿肿的，头发也乱蓬蓬的，看起来糟糕极了。好像直到此刻，我才真正意识到她到底有多大岁数。

“请不要这样，安迪，”她恳求他，“求你了。”

他下巴的肌肉抽搐了一下。雷声又响了，不过比之前柔和多了，暴风雨正在退去。“我来帮你把行李放进车里。”

她努力忍住，没让眼泪流出来：“不用麻烦了。”

她拖着沉重的步子，朝客厅侧门外的车库走去。肩上背着那两个死沉的包，样子吃力极了，安德鲁伸手想要帮她，但是被她一把甩开了。她笨拙地想要打开车库的门，但是一边背着包一边拧着门，折腾了好几分钟也没把门拧开。最终我看不过去了，一个箭步冲到门口，趁她还没来得及阻止我，就转动门把手替她开了门。

“哎呀，”她说，“可真是得谢谢你了。”

我一时竟不知道该怎么回答，只是呆呆地站在原地，看着她背着包从我身边走过。她在走出门之前，身子一斜，往我这边凑近了些，近到我都能感觉到她在我脖子上呼出的热气。

“我永远都不会忘记的，米莉。”她在我耳边低声说道。

我的心怦怦直跳，她的话在我耳边不断回响。她把包扔进她那辆白色的雷克萨斯后备厢，开着车冲出了车库。她没关车库的门，雨水一股脑灌进车道。一阵风刮过来，雨水打在我的脸上，我站在原地看着妮娜的车消失在远方。这时一只胳膊搂住我的肩膀，吓了我一跳。

只是安德鲁而已。

“你还好吗？”他问我。

他真好，刚刚经历了那么痛苦的场面，还能这么体贴周到地关心我的感受。“我没事，你呢？”

他叹了口气：“这件事本来可以处理得更妥当些，不过只能这样，我不能再像那样继续生活下去，我不再爱她了。”

我转头看了一眼车库：“她会没事的吧？她会住在哪里呢？”

他摆了摆手：“她有一张信用卡，估计会去酒店开个房间。别担心妮娜了。”

我不是担心妮娜，我是非常担心妮娜，不过不是像他想的那样罢了。

他松开我的肩膀，按下车库的关门键，然后抓起我的手就想把我拉走。但是我还一直盯着车库的门，直到门彻底关上，总觉得妮娜会开着车，在最后一刻再次现身。

“来啊，米莉，”安德鲁眼里闪着光，“我一直都在等着和你单独相处。”

我笑了笑：“是吗？”

“你根本不知道……”

他把我拉到身旁吻了我，我顺势倒进他怀里。雷声再次响了起来，我好像还能听到远处妮娜那辆车传来的轰鸣声。不过那是不可能的，她已经走了。

永远。

三十四

第二天早上，我醒来发现自己躺在客房，安德鲁就睡在我身边。

昨晚妮娜走后，我们就睡在这里。我不想睡在他的床上，前一天晚上妮娜还睡过，而我楼上那张小床也不行，两个人睡太挤了，所以客房就是折中结果。

我觉得如果我们两个继续这样下去，我们之间的关系变得越来越认真，我最后还是得睡主卧，不过不是现在。主卧里还有妮娜的味道，感觉到处都散发着她的臭味。

安德鲁睁开眼睛，看到我躺在身边，脸上绽开笑容："嘿，早上好。"他说。

"早上好。"

他伸出一根手指，顺着我的脖子滑过肩膀，弄得我浑身发麻："我喜欢一醒来就看到身边的人是你，而不是她。"

我也有同感，希望明天一觉醒来，也能看到他睡在身边，还有后天早上也是。妮娜不喜欢这个男人，但是我喜欢。她想当然地觉得自己就该过着那样的生活。现在这一切都会是我的了，想想就觉得不可思议。

他凑过来吻了一下我的鼻子："我该起床了，得去开会了。"

我挣扎着在床上坐起来："我去给你做早餐。"

"想都别想。"他爬下床，被子掉了下来，露出完美的肉体。他的身材保持得真好，一定是天天健身。"自从你来到这里，每天都要早起为我们做早餐。今天你就睡个懒觉，想做什么就做什么。"

"我通常每周一都要洗衣服，我不介意先洗一批衣服，然后……"

"不行，"他看了我一眼，"听我说，虽然我还不知道该怎么处理目前这一切，不过……我是真的喜欢你，想给我们两个人一个机会试一下。如果我们真的在一起，那你就不能再当我的女仆了，我会找别人来打扫清理。你可以先在这里待着，好好想一想接下来自己想做些什么。"

我的脸颊涨得通红："对我来说不太容易。你也知道我有案底，没人想雇一个有……"

"就是因为这样，所以你想在这里待多久就待多久，"他抬起一只手打断了我的反驳，“我说真的，我很高兴你在这里。而且谁知道——也许会是一辈子。”

他冲着我笑了，那么甜美迷人，我的心都要化了。妮娜一定疯了才会让这家伙跑掉。

我还是担心她会把他给抢回去。安德鲁抬起健壮的双腿，穿上平脚内裤，虽然我假装没在看，但其实全都看到了。他对我眨了眨眼，然后离开房间，去浴室洗澡了。现在就剩下我自己一个人。

我打了个哈欠，躺在这张豪华的双人床上，尽情舒展着身体。当时让我睡楼上那张小床，我就已经很开心了，现在能睡在这么大一张床上，简直不知道该怎么形容。我甚至都没发现，之前走来走去的时候会背疼，但是昨天在这个床垫上睡过一觉后，现在感觉好多了。一个女孩会习惯这样的享受的。

昨晚手机被我扔到床头柜上了，现在开始嗡嗡得振个不停，我伸手去拿，看到屏幕上的信息后皱起了眉头：

未知号码。

我的心里七上八下的，谁一大早打电话给我？我一直盯着屏幕，直到手机不再振了。

这也算是一种解决办法。我把手机又扔回床头柜上，重新躺回床上。不仅床垫舒服，床单也舒服，感觉就像睡在丝绸上一样。被子也很暖和，重量却很轻，比我在楼上一直盖着的那个扎人的羊毛毯子强太多了，更别提我在监狱里的那个毯子了，薄得像纸一样。

我的眼睛慢慢合了起来，马上就要睡着了，这时我的手机又响了。

我哼了一声，伸手去拿手机。又来了，还是同样的信息：

未知号码。

是谁在给我打电话？我一个朋友也没有。塞西莉娅的学校倒是有我的电话，不过现在都已经放暑假了。唯一会给我打电话的人是……

妮娜！

我现在最不想和她说话，于是按下红键拒接了。但是之后我再也睡不着了，只好爬下床上楼洗澡去了。我下楼时看到安德鲁已经穿好西装，手里捧着一杯咖啡，一小口一小口地喝着。我不自觉地伸出手，摸了一下身上的牛仔裤，跟他比起来我好像穿得太随便了。他站在窗边，望着前院，撇着嘴唇。

“一切都还好吗？”我问道。

他被我吓了一跳，笑了笑：“嗯，还行，只是……那个该死的园丁又在那里，他一天到晚在外面搞什么鬼？”

我和他一起站在窗边，看着恩佐站在花坛那里弯着腰，手里拿着锹。“园艺？”

他低头看了看手表：“现在是早上 8 点。他总是在这里。他还要为其他十几家干活儿，为什么总在这里？”

我耸了耸肩，他说得没错，恩佐好像确实经常在我们院子里，就算我们院子比别人院子大得多，但是他待的时间还是太长了。

安德鲁似乎拿定了什么主意，放下咖啡杯，留在窗台上。我急忙伸手要去拿杯子，因为我知道要是让妮娜看到窗台上有一圈咖啡印，她肯定要生气了。不过我还是忍住了，妮娜再也没法刁难我，我再也不用见到她。从现在开始，我想把咖啡杯放在哪里就放在哪里。

安德鲁满脸坚定，迈着大步走向前院，来到草坪似乎想要对恩佐说些什么。出于好奇，我也跟了过去。他连清了两次喉咙，都没能引起恩佐的注意，最后他吼道：“恩佐！”

恩佐慢慢抬起头转过身：“什么事？”

“我想和你谈谈。”

恩佐长叹一声，站了起来，慢慢悠悠地朝这边走来：“嗯？你想谈什么？”

“听着，”安德鲁个子挺高，但是恩佐更高，他得抬起头才能看着恩佐，“谢谢你在这里帮了这么多忙，但是我们不再需要你了，所以请你收拾好所有东西，去下一家干活儿吧。”

“*Che cosa*（什么）？”恩佐用意大利语问道。

安德鲁把嘴唇抿成一条直线：“我说，我们不需要你了，结束了，完了，你可以走了。”

恩佐歪了一下头：“解雇了？”

安德鲁吸了口气：“对，解雇了。”

恩佐听完思考了片刻。我突然想到虽然安德鲁身强力壮、肌肉发达，但是恩佐可比他强太多了，要是他们两个人真打起来，感觉可能都打不成平手。我赶紧往后退了一步，不过他只是耸了耸肩。

“好，”恩佐说，“我走。”

恩佐似乎对整件事情都不太关心，不知道安德鲁有没有觉得自己很傻，就因为恩佐经常在这里工作，就这么上纲上线。但是安德鲁点了点头，松了口气：“谢谢，非常感谢你过去这几年的帮助。”

恩佐只是一脸茫然地看着他。安德鲁轻声咕哝了几句，转身回到屋里，我也跟着他往回走。不过安德鲁刚一走进前门，我就被拉住了，是恩佐抓住了我的胳膊。

我转过身来看着他。自从安德鲁回到屋里后，恩佐脸上的神情完全变了。他那双黑眼睛睁得溜圆，凝视着我的眼睛。“米莉，”他喘着气说，“你必须离开这里，你的处境很危险。”

我的嘴巴张得大大的，不仅仅是因为刚刚他说话的内容，更是因为他说话的方式。自从我在这里工作以来，就听他说过几个英语单词，还都是零零散散的，组不成一句完整的话，但是现在他居然说了两个完整的句子。不仅如此，之前他的意大利口音一直特别重，我基本上听不懂他说的话，但是现在几乎听不到口音，他像是那种英语说得特别好的人。

“我很好，”我说，“妮娜已经走了。”

“不，”他坚定地摇了摇头，紧紧握着我的胳膊不愿松开，“你错了，她并没有——”

他还没来得及再说什么，房子前门又开了。恩佐赶紧松开我的胳膊，退到了远处。

“米莉？”安德鲁从前门探出头来，“没事吧？”

“没事。”我勉强说着。

“你要回屋来吗？”

我本来想留在外面继续问恩佐，他之前不清不楚地提醒我危险到底是什么意思，刚刚又想要告诉我什么，可惜现在我得回到屋里了，别无他选。我跟着安德鲁走进前门，又回头看了看恩佐，他正忙着收拾自己的工具，甚至都没抬头看我一眼，好像一切都是我幻想出来的。但是我低下头看了看自己的胳膊，上面分明还有一道道红印，是刚刚被恩佐用力抓出来的。

三十五

安德鲁让我别再干家务活儿，但是通常周一我都要去超市采买食材，而且我们很多东西都快吃完了。我先从书架上随手抽出几本书，简单翻了翻，又看了一小会儿电视，真的好想自己能有些别的事情做啊！我和妮娜不一样，我比较喜欢忙来忙去的感觉。

之前那家超市差点儿把我当小偷给抓起来，我还是去镇上另一边随便找家超市吧，反正卖的东西都一样。我推着购物车逛着超市，不用再拿着妮娜列的那个购物单，又傻气又做作，照着单子一样一样地买。现在我想买什么，就买什么：我想买法式黄油面包，就买法式黄油面包；想买酵母面包，就买酵母面包。我不用再挨个给各种各样的面包拍照，也不用拍一百多张照片发给她看，现在可真自由呀。

我正在奶制品区挨个看，包里的手机响了。这一次，我又有一种不安的感觉，不知道是谁在给我打电话？也许是安德鲁。

我从包里拿出手机。这一次还是那个未知号码，今天早上给我打电话的那个人，现在又给我打电话了。

"米莉，对吗？"

我吓得差点儿魂都飞出去了。我抬头一看，原来是她。当时妮娜组织家教会她也在场，不过我记不清她的名字了。她推着购物车，咧着那张丰满的红唇，挂起一副虚伪的笑容。

"嗯？"我说。

"我是帕特里斯，"她说，"你是妮娜家的那个女孩，对吧？"

听到她给我贴的这个标签，"妮娜家的那个女孩"，我都要气炸了。她会知道的：妮娜被安德鲁甩了，因为之前签了婚前财产协议，离婚后只能净身出户，而我成了安德鲁的新任女友。也许过不了多久，她就要来拍我的马屁。

"我为温彻斯特家干活儿。"我生硬地说道。不过很快就不是这样了。

"太好了，"她笑得更灿烂了，"一整个早上我都在联系妮娜，我们本来约好一起吃早午餐，我们一直都是这样，周一和周四约在克里斯汀餐厅吃早午餐，不过她一直没来。一切都还好吧？"

“嗯，”我撒谎了，“一切都很好。”

帕特里斯噘起嘴唇：“我猜她一定是忘了，你知道的，妮娜有时候记性不太好。”她可不止记性不太好，不过我也没多说什么。

她看到我手里拿着电话：“那是妮娜给你用的电话吗？”

“嗯，对，没错。”

她仰头笑了：“你人真是太好了，让她随时随地知道你在哪里，要换作是我，真不知道能不能接受得了呦。”

我耸了耸肩：“她基本上只给我发发短信，没那么糟啦。”

“我不是这个意思，”她冲着电话点了点头，“我说的是她预装的那个跟踪软件，她想随时知道你在哪里，你不觉得抓狂吗？”

我感觉好像受到一拳重击。妮娜通过我的手机跟踪我？搞什么鬼？我真笨。她当然能做出这种事了，而且完全说得通。现在我才明白其实她根本不用专门翻包找出那张节目单，也不用在演出当晚给家里打电话，她知道我在哪。

“哦！”帕特里斯赶紧用手捂住了嘴，“对不起，难道你没发现……？”

我看着她那张打过肉毒素的脸，真想一巴掌扇过去。关于我有没有发现这件事，我不确定她是不是知道，不过看她一脸幸灾乐祸的样子，巴不得成为第一个告诉我真相的人。我脖子后面突然冒出一阵冷汗。“不好意思。”我对帕特里斯说。

我从她身边挤过，把购物车扔在身后，一口气跑出超市来到停车场，终于感觉能喘上气了。我双手撑在膝盖上，向前探着身子，慢慢等呼吸恢复正常。我再次站起身时，一辆汽车正飞快开出停车场，是一辆白色的雷克萨斯。

好像是妮娜的车。然后我的电话又开始响了。我把手机从包里扯出来，还是显示未知号码。行吧，要是她想和我谈谈，那就谈吧，我倒要看看她打算说什么，如果她想威胁我，或者叫我小三，那就随她吧。

我用力按下了那个绿色的接听键：“喂？妮娜？”

“您好！”一个欢快的声音说，“温馨提示，您的车辆保修最近可能已经过期了！”

我把手机从耳边拿开，难以置信地盯着屏幕。不是妮娜，就是一个垃圾电话，看来是我想多了，对整件事反应过度了。

不过我还是觉得自己的处境很危险。

三十六

今晚安德鲁工作忙得不可开交。

6点45分，他给我发来一条信息：

工作上的问题。我至少还得在这里再待一个小时。别等我吃饭了。

我回了信息：

好的，小心开车。

但是在我内心深处，本来满心欢喜，结果却扑了空。那晚在曼哈顿和安德鲁共进晚餐，过得那么开心，今晚我试着重现那家法餐的黑胡椒牛排。我在超市买了黑胡椒粒（后来我又鼓足勇气，返回超市了）、葱花、白兰地、红酒、牛肉高汤和鲜奶油。味道闻起来真是太棒了，但是不可能保持一两个小时，牛排重新加热后味道就不一样了。我别无选择，只能独自享用这顿丰盛的晚餐。吃完饭，我翻看着电视频道，肚子里的牛排就像一块大石头一样，坠得我难受。

我不喜欢一个人待在这个房子里。安德鲁在家的时候，这里就像是他的家，不过确实也是他的家。但是他不在家的时候，整个房子到处都散发着妮娜的味道。她的香水从各个边边角角的地方散发出来，就像动物那样，她用气味标记着自己的领地。

虽然安德鲁不让我打扫，不过买完食材回来后我还是把房子全都打扫了一遍，想彻底抹去妮娜的香水味，可惜还是能闻到。刚刚在超市碰到帕特里斯，虽然她很讨人厌，不过还真是帮了我一个大忙。妮娜一直在跟踪我。在某个文件夹里，我找到了那个隐藏的跟踪软件，赶紧删掉了。

不过我还是一直觉得她在盯着我。我闭上眼睛，想起今天早上恩佐提醒我的话，“你必须离开这里,你的处境很危险”。他那么害怕妮娜，上次和我说话时听到妮娜经过，他满眼都是那种恐惧的神情。

你的处境很危险。

一阵恶心的感觉涌上来，我努力压了下去。现在她已经走了，不过也许还能继续伤害我。太阳已经下山了，我望向窗外只能看到玻璃上自己的倒影。我从沙发上站起来，走到窗边，心怦怦直跳，把额头贴在冰凉的玻璃上，凝视着黑暗的外面。

大门外面是停着一辆车吗？

我眯着眼睛，想弄清楚是不是自己的幻觉。茶几上的电话突然响了，我拿起手机，屏幕上又显示是未知号码，我皱起了眉头。我心想估计又是一通垃圾电话，来得正是时候。

我按下绿色按钮接起电话，本以为电话那头会是那种讨厌的录音声音，没想到这一次，我听到的却是一种微颤的、机械的声音：

“离安德鲁远点儿！”

我猛吸了口气：“妮娜？”

我听不出电话那头是男人还是女人，更分辨不出是不是妮娜。接着电话那头传来咔嗒一声，没声音了。我咽了下口水。我真是受够妮娜的这些把戏了。从明天开始，我就要夺回这个房子，找个锁匠，把所有门锁全都换了。今晚，我要睡在主卧。我受够待在这个客房里，我可不再是这里的客人了。

安德鲁说他希望我能一直在这里待着，现在这里也就是我的家。我朝楼梯走去，一次迈两级台阶，一直走到阁楼，来到那间闷热的房间，也就是我的卧室。过了今晚，这里就不再是我的卧室了，我要收拾东西搬到楼下去住，现在就是我最后一次进来。这个封闭可怕的小房间，还有只能从外面上锁的怪门，拜拜了。

我从壁橱里拿出一个行李袋，开始往里面装衣服。我肯定会先征得安德鲁的同意，再在楼下腾出一个地方挂衣服。他肯定不会让我继续住在这里，这里简直就不是人住的地方，这个房间就像刑讯室一样。

“米莉？你在干什么？”

身后突然传来说话的声音，吓得我差点儿都要犯心脏病了。我捂住胸口，转过身来：“安德鲁，我没听见你进来。”

他低头看到了我的行李：“你在干什么？”

我手里正拿着一把胸罩，赶紧塞进了包里：“呃，我觉得我应该搬到楼下去住了。”

“哦。”

“可……可以吗？”我突然觉得很尴尬。我本来以为安德鲁不会介意，不过也许我不应该这么自以为是。他朝我走近了一步。我紧紧咬着嘴唇，咬得都有些痛了。“当然可以，我本来也打算和你说的，就是不太确定你愿不愿意。”

我的肩膀放松了下来：“我当然愿意，我……我今天过得有点儿不太好。”

“你今天在忙什么？我看到你把我的书放在茶几上了，你是一直在看书吗？”

要是我今天一直在看书就好了。“我不太想谈这个。”

他又走近了一步，用指尖划过我的下巴：“也许我能让你忘记今天的事……”

被他这么一摸，我浑身发抖：“我知道你能……”

他确实做到了。

三十七

尽管比起客房那张舒服的床垫，我这张小床特别不舒服，但是和安德鲁缠绵过后，我还是很快在他怀里睡过去了。我完全没想到，我竟然会在这个房间里和别人亲热。现在差不多凌晨3点，我醒了，膀胱胀得厉害，得去趟洗手间。我一般都会在临睡觉前去趟厕所，但今晚安德鲁把我累坏了，都没顾得上爬起来，就直接睡过去了。

然后就是一阵空虚感。安德鲁已经不再在这张小床上了。

他应该是等我睡着后，就回自己的床上睡了。我不能怪他，这张床那么小，一个人睡着都不舒服，而且这个房间还这么幽闭。安德鲁比我大十多岁，我在这张床垫上睡一晚都觉得背疼，真不能怪他。

不过我挺庆幸，今晚就是我在这里睡的最后一晚。等我上完厕所，就去楼下找他一起睡。我站了起来，踩在地板上，发出吱吱呀呀的响声。我转动门把手。和往常一样，还是卡住了，然后我又使劲转了一下，门把手还是转不动。

我越来越害怕，开始用身体抵在门上，肩膀靠在木门上那些划痕的地方，我又试了一次，顺时针使劲旋转门把手，但还是一动不动，这时我才明白这是怎么回事：

门不是卡住了。

门是锁住了。

妮　娜

三十八

如果几个月前有人告诉我，我会自己在酒店房间里过夜，而安迪在我的房子里和另一个女人——那个女仆！——在一起，打死我都不会相信。但是现在我就在这里，穿着浴袍，平躺在酒店的大床上。我拿出手机，点开那个几个月来一直在用的应用程序——“查找我的朋友”，然后等着这个应用程序告诉我米莉在哪里。但是她的名字下面显示着“找不到位置”，就像下午那会儿一样。

她一定已经发现我在跟踪她，禁用了这个应用程序。真是个聪明的女孩。

不过还不够聪明。我从床头柜上拿起包，在里面翻来翻去，终于找到了手里仅存的那张安迪的纸质照片。是几年前的老照片，当时公司网站要用，他就专门拍了照片，还给了我一张。我凝视着照片上他那双深棕色的眼睛，他那完美的红褐色头发，有形的下巴，还有中间那道纹，简直就是我在现实生活中见过的最帅的男人。我第一眼见到他就对他一见钟情。

我从大床上爬起来，双脚踩在柔软的地毯上。当时开这个房间，刷的是安迪的信用卡，估计花了他一大笔钱，不过没关系，我不会在这里待太久。我走进浴室，举起那张印着安迪笑脸的照片，掏出口袋里的打火机。

我按下打火机,一束黄色的火焰喷了出来。我举着晃动的火苗,慢慢靠近照片边缘。我看着我丈夫那张英俊的脸，慢慢烧焦，一点点破碎，最后只留下满水槽的灰烬。我笑了，八年来第一次真正的笑。

真不敢相信，我终于摆脱那个混蛋了。

摆脱施虐狂丈夫——妮娜的逃生计划

第一步：醉酒一夜情后怀孕，辍学后随便找份差事谋生

我的老板安德鲁真的太帅了。他不是我的直接上司，而是我老板的老板的老板。他子承父业，在他爸爸退休后就接任了公司的首席执行官，而我只是一个接待员。我们之间隔着好几层。

我的工位在我老板的办公室外面，所以我只能坐在办公桌前远远地欣赏他，这不像是对生活中某个人的迷恋，更像是在电影首映礼上欣赏某位男明星，也像是在美术馆欣赏一幅名画。而且在我的生活中，完全没有时间约会，更不用说男朋友了。

他长得实在是太帅了，还那么有钱。我的上司是斯图尔特・林奇，他比安德鲁至少要大 20 岁，在他看来安德鲁就是个“小屁孩”，显然接受不了整天被安德鲁使唤来使唤去。安德鲁来办公室和我老板说话，路过我的办公桌，停下来对我微笑，还叫出了我的名字。他说:“你好，妮娜，今天过得怎么样？”

他肯定不知道我是谁，只是照着桌上的名牌念出名字而已。但不管怎样，他能这么做已经很贴心了。我这么普通的名字，从他嘴里念出来能让我高兴半天。

安德鲁和斯图尔特一直在办公室，谈了差不多半个小时。斯图尔特之前嘱咐过我，要是安德鲁没走，我也不能走，万一需要什么数据，好让我及时从电脑里找出来。我不太清楚斯图尔特在做什么，因为他的工作都是我在做。不过我不介意，只要给我发工资，还帮我交医保就行。我和塞西莉娅需要一个住的地方，儿科医生说下个月她需要接种一系列疫苗。

本来已经到我的吸奶时间，因为一直都没吸奶，我的胸胀得好疼，还一个劲儿地往下坠，胸罩的肩带勒得我生疼。我只能尽量不去想西西，因为一旦想了，奶水肯定不受控制，直接就会从乳头里喷出来。现在我正坐在办公桌前，真不想发生这种事。

现在西西和我邻居艾琳娜在一起。艾琳娜也是一位单亲妈妈，我们互相帮忙照看孩子。我的工作时间比较规律，她在一家酒吧上晚班，所以晚上我替她照看泰迪，白天她替我照看西西。目前这个办法能行得通，勉强算行。

我一上班就想西西，每分每秒都在想她。我之前一直在幻想着，等我有了孩子，至少要在家里待六个月。可实际情况却是，我只休了两周产假就直接回来上班，虽然现在走起路来还有点儿疼。公司本来可以让我休 12 周的产假，不过后面 10 周就没有工资了。谁能承受得起 10 周不发工资啊？反正我不能。

有时候艾琳娜也会抱怨，怪自己为儿子牺牲了太多，有些恨他。我那会儿发现自己怀孕测试呈阳性时还在读研究生，手里没什么钱，本来不慌不忙准备攻读英语博士学位，但是当我看到那两道蓝线时，突然意识到要是像这样一路读下去，永远都不可能有任何希望，我和我未出生的孩子也得不到任何生活保障。于是第二天我就退学了，然后开始四处奔波，到处找工作想要赚些钱。

这不是一份理想的工作，可以说和“理想”完全不沾边。不过薪水还不错，而且福利待遇很好，最重要的是上下班时间固定，工作时间不太长。而且公司还说有晋升机会，希望有那么一天吧。

不过眼下最重要的是我得再坚持20分钟，保证自己别漏奶。就差那么一会儿我就能拿着我的小背包，带着几个小奶瓶冲去洗手间，没想到这时对讲机里传来了斯图尔特的声音。

“妮娜？”他对我喊道，“你能把格雷迪的数据拿进来吗？”

“好的，先生，马上！”

我打开电脑，找到他想要的那些文件，然后点击打印。这些数据差不多有50页，我坐在那里，脚趾不停地敲着地，看着打印机一张接一张地吐着纸。终于打完最后一张了，我猛地抽出这些纸匆匆奔向办公室。

我敲了敲门：“林奇先生？”

“进来吧，妮娜。”

门慢慢开着，我走了进去，一瞬间就注意到这两个男人都在盯着我看。不是那种欣赏的眼神，那种我怀孕前在酒吧里常常收到的那种。他们两个看着我，就像我的头发上挂着一只巨大的蜘蛛，但是我自己却毫无觉察一样。我正要问他们到底在看什么，但是我低头一看就明白了。

我漏奶了。还不只是漏奶，简直是在喷奶，像一头待在办公室里的奶牛一样。我两边的乳头周围，泛着两个巨大的圆圈，还有几滴奶正从我的衬衫上淌下来。此刻我好想钻到桌子底下，原地死去。

“妮娜！”斯图尔特喊道，“快去清理一下！”

“好的，”我急忙说道，“我……很抱歉……”

我赶紧把那沓文件扔到斯图尔特的桌子上，转身飞快跑出办公室。我抓起外套，一边忙着盖住衬衣，一边强忍住泪水。我都不知道自己在难过些什么，是我老板的老板的老板看到我在分泌乳汁，还是我刚才浪费掉的那些奶。

我带上吸奶泵来到洗手间，插上电源释放着胸部的压力。虽然挺尴尬的，但是把奶全都吸出来的感觉真好，说不定比和别人上床的感觉还要好。倒不是说我记得和别人上床是什么感觉，上一次还是那个愚蠢至极的一夜情，让我陷入了现在这种境地。我把两瓶五盎司的奶瓶全都装满了，和一个冰袋一起塞进了包里。我先把它放进冰箱，等下班再带回家。现在我得回到我的办公桌了，而且接下来一整个下午都得继续穿着外套，因为我刚发现即使奶水干了，衣服上也还有奶渍。

一打开洗手间的门就被吓了一跳，有人站在门外，不是别人，是安德鲁，我老板的老板的老板。他的拳头悬在半空中，看样子是准备要敲门。他看见我睁大双眼。

“嗨？”我说，“男洗手间在那边。”

我真是太蠢了，这是他的公司，而且洗手间的门上还有一个穿裙子的女士图案。他说：“我是在找你。”

“找我？”

他点了点头：“我想看看你还好吧。”

“我很好，”我努力微笑着，试图掩饰刚刚羞愧的情绪，“只是奶水而已”。

“我知道，不过……”他皱起眉头，“斯图尔特刚刚那么对你真是太粗鲁了，我真是受不了。”

“嗯……”其实我很想告诉他，斯图尔特对我干过的混蛋事还多着呢，不过这么说自己上司的坏话不是个好主意，“没事，反正我也正要去吃午饭，所以……”

“我也是，”他扬起一边眉毛，“一起吃怎么样？”

我当然愿意，就算他不是我老板的老板的老板，我也会答应的。首先，他长得很帅。我喜欢他的笑容——眼角的皱纹和下巴上那道浅浅的纹。不过他可不是在约我出去吃饭，只是因为刚刚在斯图尔特办公室的事觉得我可怜罢了。当然也可能是人力资源部的人让他这么做的，以便缓和局面。

我跟着安德鲁走下楼，来到一楼大厅。附近有很多高档餐厅，我以为他会挑一家带我去吃，没想到他带着我走到大楼外，在热狗车前排起队。我惊呆了。

“全市最好吃的热狗，”他冲我眨了眨眼，“你喜欢加什么酱？”

“呃……芥末酱吧。”

等排到我们时，他点了两份热狗，两份都加了芥末酱，还买了两瓶水。他递给我一份热狗，还有一瓶水，然后一路带着我走到街对面的一栋褐石屋前。他坐在台阶上，我也跟着坐到他旁边。这场面还真是有些好笑，这个英俊的男人，穿着昂贵的西装，坐在褐石屋的台阶上，手里拿着一个沾满芥末酱的热狗。

“谢谢你的热狗，温彻斯特先生。”我说。

“叫我安迪。”他纠正我。

“安迪。”我重复道。我咬了一口热狗，味道真好，不知道是不是市里最好的。

“你的孩子多大了？”他问。

每当有人问起我的女儿时，我都很高兴，脸涨得通红：“五个月。”

“她叫什么名字？”

“塞西莉娅。”

“名字很好听，”他笑着说，“就像那首歌。”

现在他在我心中的得分飙升，因为西蒙和加芬克尔唱的那首歌《塞西莉亚》才给她起了这个名字，虽然字不是完全一样。这首歌是我爸妈最喜欢的，可惜他们遇到飞机失事，永远离开了我，我以这样的方式纪念他们，就是想让自己觉得他们还在我身边，没有走远。

接下来的20分钟里，我们就坐在那里吃着热狗，聊着天。真没想到原来安迪这么接地气。我喜欢他对我微笑的样子，我喜欢他关心我的事情，尤其是提问时的态度，感觉他好像真的很感兴趣。难怪他能把公司管理得这么好，他和人相处真的很有一套。无论人力资源部让他对我做什么，他都完成得很好。之前在斯图尔特办公室发生的事，我已经完全不介意了。

我看了一眼手表，现在已经1点半了。“我得回去了，”我对他说，“要是我午餐回去晚了，斯图尔特会杀了我。”

我没明说，其实斯图尔特是在给他工作。

他站起来，拍掉手上的面包碎屑：“我觉得热狗不是你期待和我一起吃的午餐。”

“热狗也很好。”确实如此，我和安迪一起吃热狗，聊着天，感觉挺开心。

“让我弥补一下你吧，”他看着我的眼睛，“今晚我带你去吃晚餐。”

我的下巴都要惊掉了。安德鲁想要什么女人都能轻松得到，他为什么想要带我出去吃晚餐呢？但是他刚刚就是这么问的。

其实我真的挺想去，但是没办法，必须得拒绝：“我去不了，没人帮我照顾小孩。”

“反正我妈妈明天下午也要来市里，”他说，“她喜欢小孩子。她会很乐意帮你照看塞西莉娅的。”

现在我的嘴张得更大了。他不仅邀请我共进晚餐，而且哪怕我给他抛出了个难题，他也能想出解决办法，还把他妈妈也给扯进来了。看来他真的很想和我共进晚餐。

我还怎么能拒绝呢？

三十九

第二步：傻傻嫁给施虐狂

我和安迪结婚已经三个月了，还时不时得掐自己一下，确定这一切都是真的。

我们的恋爱进展得很快。在遇到安迪之前，我遇到的所有男人都只是想玩玩而已。但是安迪不一样，他是认真的。从我们神奇的第一次约会之夜起，他就向我表明了心意：他想认真经营一段感情。之前他订过婚，但那是一年前的事了，那个女人叫凯瑟琳，不过最后没成。他准备好结婚了，他愿意接纳我和塞西莉娅。

在我看来，他就是我要找的那个人。我想给我和我的女儿一个安稳的家；我想找一个有稳定工作的男人，能像父亲一样照顾我的女儿；我想要找一个心地善良、有责任心的男人……好吧，还得有吸引力。安迪完美符合每一条。

婚礼前的那段日子我一直在努力寻找他的缺点，安迪完美得有些让人难以置信。他要么就是自己偷偷去赌博，要么就是在犹他州还养了一大家子人。我甚至都想过给凯瑟琳打电话，就是他的那个前未婚妻。他给我看过她的照片，她和我一样留了一头金发，长得也挺可爱，不过我不知道她姓什么，在社交媒体上找不到她。不过至少她没有在网上到处乱说他的坏话，在我看来这也算是个好兆头。

要说安迪有什么不尽如人意的地方，那就只有……他妈妈。伊芙琳在我身边的时间比预想的多一些。我不觉得她是世界上最温暖的人，虽然安迪保证说她“喜欢小孩子”，而且很“乐意”帮忙照看西西，但是每次我们拜托她帮忙照看孩子，她好像总是有些不耐烦。只要一到晚上，她就对我的教育方式指手画脚，表面假惺惺地说全都只是“建议”。

不过我要嫁的是安迪，又不是他妈妈。没人会喜欢自己婆婆的，我能应付得了伊芙琳。除了嫌弃我明显不会教育孩子之外，她基本上不会挑我其他毛病。如果说这就是嫁给安迪唯一的毛病，那我完全可以接受。

所以我就嫁给他了。甚至三个月过去了，我都还没完全从幸福中缓过来。我不敢相信现在我和我的女儿可以待在家里，衣食无忧。我确实还想有一天能回到研究生院继续上学，但是眼下我只想珍惜在家里的每一分钟，跟西西和安迪一起，好好享受生活。怎么会有像我这么幸运的女人呢?

为了回报这一切，我努力成为一位完美的妻子。但凡有一点儿空闲时间，我就会去健身房锻炼身体，时刻保持完美的身材。我买了一衣橱的衣服，全是那种不实用的白色衣服，只因为他喜欢看我穿白色的衣服。我在网上学习各种美食食谱，尽量多给他做做饭。我想要对得起这一切，这份他给我的美好生活。

今天晚上，我哄塞西莉娅睡着后，抚摸着她那婴儿般光滑的脸颊，亲吻她的额头，低头看着她，听着她深沉的呼吸声，闻了闻她身上婴儿爽身粉的香味。我挑起一缕柔软的金发，帮她别到一边耳朵后面。她真是太漂亮了。我太爱她了，有时候都想把她给吃掉。

我从她的卧室走出来，安迪正在外面等我。他看到我出来微微一笑，乌黑的头发没有一根头发丝错位，像我第一天见到他时那样英俊潇洒。我还是不明白当初他为什么选我，这个世界上有那么多女人，他明明想娶谁都可以，为什么是我呢?

“嘿，”他一边说着，一边伸手挑起一缕金发，帮我别到耳后，“我发现你的深色发根开始长出来了。”

“哦。”我不自然地摸了摸发际线。安迪喜欢金色的头发，所以我们订婚之后我就开始去美发店，把头发染成金色。“我最近一直忙着照顾西西都给忘了。”

我不太能读懂他脸上的表情。他还在笑着，但是我总觉得有些不对劲。我只是晚做了一次头发而已，他应该不至于不高兴吧。

“听我说，”他说，“我需要你先帮我个忙。”

我挑起一边眉毛，暗自庆幸头发的事情没有惹他不高兴：“当然可以，帮什么忙？”

他抬起眼睛望向天花板。“是一些工作文件，我放在楼上那间储藏室，不知道你能不能帮我找出来，今晚我得弄完这份合同。然后，我们可以……”他对我咧嘴一笑，“你懂的。”

他不用再跟我说第二遍。到目前为止，我已经在这个房子里住了四个月，却从来没有去过阁楼那间储藏室。有一次我趁西西打盹的时候爬上去看过，但是门上锁了，我就转身回去了。安迪说只是一堆文件而已，没什么特别的。

说真的，我不喜欢去那里，通往阁楼的那段楼梯有些瘆人，里面漆黑一片，每走一步，脚下的楼梯都吱吱作响。我跟着安迪上楼，紧紧跟在他的身后。安迪领着我走到楼梯顶，一路穿过那条狭小的走廊，站在走廊尽头那扇锁着的门前。他拿出一串钥匙，挑出其中一把小钥匙插进锁孔，推开门，打开灯。

我眨着眼睛，努力适应这突如其来的光线，然后看了一眼周围的环境，这里和我想象中的储藏室不太一样，更像是一个小房间，角落里放着一张小床，屋里居然还有一个小梳妆台和一台迷你小冰箱，远处还有一扇小小的窗户。

我挠了挠下巴：“这是一间房啊，我还以为里面只是乱七八糟的杂物呢。”

“嗯，我把所有的东西都放在那边壁橱了。”他指着床边的壁橱解释道。

我走到壁橱前，看了一眼。里面除了一个蓝色的桶，什么也没有。根本就没有什么文件，也用不着两个人专门过来找文件。我不太明白他到底要我做什么。

然后我听到门砰的一声关上了。我抬起头转过身，突然发现这个小房间里只剩下我一个人了。“安迪？”我喊道。

我两个箭步穿过房间，伸手去抓门把手，但是没转动。我又使上全身的力气，转了一下，还是没转动，连一厘米都没动。

门被锁上了。

“安迪？”我又喊了一声，但是没听到任何回应。“安迪！”

这到底是怎么回事？也许是他下楼去拿什么东西，门被风一吹就关上了。不过这解释不通，为什么这个房间里没有任何文件，他说我们过来找文件的呀。

我攥起拳头用力砸着门：“安迪！”

还是没有回应。我把耳朵贴在门上，听到有脚步声，不过不是走近的声音而是越走越远，然后消失在楼梯间。他一定是没听到我的声音，只能这么解释了。我拍了拍衣服口袋，发现手机放在卧室，没办法给他打电话。

我注意到那扇窗户，整个房间就只有角落那里有一扇很小的窗户。我走过去往外看，发现窗户正对着的是后院，没办法引起外面人的注意。我被困在这里，只能等安迪回来。

我没有幽闭恐惧症，但是这个房间实在太小了，天花板压得很低，还斜在那张床的正上方，一想到自己被关在这里就觉得心惊胆战。相信安迪很快就会回来，但是我不喜欢待在这么封闭的空间里，感觉自己呼吸越来越急促，指尖也渐渐发麻。

我得把那扇窗户打开。我推了推窗户底部，没动，一毫米都没动，我都开始怀疑这扇窗户会不会是外开式的，可惜不是。这个破窗户到底是怎么回事？我深吸一口气，努力让自己平静下来，又凑近了些，仔细看了看这扇窗户，结果发现……

窗户被漆住了。

等安迪回到这里我真得说说他。我觉得自己脾气都已经够好了，但也不愿意被关在这个房间里。而且得想办法修一下这个门锁，千万可别再自己锁上了。如果我们俩都被锁在这里该怎么办啊？

我又走回去继续敲着门。“安迪！”我扯着嗓子大声喊道，“安迪！”

又过了15分钟，我嗓子都喊哑了。他为什么还没回来？他就算没听到我的声音，也一定能想到我还在阁楼吧。我一个人在这里能干什么呢？我甚至都不知道他想要什么文件。

他会不会刚才下楼的时候不小心被绊倒了，然后一路滚下楼梯，现在正躺在一片血泊之中，昏迷不醒呢？这是唯一的可能了。30分钟过去了，我都快疯了。我的喉咙好痛，拳头也砸门砸得通红，我好想哭。安迪去哪里了？这是怎么回事？

我感觉自己马上就要失去理智了，这时从门那边传来一个声音：“妮娜？”

“安迪！”我大叫道，“谢天谢地！我被锁在里面了！你没听到我在叫吗？”

门外沉默了很久。“我听到了。”

我都不知道该说什么了，既然听到我在叫，为什么不放我出去？不过我现在没心思追究这个问题，只想离开这个房间。“你能把门打开吗？”

又是很久的沉默。“不，还不行。”

什么？

“我不明白，”我生气地说，“为什么你不能放我出去？你把钥匙弄丢了吗？”

“没有。”

“那就放我出去！”

“我说过了，还不行。”

听到最后这三个字，那么犀利，那么无情，我都觉得害怕。我不明白这到底是怎么回事？我又试着拧了一次门把手，希望这一切都是闹着玩的。但是门还是锁着的。“安迪，你得把我从这里放出去。”

“不用你来告诉我该怎么做，这里是我家。”他说话的语调好奇怪，听起来都有些不像他。“你得好好吸取一下教训才能出来。”

突然一种冰冷恶心的感觉顺着我的脊背蔓延开来。当初我和安迪订婚的时候感觉他真是太完美了，体贴周到、柔情似水、英俊潇洒、家财万贯，而且对塞西莉娅也很好，我一直都在努力寻找他到底有什么致命缺点。

现在我找到了。

“安迪，”我说，“求你了，放我出去吧。我不知道你在气什么，不过我们肯定都能解决的。你先把门打开，我们再好好谈谈。”

“我不这么觉得，”他的声音既平静又平稳，“吸取教训唯一的办法就是看到你行为的后果。”

我吸了一口气：“安迪，你赶紧把我从这该死的房间里放出去。”

我使劲踢了一脚门，等着开门的声音，结果什么都没等到。

“安迪，”我吼道，“让我从这个房间里出去！放我出去！”

“你现在情绪不太好，”他说，“等你冷静下来我再过来。”

然后他的脚步声越来越小，越走越远。

“安迪！”我尖叫着，“你竟敢走！回来！回来，快放我出去！安迪，要是你不放我出去，我就离开你！放我出去！”我攥紧两只拳头重重地砸在门上，“我很冷静！放我出去！”

但是脚步声越来越微弱，最后完全听不到了。

四十

第三步：发现丈夫是个十足的恶魔

现在已经是凌晨了，又过去了三个小时。

我使劲敲着门，用指甲刮着木门，指甲缝里全都是碎木屑。我尖叫着，但是嗓子发不出声音了。万一邻居们能听到也行。但是一个小时过去了，我放弃这个想法了。

现在我坐在房间角落的那张小床上，任由那些硬弹簧硌着我的屁股，此刻我终于忍不住了，眼泪顺着脸颊淌了下来。我不知道他打算对我做些什么，现在我满脑子都是塞西莉娅，她还睡在那张婴儿床上，自己一个人和那个精神病待在外面。他会对我做什么？他会对她做什么？

我出去后要赶紧带西西逃跑，离这个男人越远越好。我不在乎他有多少钱，也不在乎我们是不是合法夫妻，只想出去。

“妮娜？”

是安迪的声音。我跳下床冲向门口。“安迪。”我用尽仅剩的声音哽咽地说。

“你嗓子哑了。”他说。

我不知道该说什么。

“你不应该使劲叫，”他告诉我，“阁楼下面完全隔音，就算我在楼下组织晚餐聚会，也没人能听到你的尖叫声。”

“求你了，放我出去吧。”我呜咽着说。

我愿意不惜一切代价。只要他肯放我出去，他提任何要求我都会答应。只要门一打开，我就当场离开他。我不在乎什么婚前财产协议，不在乎结婚一年内离婚什么都得不到。只要能离开这里，怎么样都行。

“别担心，妮娜，”他说，“我会放你出去的，我答应你。”

我长舒一口气。

“只是现在还不行，”他接着说，“你得知道自己做错事情的后果。”

“你在说什么呀？什么后果？”

“你的头发，”他的语气中满是厌恶，“我不能放任我的妻子像个邋遢鬼一样，走来走去，黑色的发根全都露在外面。”

我的发根。我真不敢相信他竟会这么介意，那只不过就是几毫米的头发而已。“对不起，我保证马上和美发师预约。”

“这还不够。”

我用额头抵着门：“明天一大早，我起床第一件事就是去弄头发。”

他在门那边打了个呵欠：“我现在要睡觉了。你再稍微坚持一下，等明天早上我们再好好谈谈惩罚的事情。”

他走了，脚步声渐渐消失了。我刚刚一直在敲门，虽然两只手已经敲得很痛了，但还是继续敲着。我攥紧拳头，狠狠砸在门上，没把自己的手骨砸断都算万幸。“安迪，你竟敢把我留在这里过夜！给我回来！回来！”

可他还是没理我，和之前一样。

我本来以为自己即使昏昏沉沉也不会睡着，但是不知怎么最后还是睡着了。刚刚又是大喊大叫，又是砰砰砸门，现在肾上腺素一扫而空，疲惫感占了上风，我就缩在那张不怎么舒服的小床上昏睡过去。这张小床其实还好，跟我和塞西莉娅之前住的那间小公寓里的床相比还不算太差，只不过我现在已经习惯睡安迪那张记忆棉床垫。

我又回想起当初只有我和西西的那段日子，我经常不知道该怎么办，总是濒临崩溃，随时准备大哭一场。不过我当时都没意识到以前那种生活其实挺好，结果后来嫁给了一个精神病，就因为我晚去约了一次美发，就把我锁进房间里待上一整夜。

我的西西啊，真希望她没事。要是那个混蛋胆敢碰她一根头发，我发誓一定会杀了他，哪怕后半辈子要在监狱里过，我也无所谓。第二天早上一醒来，我就感觉后背疼得厉害，头也很痛，而且我的膀胱胀得难受，得赶紧解决一下。

要是再这样等下去，我就要尿裤子了。我站起身来，在房间里走来走去。我又试着拧了一次门把手，心存一丝幻想：万一昨晚发生的一切都是我自己想象出来的，门会奇迹般打开呢。可惜门还是锁着的。

我记得壁橱里有一件东西，也是唯一的一件——一个水桶。

原来这一切都是安迪安排好的。他把我骗进这里，在门外上了锁，还把桶放在那里，一切都是有原因的。

我真得用这个桶。

虽然在桶里撒尿不太好，但总比尿裤子强。我把桶从壁橱里拖出来，解决完后又把桶放回去，希望我不会再用到这个桶。我的嘴巴好干，肚子也在咕咕叫，不过现在吃东西肯定会让我直犯恶心。既然他都提前放好了水桶，我倒要看看房间里还有什么地方也是提前设计好的。我打开那台迷你小冰箱，希望里面塞满各种吃的。

但是里面只有三小瓶水。我松了一口气，感觉自己都快要晕过去了。我抓起其中一瓶拧开瓶盖，差不多一口气全都喝光了，我的喉咙感觉稍微好些，但依然又痛又干。

我看了看另外那两瓶水，本来还想继续再喝一瓶，但是不知道安迪要关我多久，最好还是省着点儿喝。

“妮娜？你醒了吗？”

门外传来安迪的声音。我踉踉跄跄地走了过去，每走一步头都痛得要命。“安迪……”

“早上好，妮娜。”

我感到一阵头晕，赶紧闭上眼睛：“塞西莉娅还好吗？”

“她很好。我告诉我妈妈你出去串门了，在你回来之前，她会帮忙照看塞西莉娅。”

听到这话，我松了一口气，至少我女儿是安全的。虽然我说不上有多喜欢伊芙琳，但是她照看孩子还是挺小心谨慎的。“安迪，求你了，放我出去吧。”

他没理我，不过我倒是不觉得惊讶。“你发现冰箱里的水了吗？”

“嗯，”虽然我特别不想说，但还是加上了这一句，“谢谢你。”

“你得省着点儿喝，我不能再给你水了。”

“那就放我出去啊。”我嘶哑着说。

“我会的，”他说，“不过你得先为我做件事。”

“什么？什么事都行。”

他停顿了一下：“你得知道，头发是一种特权。”

“好的，我知道了。”

“是吗，妮娜？我倒是觉得，如果你真知道的话，就不会像个懒妇一样，顶着一头黑色的发根到处走来走去。”

“我……很抱歉。”

“既然你自己管不好头发，那就交给我来负责。”

突然一种既可怕又恶心的感觉涌了上来。“什么？”

“不是全部，”他咯咯地笑着，要不然得多荒谬啊，“我想要一百根。”

“你……想要一百根我的头发？”

“没错，”他敲了敲门，“给我一百根你的头发，我就会放你出去。”

这是我听到过最奇怪的要求了。就因为我顶着一头黑色的发根，他就要惩罚我，惩罚我的方式就是让我给他一百根头发？去拿我的梳子啊，里面藏着那么多根头发。他是有什么恋发癖吗？折腾这么久就是为了这个？“你可以去看看我的梳子——”

“不，”他打断了我，“我想让你从头皮上揪下来，得让我看到发根。”

我呆呆地站在原地：“你是认真的吗？”

“我听起来像是在开玩笑吗？”他生气地说，但是随后声音又变温柔了，“梳妆台抽屉里有几个信封，你把头发放进去，从门缝塞出来。你要是这样照做了，就是吸取教训了，我就放你出来。”

“好吧。”我同意了。我用手捋了捋金色的头发，指尖顺下来两缕头发。“等我五分钟，我马上拿给你。”

“我现在得去上班了，妮娜，”他不耐烦地说，“我到家的时候，你得准备好我要的头发。”

“可是我很快就能弄好了啊！”我又拽了拽头发，又下来一缕。

“我差不多7点到家，”他说，“对了，你记住，我要完好无缺的头发，必须得看到发根，否则不算数！”

“别！求你了！”这一次我更用力地抓了一下头发，疼得我泪水直在眼睛里打转，可只有几根头发掉了下来。“我现在就弄！等一下就好！”

他走了，脚步声渐渐消失，和之前一样。我知道自己怎么尖叫或者敲门，他都不会回来，也没必要再多浪费精力，只会让我头疼得更厉害。我得集中精力给他想要的东西，然后回到我女儿身边，一起永远逃离这个房子。

四十一

7点我已经完成任务。

我用手指反反复复捋了好几遍头发，差不多下来20根，我知道剩下的得靠我自己拔了。我抓起一根头发，使劲儿一拽，就这样拽了差不多80次。我也试过一次扯好几根头发，不过实在太疼了。谢天谢地，我的头发都还挺健康，大部分拔下来的头发毛囊都完好无损。我生完塞西莉娅之后本来头发就不多，现在都怕把自己拔秃了。

一到7点我就坐在小床上，手里攥着装着我那一百根头发的信封，迫不及待想要交给他，赶紧离开这里，然后一纸离婚协议扔给那个恶心的混蛋。

“妮娜？”

我低头看了看手表，正好7点，他还挺准时。

我从床上跳了下来，把头贴在门上。“我弄好了。”我说。

“从门缝下塞过来。”

我把信封塞进门缝，想象着他在门外的样子：打开信封检查我头发的毛囊。我不在乎他现在做什么，只要放我出去就行，反正他让我做的事，我都已经做完了。

“行吗？”我问。我的喉咙又干又痛。今天一整天，我把剩下的两瓶水都喝完了，最后一小时才开始喝最后一瓶。等我离开这里，我要一口气喝掉五杯水，然后坐在真正的马桶上尿尿。

“等我一分钟，”他说，“我在检查。”

我咬紧牙关，顾不上肚子咕咕作响。我已经24小时没吃东西了，饿得发晕，甚至到了看到头发都觉得好吃的地步。

“西西在哪？”我吃力地问道。

“她在楼下婴儿围栏里玩。”他说。我们在客厅里围起来一块安全区，她可以在里面随意玩耍，不用担心会受伤。这还是安迪出的主意，他考虑得可真周到。

不，他才不是那样，一切全都是我的幻觉，都是他装出来的。他就是个怪物。

“嗯？”安迪说。

“怎么了？”我哑着嗓子问，“出了什么事？”

“你看，”他说，“差不多所有头发都没问题，只是有一根头发上没有毛囊。”

混蛋。“好吧，我再重新给你拔一根。”

“这恐怕不行，”他叹了口气，“你得从头再来。我明天早上再来看你，希望到时候你能给我一百根完整的头发，要不然我们只能这样一直试下去。”

“别……”他的脚步声渐渐消失在楼下的大厅里，此时我意识到他真的走了，没给我食物，也没给我水。“安迪！”我的声音完全沙哑了，“别这样！求你了！求你别这样！”

但是他已经走了。

我在睡觉前就重新准备好了一百根头发，心想着万一运气好他过来了呢，可惜他没来。我甚至还往里面多放了10根头发。不知道为什么，现在头发好像更容易拔出来了，而且头发从头皮上拽下来的时候我几乎没什么感觉。我满脑子想的都是食物和水，但主要还是水。当然，还有我的塞西莉娅，不知道还能不能再见到她。我不知道一个人没有水能活多久，不过应该长不了。安迪虽然发誓说他会放我出去，但是万一他食言呢？如果他就是想让我死在这里呢？

这一切就因为我晚约了一次美发。

晚上我意识渐渐模糊了，梦见了一池水。我刚把头低下靠近池子，水就跑远了。每次我一想喝水，水就会跑掉，就像地狱里的酷刑一样。

“妮娜？”

安迪的声音把我吵醒了。我不确定我是睡着了，还是昏过去了，不过我整晚都在等着他。我得赶紧起来给他要的东西，这是我唯一能离开这里的办法。

起来，妮娜！

我刚从床上坐起来，突然感觉一阵头晕目眩，眼前漆黑一片。我坐在那张薄床垫上，紧紧抓住床边，等着视线重新清晰起来，差不多花了一分钟。

“如果我拿不到那些头发，恐怕不能放你出来。”安迪在门外说。

听到他可怕的声音，我的肾上腺素瞬间飙升。我站了起来，颤颤巍巍地伸出手，抓起信封，踉踉跄跄地走到门口，把信封从门缝里塞过去，摊靠在墙上，慢慢滑坐到地上。

他一根根地数着，我就这么等着，感觉时间过得好慢。如果他说我没完成，我真不知道该怎么办。我在这里没办法再坚持 12 个小时，那一切就都结束了，我会死在这个房间里。

不行，无论如何我都得坚持下去，为了西西，我不能把她扔给这个怪物。

“好了，”他终于说话了，“干得不错。”

然后锁转了，门慢慢打开了。安迪已经穿好西装，准备去上班了。我曾经想象过在这个房间里被困了两晚后，等我再看到这个男人，肯定会跳起来，把他两只眼睛全给抠出来。但我却一直摊在地上，虚弱得动弹不得。安迪蹲在我旁边，手里拿着一大杯水，还有一个面包圈。

“给你，”他说，“我给你带了这个。”

我真应该把水直接泼到他脸上。不过想归想，要是我不吃点儿东西，喝点儿水，估计很难走出这个房间。所以我接受了他的“礼物”，大口大口地喝下这杯水，一块接着一块地把面包圈塞进喉咙，全部吃光。

“对不起，我也是没办法，”他说，“不过这是唯一能让你吸取教训的方法。”

“去死吧！”我嘶吼着。

我努力想要站起来，可还是踉跄了一下。即使喝了那杯水，我还是头晕目眩的，走不成直线。我怀疑自己都下不了楼梯到二楼。

没办法，虽然我都恨死自己了，但还是得接受安迪的帮助。我让他扶我下了楼，一路上重重地靠在他身上。等我到了二楼，听到塞西莉娅在楼下唱歌。她没事，他没有伤害她，谢天谢地。

我不会再让他得逞。

“你得躺下，”安迪严厉地说，“你身体不好。”

“不。”我嘶哑着说。我想和塞西莉娅在一起，想赶紧抱抱她。

“你现在病得太厉害了。”他说得就像是我感冒了一样，而不是他把我在一个房间里关了整整两天。他和我说话的样子，就好像我才是那个疯子。“来吧。”

不管怎么样,他说得对,我确实需要躺下。我两条腿都不听使唤了，每走一步都抖个不停，脑袋也天旋地转的，只能让他扶着我，走到我们那张特大号床上，他帮我盖好被子。要说之前我确实还有可能趁机逃跑,但是现在躺在上床,完全没这个可能。在那张小床上昏睡了两晚，现在睡在这里感觉就像睡在云端一样。

我眼皮沉得像灌了铅一样，只想睡觉。安迪坐在床边陪着我，用手指梳理着我的头发。“你只是一直都感觉不太舒服而已，”他说，“好好睡一天，别担心塞西莉娅，我一定会照顾好她。”

他的声音是那么亲切，那么温柔，搞得我都开始怀疑自己整件事是不是我幻想出来的。一直以来他都是个好丈夫，他真的会把我锁在房间里让我拔自己的头发吗？这听起来不太像是他会做的事情。也许我只是发烧了，这一切都是一场噩梦？

不，不是梦！全都是真的，我确定都是真的。

“我恨你。”我低声说。

安迪没有回应什么，只是继续抚摸着我的头发，直到我的眼睛渐渐闭了起来。“睡一会儿吧，”他温柔地说，“你需要休息。”

四十二

第四步：让全世界都相信是你疯了

我刚一睁眼，就听到远处传来哗啦啦的流水声。

我还是觉得头昏脑涨，昏昏沉沉的。一个人整整两天不吃不喝，身体需要多长时间才能恢复过来？我看了看手表，已经是下午了。

我揉了揉眼睛，想要分辨出是哪里传来的流水声。听声音感觉好像是从主卧浴室传来的，但是门关着。是安迪在里面洗澡吗？如果真是这样的话，那我没多少时间，得赶紧离开这个鬼地方。

手机放在床边的床头柜上。我一把抓起手机，想要报警，告诉警察安迪都对我做了些什么。可是不行，最好再等等，等我逃出他的魔掌之后。不过手机里全是安迪发来的短信，刚刚就是这些短信声把我给吵醒了。我挨个翻看着这些信息。

你还好吗？

你今天早上好像有些奇怪。请给我回个电话，让我知道你一切都好。

妮娜，你还好吗？我得先去开会了，记得告诉我你没事。

你和西西怎么样了？请给我回个电话或短信。

最后一条信息引起了我的注意：塞西莉娅。我已经两天没见过她了，之前从来没有一天离开过她，就算是去度蜜月也不会丢下她不管。她现在在哪？

毕竟就算我睡着了，安迪也不会留我和她单独在一起的，对吧？

我抬起头，看着那扇关着的浴室门。是谁在主卧浴室里呢？我本来以为是安迪，但是现在看来不可能是他。他应该是出去上班了，还一直抽空给我发短信。是我不小心忘关水龙头吗？也许是我中间起床用过洗手间，但是忘了关水。感觉倒是有这个可能，我现在昏昏沉沉的。

我的两只手已经没什么血色，还在不停地颤抖。我努力站起来，但是挺不容易。虽然我已经喝了水也休息过了，但还是觉得很难受。我得扶着床才能走，不知道能不能顺利从床边走到浴室。

我深吸一口气，忍着头晕，尽可能一步一步慢慢地往前走，没走几步就一下子跪倒在地。天啊，我到底怎么了？

但是我得弄清楚那是什么声音。为什么浴室里有流水声？现在我离得更近了些，可以看到有灯光从那扇关着的门里透出来。

剩下那段路我是爬过去的。好不容易来到浴室门口，我伸手够到门把手，推开了门。接下来眼前的场景我一辈子都忘不掉。

是西西！她在浴缸里！闭着眼睛浸在浴缸里。水正迅速填满浴缸，已经超过她的肩膀，再过一两分钟，水就会漫过她的头顶。

“塞西莉娅。”我倒吸了口气。

她一句话也没说，既没哭也没叫我，不过她的眼皮微微在动。

我得去救她，得把水关了，把她从浴缸里拖出来。但是我的两只脚根本不听使唤，每动一下都像蹚过糖浆一样，难以动弹。我必须拼尽全力救出我的女儿，哪怕要了我的命。我趴在地上向前挪着，头晕得厉害，不确定能不能一直保持清醒。但是我不能昏过去，我的孩子需要我。

我来了，西西。一定要坚持住啊，拜托了。终于我的手指摸到了浴缸的瓷壁，我松了一口气，都快要哭出来了。现在水快要漫到她的下巴了，我伸出手用力够到水龙头，此时传来一个刺耳的声音，我的手指僵住了。

“温彻斯特太太，不许动！”

不管怎样，我还是伸手去够水龙头了，没人能阻止我救我的孩子。

我把水关上了，但是还没来得及再做什么，一双强壮有力的手抓住了我的胳膊，把我拽了起来。在一片雾气中，我看见一个身穿制服的男人冲了进来，把塞西莉娅从浴缸里拉了出来。

“你们在干什么？”我努力问着，但是话已经说不清楚了。

那个刚刚救起塞西莉娅的人没有回答我的问题，接着又传来了另一个声音，“她还活着，不过看起来像是吃药了。”

“对，”我勉强说道，“吃药了。”

看来他们知道安迪都对我们做了些什么，他还给我们俩都吃了药。谢天谢地，警察来了。现在过来一个医护人员，把塞西莉娅放在担架上，他们也把我抬到另一个担架上。我们会没事的，他们是过来救我们的。

一个穿着警察制服的男人凑了过来，打开手电照着我的眼睛。“温彻斯特太太，”他厉声说道，“你为什么要淹死你女儿？”

我张开了嘴，却发不出一点儿声音。淹死我女儿？他在说什么？我是在救她！难道他们看不出来吗？

那个警察只是摇了摇头，看向另外一个同事。“她太不清醒了，看来她自己也吃了不少药。你们送她去医院，我给她丈夫打个电话，告诉他我们及时赶到了。”

及时赶到了？他在说什么？我一整天都在睡觉。我的天啊，他们以为我做了什么？

四十三

接下来的八个月，我都是在克利尔维尤精神病院度过的。

这个故事他们已经和我重复讲过无数次了：我开了一堆镇静剂，

不仅自己吃了，还往我女儿的奶瓶里加了一些。我把她放进浴缸，打开水龙头。显而易见，我这么做就是想把我们俩都杀了。感谢上天，多亏了我那个好丈夫安迪，他担心可能会出事，报了警，警察及时赶到救了我们俩。

上面这些，我真的一点儿都记不起来：我不记得我吃过药；不记得我把塞西莉娅放进浴缸；我甚至都不记得我找医生开过那种药，但是我和安迪去看的家庭医生向我们保证他确实开过。

据我的治疗师说，我患有严重的抑郁症和妄想症。就是因为有妄想症，我才会觉得我丈夫把我关在一个房间里整整两天。因为有抑郁症，我才做出了谋杀后自杀的行为。

起初我并不相信。我在阁楼里的那段记忆明明那么清晰，我甚至都能感觉到我拔下头发时头皮的刺痛感。可是巴林杰医生一直和我解释，一旦妄想症发作，任何感觉都很真实，虽然一切都不是真的。

为了防止这种情况再次发生，现在我在吃一种抗抑郁药和另一种抗精神病药。每次我和巴林杰医生见面，我都承认这一切都是我做的，虽然我还是完全想不起来，只记得我醒来后就发现塞西莉娅在浴缸里。

我终于相信这一切就是我做的了，因为我坚信一点：安迪绝不可能那样对我。从我认识他的那天起，他一直都很好。我在精神病院的这段日子，他只要一有空就会过来看我，这里的医生、护士都很喜欢他，他会给护士带松饼和饼干，还总会专门留一个给我。

今天给我带的是蓝莓松饼。他敲开我的单人间房门，就是克利尔维尤专门给有精神问题的有钱人住的那种。他是下了班直接过来的，穿着西装打着领带，样子帅极了。

我刚进来的时候还得住那种能上锁的房间，后来吃过药好多了就转到不用上锁的房间。安迪坐在床尾，看着我把松饼塞进嘴里。我吃了抗精神病的药，胃口大开，来到这里后足足胖了 20 磅。

“你准备好下周回家了吗？”他问。

我点了点头，擦掉嘴唇上的蓝莓松饼碎渣：“我……觉得可以。”

他拉住我的手，我往后缩了一下，不过没把手抽走。当初刚住进来的时候，我不愿意让他碰我，但是现在没那么反感了。安迪没有伤害我，这一切都是我那个糨糊脑袋臆想出来的。

不过的确感觉一切都很真实。

“塞西莉娅怎么样？”我问道。

“她很好，”他紧紧握着我的手，“听说你要回家了，可高兴了。”

我住在这里这么久，真担心她会把我忘了，不过还好她一直记得。我刚住进来的头几个月，他们都不让我见她。后来安迪终于能把她带来见我了，我们俩一见面就紧紧依偎在一起，等探视时间一结束，她就开始号啕大哭，哭得我心都碎了。

我得回家，回到我原来的生活中去。安迪把一切都处理得很好。他和我在一起真的付出太多了，比预想中还要多。

“那周日中午我来接你，”他说，“然后开车送你回家。我妈妈会陪着西西。”

“太好了。”我说。

终于能回家了，还能见到女儿，我真是太兴奋了，但是一想到要回到那栋房子，我就有一丝惴惴不安。我不想再去那里了，尤其是那个阁楼。

我再也不会上去了。

四十四

“你在害怕什么呢，妮娜？”

听到休伊特医生这个问题，我抬起头看了看他。自从我从克利尔维尤出院后，过去四个月以来，我一直定期来看医生，每周两次。我本来没想选休伊特医生的，更想找一个年轻的女医生，不是像现在满头白发的这种。但是架不住安迪妈妈的极力推荐，而且安迪为我治病已经花了一大笔钱，我不太好意思拒绝。

现在看起来休伊特医生也挺好，但是他的确会问我一些刁钻的问题，就像现在我们正在聊的问题：自从我回家后，就没靠近过家里的阁楼。

我坐在他的皮沙发上动了动身子，这间办公室里到处都是各种名贵家具，足以说明给我治疗的这个医生有多厉害。“我不知道自己在害怕什么，这就是问题所在。”

“你真的觉得阁楼里有间囚牢吗？”

“不是囚牢，不过……”

当时我和警察说了我在家的遭遇，他们当场派了一名警察上去查看阁楼，结果只是证实上面就是一间储藏室，里面全是各种盒子和文件。

一切都是我的幻觉。一定是我脑袋里什么化学物质出了问题，才让我以为安迪把我当犯人了。我是说，就因为我晚约了一次美发，他就让我把头发一根根地拔下来，装进信封？现在回想起来，这简直太疯狂了。

不过当时感觉很真实，而且我回家以后一直很勤快地定期染发，只是以防万一。

那扇通往阁楼楼梯间的门，安迪一直锁着。自从我回来后，他还没打开过。

“我觉得你最好亲自上去一趟，对你尽快恢复有利，”休伊特医生告诉我，他皱着眉头，浓密花白的眉毛挤在一起，“这样一来，这个地方就不会再对你有任何影响了，你自己亲眼看看就会发现那里只是一个储藏室而已。”

“也许吧……”

安迪也一直鼓励我上楼，让我自己亲眼看看里面没什么好怕的。

“答应我你会试试的，妮娜。”他说。

“我会试试的。”

也许吧，到时候再说吧。

休伊特医生陪我走到等候区，安迪正坐在一张木椅上，在手机上读着什么东西。他看到我出来了，脸上绽开了笑容。他为了能陪着我，重新安排了工作日程，不想错过任何一次定期约见。我明明都那么冤枉他了，不知道他怎么还能这么爱我。不过我们俩正在一起努力修复这段关系。

等到我们坐进他的宝马车里，他才开口问了问谈话的情况：“怎么样呀？”

“他觉得我应该去一趟阁楼。”

“然后呢？”

我看着窗外掠过的景色，咽了一下口水：“我正考虑呢。”

安迪点了点头：“我觉得这是个好主意，等你到了那里就会发现这一切都只是幻觉，和你之前想的完全不一样，你知道吗？”

或者我也可能会再次彻底崩溃，然后又想要杀死塞西莉娅。当然，现在不太容易做到了，因为他们不允许我单独和她待在一起。要么是安迪，要么是他妈妈，反正周围必须要一直有人，这也是我出院回家的一个前提。我不知道还要这样被盯着多久，什么时候才能单独和女儿相处，不过明显现在还不是时候，现在没人相信我。

西西坐在地上玩着伊芙琳给她买的益智玩具，看到我们进来后立刻丢下玩具迎面向我扑来，她那小小的身体碰到了我的左腿，差点儿把我撞倒了。虽然我不能和她单独相处，但是自从我回家后西西就一直黏着我。

“妈妈，抱抱！”她朝我举起双臂，等着我把她抱起来。她穿着一件白色褶边连衣裙，平时在客厅里疯玩，穿这身太不合适了，一定是伊芙琳给她穿的。“妈妈，家。”

伊芙琳动作没有西西快。她慢慢地从沙发上站了起来，抚平她那崭新的白色休闲裤。以前我都没注意到伊芙琳经常穿白色的衣服，这也是安迪最喜欢让我穿的颜色。不过白色还是更适合她。看她的头发，感觉之前可能是金色的，现在介于金色和白色之间，到了她这个年龄，头发还能那么浓密健康，挺难得的。总的来说，伊芙琳保养得很好，完美无瑕，我甚至都没见过她毛衣上松过任何一根线。

“谢谢你帮忙照看西西，妈妈。”安迪说。

“这没什么，”伊芙琳说，“她今天表现得很好，只是……”她抬头看向天花板，“我发现楼上卧室的灯没关，真是太浪费电了。”

她不满地看了他一眼，安迪整个脸都涨红了，看来他真的很希望能得到她的认可。

“是我的错。”我大声说。虽然我不确定到底是不是我，不过无所谓了，反正伊芙琳也不怎么喜欢我，那我担下来也没什么。“是我没关灯。”

伊芙琳冲我啧了一声：“妮娜，发电需要消耗掉我们这个地球很多资源，你只要离开房间就要记得关灯。”

“一定。”我保证道。

伊芙琳看了我一眼，感觉不太相信我说的话，不过那她又能怎么样呢？她都没能阻止得了她儿子娶我。也许她不相信我是对的，我刚做过那么吓人的事。

“我们半路停车去买吃的了，妈妈，”安迪说，“我们买得有富余，你要和我们一起吃吗？”

伊芙琳摇了摇头，我松了一口气。她不讨人喜欢，如果让她留下来吃饭，肯定会招来一连串的批评指责，从餐厅位置不好，到餐具不干净，再到饭菜不够可口。

“不了，我该走了，”她说，“你爸爸还在等我。”

她走到安迪面前，迟疑了一下。我还以为她会亲吻安迪的脸颊，不过我从来都没见过。只见她伸出手来，帮他整理了一下衣领，抚平衬衫上的褶皱。她歪着头打量着他，然后心满意足地点了点头。“好了，我走了。”

伊芙琳走后，我们一起享用了一顿美味的晚餐，就我们三个人。塞西莉娅自己坐在儿童椅上，用手抓着面条吃。我尽力享受着这顿晚餐，但心里总有一种不安的感觉。我忍不住想起休伊特医生之前说的那番话。他觉得我应该去趟阁楼，安迪也这么觉得。

也许他们两个人说得对。所以等我哄塞西莉娅睡着以后，安迪再提起这件事时，我就顺势答应了。

四十五

第五步：终于发现自己没疯

“我们慢慢来，”我们一起站在通往阁楼楼梯的门口，安迪向我保证道，“不过这样对你确实有好处。你亲眼看一看就知道里面没什么好害怕的，这一切完全是你幻想出来的。”

"好。"我说。我知道他是对的，只是那种感觉太真实了。

安迪握住了我的手。现在即使他碰到我，我也不会再把手缩回去了，我们又开始了夫妻生活，我又重新信任他了。现在就剩下这最后一步，然后我们就能重归于好，回到我做那件吓人的事之前，回到我脑子坏掉之前。

"准备好了吗？"他说。

我点了点头。

我们手拉着手，一起爬上那段吱吱作响的楼梯。这里真应该装个灯泡。这房子其他地方都挺好，如果这块地方不那么吓人就更好了。我们很快来到阁楼，这里明明就是一间储藏室，但是不知道怎么在我脑子里就给当成囚牢了。安迪对我扬起两边的眉毛："你还好吗？"

"我……觉得还好。"

他转动门把手，轻轻推开门。屋里没开灯，完全是漆黑一片。这就奇怪了，屋子里明明有一扇窗户，而且今晚还是满月，我刚才还站在卧室窗边赏月。我走进去，眯起眼睛，努力辨认着房间里的东西。

"安迪，"我喉咙发紧，咽了一下口水，"你能把灯打开吗？"

"当然啦，亲爱的。"

他拉下灯绳，灯光照亮了整个房间，是那种超级刺眼的灯光，我之前都没见过这么强的光。灯光从头顶直照下来，都快把眼睛亮瞎了。我松开安迪的手，捂住眼睛，遮住了光。

然后我听到门砰的一声关上了。

"安迪！"我喊道，"安迪！"

我眯起眼睛，勉强能看清房间里的这些东西，和我记忆中的一模一样：房间角落里是那张脏兮兮的小床；那边是壁橱，里面还放着个桶；还有那台迷你冰箱，里面装了三小瓶水。

“安迪？”我用嘶哑的声音喊道。

“我在这里，妮娜。”他的声音压得很低。

“在哪里？”我眯着眼睛，四处胡乱摸着，“你去哪里了？”

我的手指碰到了一个冰冷的金属，是门把手。我握住门把手，使劲往右一转，但是……

不，不，这不可能！是我又神经崩溃了吗？全都是我的幻觉吗？不可能，明明这一切都很真实。

“妮娜，”又是安迪的声音，“你能听到我说话吗？”

我举起双手遮住眼睛：“这里面太亮了，怎么会这么亮？”

“把灯关上。”

我四处胡乱抓着，终于摸到了灯绳，然后用力一拉，重新回到黑暗之中。我刚觉得一阵宽慰，差不多过了两秒，突然意识到不对劲，我在这里什么都看不到。

“你的眼睛会稍微适应些，”他说，“不过作用不大。上周我把窗户钉起来了，还新装上了超亮灯泡，关上灯，就是漆黑一片，打开灯……强光挺刺眼的，对吧？”

我闭上眼睛，什么都看不见，只有一片黑暗；睁开眼睛，也是完全一样。我的呼吸变得急促起来。

“光是一种特权，妮娜，”他说，“之前我妈妈就发现你会忘记关灯，你知道有些国家的人们甚至都没有电吗？再看看你都做了些什么？你浪费了电。”

我把手掌死死压在门上：“这一切都是真的，对吗？”

“你觉得呢？”

“我觉得你就是个疯子！变态！混蛋！”

安迪站在门外大笑着：“也许吧，不过被关进疯人院的是你，因为你要杀了自己，还要杀了你女儿，这些警察都亲眼看到了，后来你自己也承认了。而且他们上楼来查看的时候，这个房间确实就像是一个储藏室。”

“是真的，”我喘着气说，“从头到尾都是真的，你……”

“我只是想让你知道，你面对的是什么人，”他的语气像是被逗乐了，也许他觉得挺有趣吧，“我想让你知道，如果你打算逃跑到底会发生什么。”

“我知道了，”我清了清嗓子，“我向你发誓我不会逃跑的，赶紧放我出去吧。”

“还不行。首先是浪费电的事情，你得受到惩罚。”

这些话好像似曾相识。一阵恶心的感觉涌了上来，我腿一软跪在地上。“那这样吧，妮娜，”他说，“谁让我人这么好呢，现在我可以给你两个选择，你可以选择开灯，也可以选择黑暗，选择权完全在你自己手里。”

“安迪，求你……”

“晚安，妮娜，明天我们再好好谈谈。”

“求你了！安迪，别这样！”

他的脚步声渐渐远去，泪水一下子从我的眼睛里涌了出来。大喊大叫完全没用，我太清楚了，因为同样的事情一年前我就经历过一遍了，当时他把我锁在这里，就像今天这样。

没想到居然又让他得逞了。

我知道事情肯定会像上次那样发展下去：等我从这个房间里出去的时候身体虚弱，意识昏沉，他就各种胡编乱造，说我要伤害自己，或者还要伤害塞西莉娅。经过上次那件事后，大家很快就会相信他编出来的所有故事，然后又要把我从我女儿身边拉走。我刚回到她的身边，不能再让这种事情发生了，不能。

我愿意做任何事。

这次也是一样，安迪还是在冰箱里给我留了三瓶水，但是我打算留到第二天再喝，我就只有这么多水，不知道要在这里待多长时间。我要先留着，等实在受不了再喝。

灯的问题都快把我逼疯了。屋顶上挂着两个裸露的灯泡，打开灯，灯光刺眼，亮得让人难受，不开灯，房间里就是漆黑一片。我想到了一个折中的办法：拧下其中一个灯泡。只留一个灯泡感觉稍微好一些，虽然光线还是很强，我只能一直眯着眼睛。

安迪早上也没有过来。我在那个房间里坐了一整天，一边担心着塞西莉娅，一边琢磨着等我离开这里到底要做些什么。这一切都不是妄想也不是幻觉，就是真实发生在我身上的事。我必须得记住这一点。

到了睡觉时间，我终于听到外面传来了一阵脚步声。我一直躺在床上，选择了黑暗这个选项。白天会有几缕阳光透进来，我还能分辨出房间里的这些东西，可惜现在太阳落山了，屋子里又漆黑一片。

“妮娜？”

我张开了嘴，但是喉咙太干，说不出话来。我清了一下嗓子：“我在这里。”

“我会放你出来的。”

我等着他再加上那句“只是还不行”，但是他没说。

“不过首先，”他说，“有一些基本的规则得讲清楚。”

“一切都听你的。”只求你放我从这里出去。

“首先，你不能告诉任何人在这个房间里发生了什么，”他的语气很坚决，“你不能告诉你的朋友，不能告诉你的医生，不能告诉任何人，说了也没人会相信你。一旦你说起这件事，那就只能说明你妄想症又犯了，那可怜的塞西莉娅可能就有危险了。”

我在黑暗中听得愣了神。虽然我已经猜到他要说这些话，但是真的听到他这么说还是满腔怒火，他怎么能指望我不把他的所作所为告诉别人呢？

“你明白吗，妮娜？”

“明白。”我勉强说道。

“好。”我都能想到他脸上那心满意足的奸笑。“其次，如果时不时需要给你立立规矩，那就来这个房间。”

他是在和我开玩笑吗？“不可能，别想了。”

“我觉得你没资格谈判，妮娜，”他轻哼了一声，“我只是和你预告一下后面会发生什么事。你现在是我的妻子，我对你会有一些具体的期待，全都是为了你好。比如浪费电这件事，我就给你上了很宝贵的一课，不是吗？”

我在黑暗中喘着粗气，感觉快要窒息了。

“这里是专门为你准备的，妮娜，”他说，“好好看看你之前那些可怕的人生选择，在没遇到我之前你过着什么样的生活：工作没有前途，工资那么低，还让个烂人搞大肚子，一夜情之后就跑了。我只是在教你如何成为一个更好的人。”

“我真希望自己从来都没有遇到过你。”我愤怒地说。

“你这么说可不太好，”他笑了，“不过也不能怪你。说来我还挺佩服你的，居然还能把一个灯泡给拧下来，我之前都没想过。”

“你……怎么……？”

“我看着你呢，妮娜，我一直看着呢。”门后传来了他的呼吸声。“从现在开始，我们的生活就是这样了。我们会像其他人一样，成为一对幸福的夫妻，而你则会成为整条街最好的妻子，相信我，没问题的。”

我伸出双手按在眼球上，想要缓解太阳穴那里涌起的头痛。

“你明白了吗，妮娜？”

泪水刺痛了我的眼睛，但是我不能哭。而且我脱水太厉害了，也没有眼泪可流。

“你明白了吗，妮娜？”

四十六

第六步：努力接受现实

我和苏珊娜一起吃完午饭，她开着奥迪送我回家，我打开车窗，任由微风随意吹乱我浅色的头发。我们本来打算讨论家教会的事情，但是后来分了神，开始八卦起来。不八卦其实挺难的，这个镇上有那么多无聊的家庭主妇。

大家还以为我也一样。

现在我和安迪已经结婚七年，他遵守着当初许下的每一个承诺。在很多方面他都是一个好丈夫：他给我钱花，还像父亲一样照顾塞西莉娅，而且脾气平和，招人喜欢。他和这个镇上别的男人不一样，他不酗酒，也不背着我乱搞。他几乎是完美的。

但是我却对他恨之入骨。

我用尽全力想要摆脱这段婚姻，甚至还和他说我就穿着身上这件衣服，带上塞西莉娅直接离开，可他只是笑了笑。我有精神病史，对他来说这件事情很好解决：报警说我绑架了西西，还想再次伤害她。我一直在努力扮演完美妻子的角色，希望不要给他任何借口把我带去阁楼。我亲自下厨，每天变着花样做各种晚餐，色香味俱全；我每天清洁打扫，时刻保持房子一尘不染；甚至还会在我们上床时，努力配合。但是他总能找到不满意的地方，都是我从没想过会出错的事情。

后来我终于放弃，不打算好好表现了，因为表现好坏都不会影响他带我去上面那里的频率。我的新策略转而变成：想方设法赶走他。

我开始越来越像个悍妇，但凡有任何惹我生气的小事，我就冲他大吼，他完全不在乎，而且似乎还很享受这种被虐待的感觉。我不再去健身房锻炼身体，开始想吃什么就吃什么，心想着如果不能用我的行为让他失去兴趣，那还可以用我的外表。有一次，他抓到我在吃巧克力蛋糕，直接把我拖到阁楼，饿了我两天当作惩罚，但是在那之后，他好像也不再在意了。

我试着找过凯瑟琳，就是他之前那个未婚妻，希望她能证实我说的话，这样我就可以去报警，而且也不会被当成疯子了。我大概知道她长什么样子，大概多大年纪，我以为我能找到她，但是年龄在 30 到 35 岁之间叫凯瑟琳的人实在太多了，我根本找不到她。最后也就放弃了，不再找下去了。

一般来说，平均每隔一个月，他就带我上一次阁楼，有时更频繁些，有时稍微少些。有一次，六个月过去了，我都没有上去过。我不知道下一次是什么时候，也不知道这样究竟是好事还是坏事。要是我知道确切的日子，难免一直担惊受怕，那就太可怕了；但是如果不知道确切的日子，那就不能确定晚上我是会在自己床上睡，还是会在那张不舒服的小床上度过，这样也很可怕。当然了，我永远都不知道，在房间里等着我的会是什么样的折磨，因为我永远都不知道我会犯下什么错。

不仅仅是我，如果塞西莉娅做了什么事情，他接受不了，那受惩罚的人也是我。他给塞西莉娅买了一衣柜的裙子，每一条都带着褶边，穿着扎得慌，所以她不想穿那些衣服，而且其他孩子还会取笑她。不过她知道，如果她不穿那些衣服，或者把衣服弄脏了，那她妈妈就会消失好几天（很可能会是赤身裸体的，为了让我知道穿衣服是一种特权），所以她听话照做了。

我害怕有一天他会开始惩罚她，不过与此同时，我也觉得庆幸，如果他肯放过我女儿，我还是很乐意接受自己这个命运的。

他心里很清楚，如果我打算离开他，那塞西莉娅就会付出代价。他已经差点儿淹死她了。他还有一种摆弄我的办法，那就是在我们的食品柜里一直放一大罐花生酱，虽然他明知道她对花生过敏。我已经偷偷把花生酱扔掉几十次了，可还总是会再次出现——有时我还会因此受到惩罚。谢天谢地，塞西莉娅过敏得不厉害，不会危及性命，只是会全身红肿。每隔一段时间，他就会往她的晚餐里放上一些，只是想看看，等我们吃完饭后，大概要过多久，她会出现发痒不适的红肿症状。

如果有人告诉我，杀人不会进监狱，那我直接就拿起牛排刀，刺穿他的脖子。

不过安迪也考虑过这种意外情况，早就准备好了相应的措施。他当然知道我有多想杀了他，有可能是设计谋杀，也有可能是亲手了结他。他和我说过只要他死了，不管是什么原因，他的律师都会给警察局寄一封信，说我精神状况不稳定，有过激行为，还扬言要杀他。其实他没必要这么麻烦，毕竟我有精神病史。

所以我继续和他待在一起。我不会趁他睡着亲自动手，也不会专门雇个职业杀手解决他。但是我确实幻想过等塞西莉娅长大了，等她不再需要我了，也许我就可以走了。到时候他就没有筹码可以威胁我了。只要她安全，我不在乎自己会怎么样。

“我们到了！”车子停在我们家大门前，苏珊娜高兴地说。说起来也挺有趣的，我第一次看到这个大门的时候羡慕极了，心想自己要是也能住进这样一个房子就好了。而现在，它看起来就像一座监狱。

“谢谢你载我回来。”我说，虽然她都没谢我请她吃午饭。

“不用谢，”她轻快地说，“希望安德鲁很快就能到家。”

听到她语气中略带一丝忧虑，我皱着眉头。几年前，我和苏珊娜走得很近，当时在她家喝了很多酒，我就把一切都告诉她，恳求她帮帮我，还告诉她我想去警察局，但是我去不了，因为没有人替我作证。

我们聊了好几个小时。苏珊娜握着我的手，向我保证一切都会好起来，让我先回家，然后我们一起想办法。我如释重负地哭了起来，坚信我的噩梦终于要结束了。

但是我到家后发现安迪正等着我。

我知道每次我一交新朋友，安迪都会去找那个朋友。他和我的朋友们坐下来聊天，向她们透露我有心理健康方面的问题，还有精神病史，告诉她们我多年前做过的那些事，最后还会叮嘱她们但凡她们觉得我不对劲，就立即给他打电话，因为我可能会再次发作。

没想到我们谈话的时候，苏珊娜假装去洗手间，中途离开给安迪打了电话，提醒他说我妄想症又犯了。所以等我回到家，他已经准备好了，然后我又在克利尔维尤待了两个月，而且还发现那里有一位主管和他爸爸是高尔夫球友。

我出来后苏珊娜不停地道歉，说什么“我只是担心你，妮娜，我很高兴你得到了帮助”之类的话，我原谅了她，因为她和我一样被人骗了。只是从那之后，我们之间的关系再也不像从前那样，我再也无法相信任何人。

“我们周五见，对吧？”苏珊娜说，“在校园剧演会上。”

“对，”我说，“几点开始来着？”

苏珊娜没有回答我，好像突然被什么事搞得分心了。

“7 点开始吗？”我又问她。

“嗯。”她说。

我越过她的肩膀瞥了一眼，想看看到底是什么吸引了她的注意。我看清楚以后，翻了个白眼。是恩佐，这里的那个园丁，几个月前我们雇来帮忙打理院子。他工作做得挺好，总是认真努力，从不找借口，而且确实长得挺养眼。但是每次有人来我们家看到他在干活儿时，就会表现出一副如饥似渴的样子，然后会突然想起自己家院子里也有一些地方需要打理。

“哇哦，”苏珊低声说，“我之前听说你院子里那家伙很性感，没想到这么帅。”

我翻了个白眼：“他只是在我们草坪上干活儿而已，他甚至都不会说英语。”

“我不介意，”苏珊娜说，“嘿，这可能还是个加分项。”

我如果不交出恩佐的电话号码，她就不放我走，不过我倒是不介意。他看起来是个挺不错的人，能渐渐多一些额外的生意也挺好，虽然只是因为他性感，不是因为他工作做得好。

我下了车穿过大门，恩佐从他修剪树篱的剪刀上抬起头来，挥了挥手，用意大利语和我打着招呼：“*Ciao*, *Signora*（你好，夫人）。”

我也笑了，用意大利语回应他：“*Ciao*（你好），恩佐。”

我挺喜欢恩佐的，虽然他一句英语都不会说，但他看起来是个好人。他在我们院子里种了这么多漂亮的花，西西有时会看着他干活儿，还会问他这些花叫什么名字，他总会耐心地指着这些花一一说出花名。西西重复着花名，他点头微笑着。有几次，西西问他能不能让自己帮忙，他看着我问“行吗？”，等我同意后就在花坛给她安排一份工作，虽然这样可能会拖慢进度。

他两边胳膊的上臂文满了文身，大部分都被衬衫遮起来了。有一次我看到他的二头肌上刻着一颗爱心，爱心上刻着安东尼娅的名字，也不知道这个安东尼娅是谁，不过我知道恩佐还没结婚。

他身上好像有某种特殊的魅力。要是他会说英语就好了，我觉得我可以信任他，把我的秘密全都告诉他，他可能是唯一一个会相信我的人，也许真的能帮我。

我站在那里看着他修剪着我们的树篱。我从搬进来那天起就没有工作过，因为安迪不让我工作，说起来我还挺怀念工作的感觉。恩佐会理解的，我知道他会的，只是可惜他不会说英语。不过在某种程度上这也让我更放心，可以向他吐露心声，有时候感觉要是不把话说出来真会疯掉。

“我丈夫是个怪物，”我大声地说，“他虐待我，折磨我，还把我像犯人一样囚在阁楼里。”

恩佐的肩膀僵住了，他放下手中的剪刀，皱起眉头，用意大利语说着：“*Signora*（夫人）……妮娜……”

我心头一凉。刚刚我为什么要那么说？我就不该说那些话。我只是觉得他听不懂我说话，而我又需要找个人说说话，一个不会把我出卖给安迪的人。我觉得告诉恩佐比较安全，他连英语都听不懂，但是当我看着他那双黑色的眼睛时，我感觉他听懂了。

“算了。”我赶紧说道。

他朝我走近了一步，我摇了摇头，退了回去。我犯了一个很大的错误。现在我可能要解雇恩佐了。不过接着他似乎明白了，又重新拿起剪刀，回去继续工作了。

我以最快的速度冲进房子，砰地关上了门。窗户旁边摆着一束花，颜色搭配得很巧妙，我觉得正好可以对应上彩虹的颜色。这束花是昨晚安迪下班带回家的，说是给我的惊喜，他想告诉我只要我“好好表现”，他就会是一个很好的丈夫。

我透过窗边的花，向前院望去。恩佐还在外面干活儿，戴着手套，手里拿着锋利的剪刀。他突然停了下来，抬头朝窗户这边看过来，我们的目光瞬间相遇。

我赶紧看向了别处。

四十七

我已经在阁楼待了差不多20个小时了。

昨晚塞西莉娅上床睡觉后，安迪就押着我一起上来了。我已经学会不去争辩了，否则就又得在克利尔维尤再待上一段时间，或者等我第二天想去学校接西西的时候，发现接不到她，然后整整一周都见不到她，因为她“出城了”。他嘴上说着不想伤害塞西莉娅，但实际上他绝对会这么做。当时要不是警察及时赶到，她可能几年前早就淹死在那个浴缸里了。我跟他提过一次，可他只是冲我笑了笑，说这样才能让我吸取教训。

安迪想再要一个孩子，一个我会用心爱护的小人儿，一个会被他用来继续控制我好多年的人。我不能让这种事发生，所以我开车去市里的一家诊所，用了个假名，付了现金，让他们给我放了节育环。然后不停地练习那副假装困惑的表情，好配合看到怀孕测试为阴性的情形。

这次我又犯错了，因为我在卧室喷了太多空气清新剂，其实用量和我一直喷的完全一样。如果我完全不喷空气清新剂，他肯定就会把我和那些散发着恶臭的臭鱼烂虾锁在一起。我现在大概能摸清他的套路了。

昨晚的空气清新剂确实喷得太多了，弄得他眼睛很不舒服。我的惩罚就是得对着自己喷胡椒粉喷雾剂。

他把那瓶胡椒粉喷雾剂放在梳妆台抽屉里了。

“对准你的眼睛，按下去。还有别闭眼，否则不算数。”

我全都照做了。我冲着自己的眼睛喷了胡椒粉喷雾剂，就是为了能离开这该死的房间。你被喷过胡椒喷雾吗？不要轻易尝试，真是痛得要命，我的眼睛立刻开始疯狂地流着眼泪，脸也开始烧起来，接着就是流鼻涕。一分钟后，鼻涕甚至流进了嘴里，辣得嘴生疼，味道也很糟。接下来那几分钟，我坐在床上，呼吸都变得费力。差不多一个小时，我都睁不开眼。

这肯定比空气清新剂糟糕多了。现在已经过去几个小时，我终于睁开眼了，可我还是觉得脸上像是被晒伤了，眼睛也肿了，不过我不再觉得自己要死了。安迪肯定是想等我恢复正常后，再放我从这里出去。

也就是说，我可能还得再待一晚，不过希望不会这样。

他有时会用木板把窗户封起来，今天窗户没被封起来，至少房间里能照进来一些自然光，这是唯一能让我不会完全疯掉的东西。我走到窗前望着后院，希望自己在外面而不是被关在这里面。

这时我突然发现后院有人。

恩佐正在那里干活。我正要退开，恰好这时他抬头看向了窗户，正好看见我站在那里。他直勾勾地盯着我。即使站在三楼，我也能分辨出他脸上那阴郁的神情。他拽下园艺手套，怒气冲冲地走出院子。

大事不好。

我不知道恩佐会做什么。他会报警吗？我不确定报警是好事还是坏事，安迪总能成功把这些破事甩给我，总是领先我一步。差不多一年前，我开始偷偷存钱，就藏在衣橱的一只靴子里，我想存够钱赶紧逃离他的魔掌。有一天所有钱都不见了，然后第二天他就把我押上阁楼。

大约一分钟后，一记重拳砸在阁楼那扇门上。我后退了一步，缩着靠在墙上。“妮娜！”是恩佐的声音。“妮娜！我知道你在里面！”

我清了清嗓子：“我没事！”

门把手晃了晃。“如果你没事的话，那就打开门，让我亲眼看到你没事。”

那一刻我突然发现，恩佐的英语说得非常好。在我之前的印象中，他能听懂一些英语，但是不会说几句话，可现在他的英语说得特别好，意大利口音也没那么重了。

“我……在忙，”我高声说道，“不过我没事！只是在这里干些活儿。”

“你告诉过我，你丈夫虐待你，折磨你，还把你锁在阁楼里。”

我倒吸一口气。我会这么和他说只是因为我觉得他听不懂，但现在很明显，他听懂了我说的话。我得赶紧控制局面，绝不能冒险做激怒安迪的事情。“你怎么进来的？”

恩佐喊了一声，好像被惹恼了：“你在前门盆栽下面放了一把钥匙。好了，这个房间的钥匙在哪里？赶紧告诉我。”

“恩佐……”

“告诉我。”

我确实知道阁楼这扇门的钥匙在哪里。之前我被关在这里面的时候，知道钥匙在哪里对我来说也毫无用处，但是现在我可以让恩佐去拿。“我知道你想帮忙，不过你这不是在帮我，求求你别掺和进来。今天晚些时候，他就会放我出去。”

门外是很长时间的沉默。我希望他在认真考虑，这样介入客户的私人生活是否值得。我不知道他的移民身份是什么，但我知道他不是这里出生的，我相信只要安迪和他的家人想，可以直接把他驱逐出境，他们要钱有钱，要权有权。

“退后，”恩佐最后说，“我要把门砸开。”

“不，你不能砸！”泪水涌上了我的眼睛，“听我说，你不明白。如果我不照他说的做，他就会伤害塞西莉娅，还会把我关起来，他以前就这么干过。”

“不，这都是借口。”

"不，不是借口！"眼泪顺着我的脸颊滚落下来，"你不知道他多有钱，你不知道他能对你做些什么，难道你想被驱逐出境吗？"

恩佐又沉默了："这是不对的，他在伤害你。"

"我没事，我向你保证。"

他说得没错，我的脸还像在烧着，眼睛很痛，不过恩佐不需要知道这些。再过一天，我就好了，就像什么都没发生过一样。然后继续生活，正常过着我那痛苦的生活。

"你想让我走？"他说。

其实我特别想让恩佐直接破门而入，但我知道安迪会怎么歪曲事实，还会指控我们俩做了什么勾当。就因为我想要说出事实真相，他就把我关进精神病院好几次。我不希望恩佐的生活也变成那样。不过安迪有理由放我出去，但对于关押恩佐，他不会有丝毫犹豫。

"对，"我说，"求你走吧。"

他长叹一声："我可以走，但是如果明天早上我没有看到你，我就回来把门砸开，还有，我会报警。"

"好。"我只剩下最后一小瓶水了，如果安迪明早还不让我出去，我就惨了。

我等着听他走开的脚步声，但是并没有，他还站在门外。"你不应该被这样对待。"他最后说。然后他的脚步声消失在走廊上，泪水顺着我的脸颊流了下来。

那天晚上，安迪就放我出来了。我走到镜子前，被自己的样子吓了一跳，我的眼睛被胡椒喷雾刺肿了，脸涨得通红，像被烫伤了一样。到了第二天早上，我看起来差不多恢复了正常，我的脸颊微微泛着粉红色，就像前一天太阳晒太多了。

恩佐正在前院干活儿，安迪把车开出车库，西西系着安全带，坐在后座上。今天我休息，他顺路送西西去学校。他把我从阁楼放出来之后，通常后面接连好几天都会对我很好，今晚肯定还会带着花回家，说不定还会给我买一些珠宝，好像这样就能弥补一切似的。

我站在窗边，看着安迪开车穿过大门离开。车开走后，我发现恩佐正在盯着我。他通常不会连续两天出现在我们院子里，他来这里的原因显然与我们的花坛无关。

我从前门出来，朝恩佐走了过去。他手里拿着剪刀，我突然想到剪刀那么锋利，如果能直接刺进安迪的胸膛，一切就都结束了。他不需要这么做，他赤手空拳就能杀死安迪。

“看到了吗？”我勉强挤出一丝微笑，“我和你说过了，我没事。”

他没有回应我的微笑。

“真的。”我说。

他的眼睛太黑了，根本看不清他的瞳孔。“告诉我真相。”

“你不会想听真相的。”

“告诉我。”

在过去的五年里，每一个听我说起安迪对我所作所为的人，不管是警察，还是医生，甚至是我最好的朋友，都说我疯了，全都说我在妄想。而且就因为我和别人说了真相，还得被关起来。但现在这里有一个人，他想知道真相，愿意相信我。

在这个阳光明媚的美好日子里，我站在门前的草坪上，把一切都告诉了恩佐。我告诉他阁楼上那个房间，我告诉他安迪折磨我的种种方式，我告诉他我发现塞西莉娅在浴缸里不省人事。虽然这是好多年前发生的事情，但我还记得她溺水时的样子，清清楚楚，就像昨天发生的一样。我把一切都告诉他了，看着他的脸色越来越阴沉。

我还没说完，恩佐就滔滔不绝地说了一串意大利语。我不懂意大利语，不过脏话我还是能听出来的。他的手指紧紧握着剪刀，攥到发白。“我要杀了他，”他怒气冲冲地说道，“今晚我就要杀了他。”

我脸色煞白。我把自己的这些遭遇全都告诉他，感觉真好，不过这就是个错误。他已经气昏头了。“恩佐……”

“他是个怪物！”他脱口而出，“你不想让我杀了他吗？”

我确实想让安迪死，但是我不想承担任何后果。还有那封信，一旦他死了，就会交给警察。我想让他死，但不值得让我付出那么大的代价，我不想因此在监狱里度过余生。

“你不能这么做，”我坚定地摇了摇头，“你会进监狱，我们俩都会进监狱，这就是你想要的结果吗？”

恩佐又低声咕哝了几句意大利语：“好吧，那你离开他。”

“我不能。”

“你能，我会帮你的。”

“你能做什么？”这并不完全是一个反问句。也许恩佐藏了一大笔钱，也许他私下有黑道上的关系。“你能给我弄到一张机票？一本新护照？一个新身份？”

“不能，不过……”他揉了揉下巴，“我会找到办法的。我认识一些人。我会帮忙的。”

我非常想相信他。

四十八

第七步：努力逃离

一周后，我和恩佐当面商量接下来的计划。

我们对这件事格外小心。其实家教会的朋友们过来找我时，我会假装对他发火说他毁了我的天竺葵，就是为了避免可能传出什么流言蜚语。安迪肯定在我车里什么地方安了跟踪器，我不能开车去恩佐家，所以我开到了一家快餐店停在停车场，趁没人注意赶紧跳进他车里，把手机留在我车上。

我不会冒险的。

恩佐租的是一间很小的地下室公寓，入口很隐秘。他把我带到厨房，里面放着一张圆桌，旁边还有几把摇摇晃晃的椅子，我一坐下椅子就吱呀响着。此时我才发现我们住的房子比这里好太多了，但转念一想，他似乎并不是会在意这类东西的人。

恩佐从冰箱里拿出一瓶啤酒，举起来问："你要吗？"

我本想拒绝但还是接受了："嗯，好。"

他拿着两瓶啤酒回到桌旁，取出钥匙链挑出开瓶器，把两瓶酒全都打开，推出一瓶到我面前。我把手指放在瓶身上，感受表面凝结的冰冷水珠。

"谢谢你。"我说。

他耸了耸肩："不是什么好啤酒。"

"我不是说啤酒。"

他掰动着指关节，胳膊上的肌肉散发着性感的魅力。如果被周围那些女人知道我来过他公寓，她们肯定嫉妒死了，说不定还会认为此刻他正在扯下我的衣服，准备办了我。也许她们还会气不过，想不通明明附近有那么多魅力十足的女人，为什么偏偏挑中我。她们的想法听起来有些可笑，事实完全不是她们想的那样。

"我觉得，"他说，"你丈夫就是个混蛋。"

我举起酒瓶喝了一大口："我之前都不知道你会说英语。"

恩佐笑了。他在我院子里工作两年了，我还是第一次看到他笑。"假装听不懂比较好，要不然那些女人肯定一直缠着我，你懂吧？"

我也跟着笑了，他说得对。"你是意大利人？

"西西里。"

“那……”我晃了晃瓶子里的啤酒，“你怎么来这里了？”

他肩膀一沉：“不是什么好故事。”

“那我的故事就好了吗？”

他低头看着手里的酒瓶。“我有个妹妹叫安东尼娅，她丈夫和你丈夫一样也是个有钱有权的混蛋，他随意打骂她就为了让自己高兴，我让她离开，但是她不愿意，后来有一天被他推下楼梯，送去医院也没醒过来。”他抓住自己T恤衫的袖口往上一拉，露出我之前看到的那个文身图案：一个心形上面刻着安东尼娅的名字。“现在我只能这样纪念她了。”

我用手捂住嘴巴：“真遗憾。”

他动了动喉结：“但是对他这样的人却毫无正义可言。他杀了我妹妹却没进监狱，也没有受到任何惩罚，那只能我亲自动手了。”

我还记得他听到安迪对我的所作所为时那暗淡的神情，还说要杀了他。“那你……？”

“没有。”他又掰了掰指关节，声音在狭小的公寓里回荡着。“我没做得那么过。其实我很后悔，因为之后我的生活变得毫无意义。后来动用一切资源逃离了那里。”他举起酒瓶喝了一口。“我如果回去，肯定都不能活着走出机场。”

我不知道该说什么：“你离开那里难吗？”

“你离开这里难吗？”

我想了想然后摇了摇头。我想逃离安德鲁的魔掌，逃得越远越好，就算去西伯利亚都行。

“你和塞西莉娅都需要护照，”他在空中比画了个对勾，“驾照、身份证、两张机票，还要多准备些现金，得能撑到你找到工作。”

我心跳加速：“我需要钱……”

“我有一些积蓄可以拿给你。”他说。

"恩佐，我不可能……"

他没让我说完只是摆了摆手："但是钱不够多，你得多准备些钱。你能弄到吗？"

我得想个办法。

几天后，我像往常一样开车送塞西莉娅去上学。她扎着两个完美的金色麻花辫，穿着一件浅色褶边连衣裙，在同学中很显眼。我担心她这样穿会被同学取笑，而且也不方便肆意玩耍，但是如果她不这么穿，安迪就会惩罚我。

我开上直通温莎学院的路，西西漫不经心地用手指敲着后窗玻璃。她从来没有因为上学的事为难过我，但是我不觉得她喜欢上学。我希望她能多交些朋友，所以给她安排了那么多活动，想帮她转移注意力，多认识些人，可惜没一个管用。

不过无所谓啦，这一切很快都会改变的。

很快。

我开到学生接送区，西西还待在后座不愿意下车，皱着金色的眉毛。"你会来接我的，对吧？不是爸爸吧？"

她只知道安迪这么一个爸爸，但是却不知道他对我做了些什么。不过她知道只要她做了他不喜欢的事，我就会消失好几天，我不在的时候，就是他去接她。她害怕这样，虽然嘴上不说，但是心里恨透了他。

"我会来接你的。"我说。

她的小脸舒展了。我真想大声告诉她："别担心，亲爱的，我们很快就能离开这里，他再也不能伤害我们了。"不过现在还不是时候，我不能冒这个险，等哪天我接上她直奔机场再说吧。

塞西莉娅下车后，我掉头开回家。我在这里还有一周的时间。一周前，我收拾好行李，开了 90 分钟到藏保险箱的地方，里面有我的新护照、新驾照和一大沓现金。我得用现金现场买机票，因为上次提前买票就被安迪发现，把我堵在了登机口。这次恩佐帮我出谋划策，尽量不让安迪发现我要做什么。目前他还被蒙在鼓里。我一直以为这一切天衣无缝，没想到等我走进客厅，安迪正坐在餐桌旁等着我。

“安迪，”我倒吸一口气，“嗨。”

“嗨，妮娜。”

这时我才看到他面前摆着三样东西：护照，驾照，还有那沓现金。

哦，不。

“你这是打算干什么……”他低头读出驾照上的名字，“特蕾西·伊顿。”

我感觉自己快要窒息了，两条腿不由颤抖，得扶住墙才不会摔倒。“你怎么弄到的？”

安迪从座位上站起来：“你还不明白吗？你根本瞒不住我！”

我后退了一步：“安迪……”

“妮娜，”他说，“该上楼了。”

不，我不去！我答应过女儿今天去接她，不能食言。我本以为自己很快就能重获自由，现在绝不能被关在那里好几天。我不上去！我不能再这样下去了。

我趁安迪还没走过来，赶紧冲出前门，坐进车里，飞快地开出车道，险些撞上大门。

我不知道要去哪里。我有点儿想直接去学校接塞西莉娅，然后一直开到加拿大边境。但是没有护照或者驾照，很难躲开他。现在他肯定在给警察打电话，编造着他妻子疯病复发的故事。

目前情况还不算太坏，他只找到了这么一个保险箱，没发现另外一个，多亏了恩佐提议让我分开藏保险箱。安迪找到了这个放着护照和驾照的保险箱，但是不知道我在另外一个保险箱里还藏了一沓钱。

我一直开到恩佐住的社区，把车停在两条街外，然后自己走过去。我看到他正爬进卡车，赶紧冲了过去："恩佐！"

他听到我的声音猛地抬起头，看到我的表情后脸一沉："发生了什么？"

"他找到了一个保险箱，"我停下来喘了口气，"全……完了，我走不掉了。"

我绷不住了。本来没跟恩佐倾诉之前，我已经认命了，至少要这样等塞西莉娅长到 18 岁。但是现在我觉得不能再这样下去了，不能再过这样的生活了，不能！

"妮娜……"

"我该怎么办啊？"我呜咽着。

他伸出双臂拥我入怀。其实我们应该多加小心，注意别被人看到，否则让安迪认为我和恩佐有私情怎么办？

不过我们之间真的没什么，他把我当成安东尼娅，那个没救成的妹妹，每次碰我也都是像哥哥对妹妹那样，我们俩之间绝不可能发生那种事。现在我满脑子都是我的未来——毫无希望，再和那个怪物熬十几年。

"我该怎么办啊？"我又说了一遍。

"很简单，"他说，"我们用备选计划。"

我抬起满是泪痕的脸："备选计划是什么？"

"我杀了那个混蛋。"

看着他黑色的眼睛，我知道他是认真的，不禁打了个寒战。"恩佐……"

"我会杀了他的，"他抽出身，绷紧下巴，"他就该死，这样不对，我要为你讨回公道，就像本该为安东尼娅做的那样。"

“然后我们一起蹲监狱？”

“你不会进监狱的。”

我拍了一下他的胳膊：“我也不希望你进监狱。”

“那你有什么建议？”

这时我突然想到了一个主意，简单得很。我对安迪恨之入骨，也对他了如指掌，我知道这个办法一定行得通。

四十九

第八步：寻找替代者

我不能随便找一个人。

首先，她必须漂亮，至少得比我漂亮，不过这应该不难，过去这几年我一直在刻意放任自己。她必须比我年轻，能帮安迪生孩子，满足他的心愿。她必须适合穿白色衣服，因为他喜欢白色。

最重要的一点：她必须身处困境，渴望改变现状。

然后我遇到了威廉明娜·卡洛威，她有我想要的一切。别看她面试时穿得土里土气，但是完全藏不住年轻貌美，而且她非常想讨好我。我做了简单的背景调查，她竟然有一条犯罪记录，我知道找对人了：这个女孩非常渴望得到一份体面高薪的工作。

“我不同意这样做，”当我走到后院，问恩佐那个私家侦探叫什么名字时，他对我说，“这样不对。”

几周前我和他说了我的计划，他听后很不高兴，还质问我难道要牺牲别人。

“安迪能够拿捏我就是因为有西西，”我说，“这个女孩没有孩子，也没有牵挂。他找不到任何东西要挟她，她走得掉。”

“你知道事情不会那么简单。”他抱怨道。

“你到底帮不帮我？”

他无奈地耸了耸肩：“帮，你知道我会帮你的。”

于是恩佐向我推荐了私家侦探，我拿出一部分私藏的钱雇他调查威廉明娜·卡洛威。他和我说：她上份工作被炒了，还差点被警察抓走，现在住在车里。他还提供了一个至关重要的细节。和侦探通完电话，我立马打电话告诉米莉，她通过面试了。

唯一的问题是安迪。他不想让陌生人住在家里，之前勉强同意我雇人来打扫几个小时，除了他妈妈，他绝不让任何人帮忙照看塞西莉娅。不过这次时机赶得刚刚好。安迪的爸爸最近退休了，前段时间在冰面跌了一跤后，决定搬到佛罗里达，不过伊芙琳显然对这个主意不怎么感兴趣。他们虽然留着这里的老房子等夏天过来住，但是大多数朋友已经搬到佛罗里达了，安迪的爸爸盼着退休后天天和好友们一起打高尔夫球。

总结起来就是一句话：我们需要帮忙。

最棘手的问题就是米莉要住在那间阁楼。他肯定不愿意，但必须这样安排，要想让他把米莉当成我的替身，他必须得看到她住在那里。我得想办法让他同意。

我得为米莉的出场做好铺垫。每天早上醒来，我都说自己犯了偏头痛，没办法做饭，也打扫不了卫生，还要大费周章把房子弄得乱七八糟，照这样下去，用不了几天这个房子就没法看了。我们需要帮忙，非常需要。

不过当安迪发现我雇了米莉之后，还是在车外拦住了我。他用力拉了我一下，手指陷进我的肉里：“你知道自己到底在干什么吗，妮娜？”

“我们需要帮忙，”我勇敢地抬起下巴，“你妈妈不在，我们需要找人帮忙照看西西，还要打扫卫生。”

“你让她住在阁楼了，”他低声吼道，“那是你待的地方。你应该让她住客房。”

“那你父母过来住哪里呢？阁楼？还是客厅的沙发？”

他一边思考，一边动着下巴。伊芙琳绝对不会睡在客厅的沙发上。

“就让她住两个月，”我说，“等这一学年结束，我有更多空闲时间打扫卫生，到时候你妈妈也从佛罗里达回来了。”

“不行。”

“如果你想炒了她，那就炒了吧，”我朝他眨了眨眼睛，“我拦不住你。”

“我肯定会炒了她。”

不过他没炒掉米莉，因为那天晚上他回到家，头一次发现房子那么干净整洁，而且她还给他做了一顿没有烧焦的晚餐。她既年轻又漂亮。所以米莉住进阁楼了。

要想让指南顺利开展，还要满足以下三个条件：

1. 米莉和安迪互生好感。
2. 米莉恨我入骨，和我丈夫上床不会有心理负担。
3. 他们有单独相处的机会。

第一条互生好感其实很简单。米莉长得很漂亮，甚至比我年轻时还要迷人，虽然安迪年纪比她大一些，不过还是帅得要命。有时米莉一脸困惑地看着我，好像不太明白他究竟看上我哪一点，毕竟我一直在努力增重变胖。现在安迪没办法再把我锁进阁楼了，我就光明正大不去做头发，放任深色的发根慢慢长出来。

最重要的是，我得刁难米莉。对我来说，这样对她不是件容易事，我本质还是个好人，至少在安迪毁了我之前是这样的。现在所做的一切都是达到目的的手段罢了，也许我不应该这样对米莉，但是我不能再这样生活下去了，我得逃出去。

她来我们家的第一天早上就开始讨厌我了。我早上起来第一件事就是走进厨房搞破坏。之前几周我留下了一大堆烂摊子，米莉全都打扫干净了。她做事认真负责，不留任何死角，家里干净得都能反光。

我这样刁难她确实挺过意不去的。我在厨房搞破坏，等米莉走进厨房，我转身用责备的眼神看着她："它在哪里？"

"在哪里……什么在哪里？"

"我的笔记！"我抬手捂住额头，假装自己快要吓晕了，"我把今晚家教会的笔记放在厨房柜台上了！现在不见了！"

我大喊大叫就是想把安迪引过来，让他可怜她、同情她，因为他知道我在无中生有冤枉她。现在我把她变成了受害者，肯定会引起他的注意，就像多年前因为漏奶被骂的我也是受害者一样。

我这一招一箭三雕：一是让他俩互生好感，她穿着紧身牛仔裤美丽动人；二是米莉恨我；三是我夺门而出给他们创造了单独相处的机会。

不过这样还不够，我还藏了张王牌——安迪想要个孩子。这还要多谢恩佐帮我找的那个私家侦探，他设法搞到了几张照片，上面是一位生育专家和一个女人，但这个女人却不是这位专家结婚 25 年的妻子。只要他告诉安迪我怀不了孕，这些照片就不会寄给他妻子。

我们约见格尔曼医生的前一天，我给伊芙琳打了个电话，她和往常一样不太高兴接到我的电话。

"你好，妮娜。"她冷淡地说，其实是在问我想找她要什么。

"我只是想让你第一个知道，"我说，"我一直没来月经，应该是怀孕了！"

“哦……”她停顿了一下，不知道自己该不该高兴，马上就要有第一个亲孙子还是挺激动的，但是一想到我是她孙子的妈妈又有些难以接受，“真好。”

她嘴上说着真好，心里才不这么想呢。

“希望你已经在吃产前复合维生素了，”她说，“你怀孕了就要严格控制饮食，不能再像往常那样吃很多高热量的食物，对宝宝不好。安迪不管你，但是为了孩子好，你也该控制一下自己。”

“嗯，当然，”我勉强笑了笑，暗自庆幸伊芙琳永远成不了我孩子的奶奶，“对了，我在想……如果你能寄来一些安迪小时候用的东西，那就太好了，前几天他还说想把自己那些旧的婴儿毯之类的东西传给新出生的宝宝呢。你可以寄过来吗？”

“好，我打电话让罗伯特把箱子寄过去。”

“真好。”

格尔曼医生说我怀不了孕，安迪听到这个消息后，表情凝重，满眼泪水。如果换作别人，我肯定心生同情。当天晚上我主动找他吵了一架，还专门提醒他这辈子都不能和我生孩子。

我得再多给他们创造些单独相处的机会。我提过那么多遍，安迪肯定会给我买《最后决战》的票——他喜欢做这些事讨我欢心，穿插进对我的折磨虐待中。不过最后看演出的不是我而是米莉，然后再去酒店过夜。这个计划天衣无缝。这样我就能趁机带塞西莉娅去营地，不受安迪摆布。当米莉的手机定位显示她到曼哈顿了，我知道事情成了。后来又看到他们彼此对视的眼神，我知道一切都结束了。他爱上她了，也成了她要面对的问题。

我自由了。

五十

一切再也不会重演：他再也不会带我去阁楼，也不会提醒周围邻居我疯了，让大家留意我的言行，更不会把我关起来了。虽然我已经被赶出来了，但只要还没离婚就不能掉以轻心，必须得让他先提离婚，一旦被他发现我设计了这一切，那就全完了。

我躺在酒店的大床上计划着下一步行动。明天我就开车直奔营地，接上塞西莉娅去……随便什么地方，必须换个地方重新开始。谢天谢地，安迪从没收养过她，离婚也抢不走她，我可以带着她想去哪里就去哪里。我也不需要假身份了，不过肯定会恢复娘家姓，不想再和那个男人有任何瓜葛。

此时传来一阵敲门声。那一刹那，我惊恐地以为是安迪，想象着他站在酒店门外说："你真以为那么容易吗，妮娜？来啊，去阁楼。"

"谁啊？"我小心翼翼地问。

"恩佐。"

我如释重负，开门看到恩佐。他穿着T恤衫和沾满泥的牛仔裤，皱着眉说："怎么样？"

"成了，他把我赶出来了。"

他眼前一亮："是吗？真的吗？"

我用手背擦了擦湿润的眼睛："真的。"

"那真是……太好了……"

我深吸一口气："我得谢谢你。多亏了你，否则我根本不可能……"

他慢慢点了点头："妮娜，能帮你是我的荣幸，也是我的责任，我……"

我们站在原地看着对方。然后他向前一倾，吻了我。我没想到他会这样。我承认恩佐很性感，我又不瞎，但是之前我们一直都只关注一个共同目标——帮我逃出安迪的魔掌。其实和那个怪物结婚多年，我的心早已死去，即使乖乖和他上床也只是例行公事罢了，完全没有激情。

但是此刻我活过来了，看来我的心并没有死。是我先抓住恩佐的T恤衫把他拽到床上，但是他解开我上衣的扣子（还扯掉了一颗），后面就是我们共同配合的结果了。这感觉真好，其实应该说太棒了！和一个不让人生厌、美好善良、救我一命的男人一起真是太棒了，哪怕只是一夜情。

天啊，他真是接吻高手。事后我们汗流浃背，满心欢喜。恩佐张开胳膊搂我入怀。“你好吗？”他问。

“很好，”我把脸埋进他的胸口，“没想到你对我有那种感觉。”

“一直都有，”他说，“从第一次见你时。但是我想做个好男人。”

“我以为你把我当妹妹。”

“妹妹！”他吃惊地说，“不，不是妹妹，肯定不是。”

我看到他的表情忍不住笑了一下：“我明天要离开这个城市了，你知道的，对吧？”

他沉默了好一会儿。是想要开口留我吗？我很在乎他，但是不能为他留下，任何人都不行，他应该最清楚这一点了。

也许他要跟我一起走，我不知道该怎么看待这件事。我很喜欢他，但是刚经历过这一切，我需要一个人静一静。也许我需要很久才能对男人重新产生信任，而且即使真有这么一个人，也是恩佐，他已经用实际行动证明了。

但是他既没留我，也没要跟我走，只是说：“我们不能抛下她不管，妮娜。”

“谁？”我问。

“米莉，”他用那双黑眼睛低头看着我，“我们不能抛下她，让她和他待在一起。这样不对，我不允许这样。”

“你不允许？”我不敢相信自己的耳朵，赶紧推开他，刚刚的快感也消失了，“这是什么意思？”

“我是说……”他绷紧下巴，“米莉和你一样不该被他虐待。”

“她是个罪犯！”

“听听你在说什么。她是个人。”

我从床上坐起来，抓起毯子挡在赤裸的胸前。恩佐喘着粗气，脖子上暴起一根青筋，我理解他为什么会生气。“我们必须告诉她。”他坚持说。

“不，不用。”

“我会告诉她的，”他下巴的肌肉抽搐了一下，“你不去我去，我会提醒她的。”

我满眼泪水：“你不会……”

“妮娜，”他摇了摇头，“对不起，我……不想伤害你，但是这样不对，我们不能这么对她。”

“你不懂。”我说。

“我懂。”

“不，”我反驳道，“你不懂。”

米　莉

五十一

“安德鲁？”我喊道，“安德鲁！”

没有声音。

我又抓住那冰冷的金属门把手，用尽全力去转，门锁住了。怎么回事？也许是安德鲁回自己屋里睡觉不小心锁了门，我得打电话叫醒他，放我出去。我不能整晚被困在这里，我还得尿尿呢。

我打开灯，看到房间正中央有三本书放在地上，真够怪的。我俯身看到封面上的书名:《美国监狱指南》《酷刑史》，还有一本电话簿。

昨晚睡觉前明明没有这些书，应该是安德鲁放进来的。我把这几本书踢到一边，想找到昨晚放在这里充电的手机，我应该没记错，但是手机却不见了。

搞什么鬼？我抓起扔在地上的蓝色牛仔裤，口袋里也没翻到手机。手机呢？我拉开梳妆台抽屉四处翻找，还把床单和毯子拽下床，说不定是昨晚玩得太开心把手机弄掉了，我趴在地上看了看床底下。什么都没有。真不是时候，被锁在这个破阁楼，还急着上厕所。

我躺回床上尽量不去想胀着的膀胱，不知道能不能睡着，心想等安德鲁早上过来找我时，一定要狠狠教训他，怎么能这么不小心把我锁在里面。

“米莉？你醒了吗？”

我猛地睁开双眼。我睡着了，虽然不知道是怎么睡着的。现在大清早房间昏暗，只有几缕阳光透过那扇小小的窗户照进来。

“安德鲁，”我从床上坐起来，感觉膀胱胀得厉害，快憋不住了，急忙下床踉踉跄跄地走近门口，“你昨晚把我锁在这里了！”

门外沉默了很久。我以为他会道歉，然后听到他急忙找开门钥匙发出的叮当声，可惜什么都没有，他没有任何动静。

“安德鲁，”我说，“你有钥匙，对吧？”

“嗯，我有钥匙。”他确认道。

我感觉一阵恶心。昨晚我一直告诉自己这肯定是意外，现在突然不那么确定了，毕竟他怎么可能不小心把女朋友锁在房间里几个小时才发现呢？“安德鲁，你能把门打开吗？”

“米莉，”他的声音既奇怪又陌生，“还记得昨天你拿书架上的书看了吗？”

“嗯……”

“你把书拿出来放在茶几上，那是我的书，你没有好好爱惜，对吧？”

我不知道他在说什么。没错，我确实从书架上拿了几本书，最多三本，也许当时有什么事忘记把书放回去，但真有那么重要吗？为什么他听上去那么生气？

“我……我很抱歉，”我说。

“嗯，”他的声音听起来还是怪怪的，“你就嘴上说抱歉，可这是我的房子，你不能想做什么就做什么，得承担后果。我觉得你应该更清楚，你就是一个女仆。”

没想到他居然这么看不起我的工作，但为了让他冷静下来，我什么都可以说：“对不起，我不是故意的，我会去整理好的。”

“我已经整理好了，你太晚了。”

“你能先把门打开我们谈谈吗？”

“我会开门的，”他说，“不过你得先为我做件事。”

“什么？”

“看到我给你放在地上那三本书了吗？”

“嗯……”

“我要你躺在地上，把那几本书放在肚子上保持平衡。”

“什么？”

“你听到了，”他说，“我要你把那几本书放在肚子上保持平衡，坚持三个小时。”

我盯着门，想象着安德鲁脸上邪恶的表情：“你在丌玩笑，对吧？”

“完全没有。”

我不知道他为什么要这么做。这不是我爱上的那个安德鲁。他好像在跟我玩什么奇怪的游戏，不知道他有没有意识到已经惹怒我了。“听我说，安德鲁，不管你想做什么，不管你想玩什么游戏，先让我离开这个房间，至少让我去趟洗手间。”

“还要我说得多清楚啊？”他啧了一声，“你不小心把书放在客厅，我还得帮你放回去，现在我要你顶着这些书，好好感受下书的重量。”

“我不。”

“那没办法了，除非你照我说的做，否则你别想离开这个房间。”

“好吧，那我可能要尿裤子了。”

“你需要方便的话，壁橱里有个水桶。”

我刚搬进来时就发现那个蓝桶了，但从没多想过。我打开壁橱看到桶还在那里。我的膀胱胀得痛，只能夹紧双腿。

“安德鲁，我说真的，我得去趟洗手间。”

“我刚告诉你该怎么做了。”

他没有退让。我不明白这是怎么回事。总发疯的人是妮娜，而安德鲁一直都很理智，上次妮娜冤枉我偷衣服还是他开口救了我。他们都疯了吗？这是他们一起设计的吗？

“行。”那就速战速决，我坐在地上拿起一本书让他听到声音。“好了，我把书放在身上了，你现在能放我出去了吗？”

“书没放在你身上。”

“不，我放了。”

“别说谎。”

我气得叹了口气：“你怎么知道我有没有说谎？”

“因为我能看见你。”

我一下子慌了神。能看见我？他监视我多久了？从我住进来就一直监视我吗？

“你找不到摄像头的，”他说，“藏得很隐蔽。别担心，我没有一直盯着你，几周前才开始。”

我爬起来：“你到底有什么毛病？赶紧放我出去。”

“事情是这样的，”安德鲁平静地说，“我觉得你没资格提要求。”

我猛地扑过去，一拳拳凿在门上，手又红又痛：“我对天发誓，你最好放我出去！这里一点都不好玩！”

“嘿，嘿，”安德鲁平静地告诉我不要再敲了，“冷静一下，听我说，我会放你出去的，我保证。”

我垂下双臂，拳头还在隐隐作痛：“谢谢你。”

“只是还不行。”

我的脸颊发热：“安德鲁……”

“我告诉过你要怎么做才能出去，”他说，“这样的惩罚对你很公平。”

我抿着嘴唇，气得说不出一句话。

“我给你时间考虑，米莉。我一会儿再来。”

要不是听到他的脚步声消失在走廊上，我到现在还以为他在开玩笑。

五十二

安德鲁走后已经一个小时了。我用了桶，不然就要尿裤子了，这也算是一次难忘的经历。膀胱的问题刚解决好，胃又开始咕咕叫了。我一般会在迷你小冰箱里放一些酸奶小零食，可现在只剩下二小瓶水，我拿起两瓶喝光了，下一秒就开始后悔。如果他让我在这里再待几个小时？或者几天？我需要那两瓶水。

我赶紧穿上牛仔裤和T恤衫，仔细查看地上那堆书。我不太明白他搞这么荒唐的游戏是为了什么，也许我应该乖乖照做，然后他就会放我出去,永远离开这个鬼地方。我躺在没铺地毯的地上。现在是初夏，阁楼虽然闷得厉害，还好地上挺凉快。我头枕着地，拿起一本又重又厚的书，放在肚子上。

确实能感受到压力，但不算太糟，还好刚刚用过桶了，否则现在该尿裤子了。我接着拿起第二本。这本是关于酷刑的，感觉书名不像是巧合，也许就是巧合，谁知道呢？第二本书压在肚子上有些不舒服。这两本书很重，我的肩胛骨和尾骨紧抵在坚硬的地上，虽然不太好受，不过也能忍。

但是他说要放三本书。我拿起最后那本又重又大的电话簿，感觉很难放上去，试了好几次才把电话簿摞在上面保持好平衡。这三本书快把我压断气了。我不敢深呼吸，怕最下面那本书直接硌进胸腔。

不行，我受不了了。我把三本书都推了下去，大口吸着气，肩膀跟着起伏。我站起来开始到处走着。不知道安德鲁在玩什么把戏，但我绝不会任他摆布，要么放我出去，要么我自己想办法出去，一定有办法的，这里又不是监狱。

也许我能找到办法把门铰链或者门把手的螺丝拧下来。安迪在楼下车库里有个工具箱，真希望能拿到它。但还是先看看梳妆台抽屉里有什么能临时充当螺丝刀用的吧。

“米莉？”

又是安德鲁的声音。“我把书放在身上了，请放我出去。”

“我和你说过要三个小时，可你只做了一分钟。”

我受够这破事了：“快放我出去！不然……”

“不然怎样？”他笑了，“我告诉过你要怎么做了。”

“我不会照做的。”

“好吧，那你就待在里面吧。”

我摇了摇头：“你打算让我死在这里？”

“你不会死的，等没水喝了就知道该怎么做了。”

这一次几乎听不到他离开的脚步声，因为完全淹没在我的尖叫声中了。

这三本书放在肚子上已经有 2 小时 50 分钟了。安德鲁说得对，喝完第三瓶水后我更想离开房间了，眼前已经开始出现瀑布舞动的幻觉。我知道自己只能乖乖照做，但不能保证他会放我出去，只希望他信守承诺。

骨盆真要被压碎了，我只能深吸一口气，继续坚持，相信一切就快结束了。

终于够三个小时了，我赶紧把书从肚子上推下去，感觉如释重负。但是刚要坐起来，肚子就疼得我想哭，肯定都压出瘀痕了。我还是蹭着向前，重重地敲着门。“好了！”我吼道，“完成了！放我出去！”

不过他没来。他真是个混蛋。一小时后，我听到门外有脚步声，如释重负，好想哭。这件事可能让我得幽闭恐惧症了，不知道以后还能不能坐电梯。

“米莉？”

“我做了，你个混蛋，”我朝门吐了口唾沫，“快放我出去。”

“呃。”他漫不经心地说，我真想一把抓住他的脖子掐死他。“恐怕不行。”

“但是你答应我了，如果我把书放在肚子上坚持三个小时，你就放我出去。”

“对，但是你把书早推掉了一分钟，恐怕得重新开始了。”

我瞪大双眼。如果我是绿巨人浩克，现在就要把门铰链扯下来。“你在跟我开玩笑吧。”

“不好意思，规则就是这样。”

“可是……”我气急败坏地说，“我一点儿水都没有了。”

“太可惜了，”他叹了口气，“下次你得学会节约用水。”

“下次？”我踢了一脚门，“你疯了吗？不会再有下次了。”

“我觉得肯定有下次，”他若有所思地说，“你在假释期，对吧？如果你从我家偷了东西（妮娜可以作证），你觉得自己是什么结局？再犯一次罪你就得回监狱！如果你做错事，只要时不时在这个房间待上一两天就行，我觉得还是这样更好些，你说呢？”

我现在要变身绿巨人浩克！

“好了，”他说，“我要回去工作了，很快你就会觉得渴了。”

这次我坚持了 3 小时 10 分钟，不能给安德鲁任何借口，让我做第三次，那真活不成了。肚子疼得厉害，感觉好像被人连打好几个小时，根本坐不起来，得先倒向一边，再用胳膊撑坐起来。我严重缺水，头也疼得厉害，只能爬到床边蹭上去，坐在床上等着安德鲁过来。

又过了半小时，门口再次传来他的声音：“米莉？”

“做完了，”我近乎耳语地低声说，完全站不起来。

“我看见了，”他带着居高临下的语气说，“干得好。”

然后传来世间最美妙的声音——开门声，比我出狱时听到的还好。

安德鲁走进卧室，拿来一杯水给我喝，虽然我想到水里可能放了药，但也顾不上那么多，一口气全喝光了。

他坐到我旁边，伸手搭在我腰上，吓了我一跳。“你现在感觉怎么样？”

“我肚子疼。”

他歪着头：“我很抱歉。”

“是吗？”

“你做错了事就得吸取教训，只能这么做，”他动了动嘴，“如果你第一次就做对了，就不用再做一遍了。”

我抬起头仔细端详他英俊的面容，不明白自己怎么会爱上这个男人。他看起来很正常，哪里都很好，完全没想到会是这样一个怪物。他的目的不是娶我，而是要我成为他的囚犯。

“你怎么知道我到底做了多长时间？”我说，“你不可能看得那么清楚。”

“你说错了。”他从兜里掏出手机，打开一个应用程序，满屏都是这个房间的画面，色彩逼真、图像清晰：我们俩坐在床上，我的背弓着，头发凌乱，脸色惨白。“画面不错吧？就像电影一样。”

真是混蛋！他看着我在这里熬了一整天，而且以后还想继续虐待我，不知道下次让我干什么，说不定时间还会更久。我已经做过一次囚犯了，绝不能再有第二次，绝不！

我把手伸进牛仔裤口袋，掏出之前在桶里发现的那罐胡椒喷雾剂。

五十三

安德鲁被胡椒喷进眼睛，疼得大声尖叫。喷头离他的眼睛大概只有三英寸，他被喷到不少，我又补了一下。我转过头闭上眼，避免胡椒跑进眼里。我再次抬头时看到他的脸被自己抓得鲜红，手机掉在地上，我赶紧捡起来，接下来的一切都必须准确无误。我花了六个多小时一边顶着那三本书，一边计划着这件事。

我站起来时双腿颤颤巍巍，不过还能动。安德鲁在小床上疼得打滚，趁他还没恢复视力，我赶紧溜出房间关上门，拿出妮娜给我的钥匙插进锁孔，锁上后装进口袋，后退了一步。

“米莉！”安德鲁在门里尖叫，“搞什么鬼？”

我低头看着手机屏幕，手指不由颤抖，顺利点进设置，趁锁屏前关闭了自动锁屏，现在不用再输密码了。

“米莉！”

我又往后退了一步，生怕他从门里伸出手抓我。“米莉，”他开始低声咆哮，“快放我出去。”

我的心跳得很快，就像多年前走进那间卧室，发现凯尔西正冲着那个混蛋橄榄球运动员喊“放开我！”，而邓肯醉醺醺地笑着。我僵在原地，怒火中烧。他比我们俩都要高大得多，我很难把他从她身上拉下来。房间里很黑，我在桌子上摸来摸去，直到碰到一块镇纸……

我绝不会忘记那天用镇纸砸那个混蛋头骨直到他一动不动的感觉有多爽，那种滋味让我觉得蹲几年监狱也是值得的，毕竟可能会有很多女孩因此逃脱他的魔爪。

“我会放你出去的，”我说，“只是现在还不行。”

“你在跟我开玩笑吗？”他愤怒地说，“这是我的房子，你不能把我当犯人关在这里。你是个罪犯，我只要报警就能把你送回监狱。”

“对，”我说，“但是现在你的手机在我这里，你怎么报警？”

我低头看着色彩逼真的手机屏幕：他站在原地，脸被辣得通红，满脸泪水。他摸了摸口袋，然后用肿胀的眼睛扫视着地板。

“米莉，”他努力克制着自己，慢慢说道，“我想要手机。”

我嘶哑地笑了：“我相信。”

“米莉，快把手机还给我。”

“我觉得你没资格提要求。”

“米莉。”

“等着吧，”我把手机塞进口袋，“我先去吃点儿东西，很快回来。”

“米莉！”

我下楼时听到他还在喊我，但是我没理他，他困在那里也做不了什么。我得好好想想接下来该怎么做。我直奔厨房喝了两满杯水，在白面包上挤了很多蛋黄酱，吃完博洛尼亚三明治，终于有力气思考了。

我拿起安德鲁的手机，看到他像只困兽一样在房间里走来走去。放他出来不知道他会对我做些什么，想想就直冒冷汗。这时手机上突然弹出一条“妈妈”发来的短信：

你要给妮娜送离婚协议书吗？

我翻了翻之前的消息，安德鲁把跟妮娜闹翻的事告诉了他妈妈。我得回她，否则她可能会直接过来，那我就完了。绝不能让人怀疑安德鲁出事了。

对，正和律师通话。

她几乎秒回：

好，我一直不喜欢她。我对塞西莉娅尽心尽力，但是妮娜教育得太松，这个小女孩都成熊孩子了。

妮娜和塞西莉娅真可怜。安德鲁的妈妈一直不喜欢妮娜，已经够糟了，居然还这样说自己的孙女。不知道她说的“教育”是什么，要是像安迪那种惩罚方式，我真庆幸妮娜没“教育”过塞西莉娅。

我颤抖着手回复：

看来你对妮娜的看法是对的。

现在该对付那个混蛋了。我把手机塞回口袋一路爬到顶楼。阁楼里的脚步声停了，他肯定听到我来了。

“米莉。”他说。

“我在。”我生硬地说。

他清了清嗓子：“你说得对，我不该那样对你。”

“是吗？”

“对，我知道错了。”

“哦，你觉得抱歉？”

他清了清嗓子：“对。”

“说出来。”

他沉默了片刻：“说什么？”

“说对不起，为你对我的所作所为道歉。”

他的表情显然是觉得自己没错，不想道歉，只是后悔让我趁机占了上风。

“对不起，”他终于说了，“我做错了，我不该那样对你，以后再也不会了，”他停了一下，“现在能放我出去了吗？”

“好，我会的。”

“谢谢你。”

“只是还不行。”

他猛地吸了口气：“米莉……”

“我会放你出去的，”我平静地说，努力掩盖心脏的砰砰声，“不过你得先为对我做的事受罚。”

“别玩这个游戏，”他咆哮道，“你没那么大胆。”

如果他知道我用镇纸砸死过人，就不会这样跟我说话了。他不知道，但是妮娜肯定知道。“我要你躺在地上，把那三本书放在身上。”

“得了，太荒谬了。”

“你不乖乖照做就别想出来。”

安德鲁满眼愤恨地看着镜头，不像之前那样好看了。我提醒自己他没在看我，只是在看镜头。“行，那就陪你玩。”

他躺在地上，一本接一本地拿起书摞在肚子上，重复几小时前我的动作，只是他比我强壮，三本书压在身上只会感觉有点儿不舒服而已。

“高兴了？”他喊道。

“往下。”我说。

“什么？”

“把书往下放。”

“我不知道你在说——”

我用额头抵着门说：“你知道我在说什么。”

门里传来急促的吸气声：“米莉，我不能——”

“如果你想出来就得照做。”

他把书往下推，正好压在生殖器上，整张脸僵成狰狞的模样。

“天呢。”他喘着气说。

“很好，”我说，“坚持三个小时。”

五十四

我坐在沙发上边看电视边等三个小时到来，又想起了妮娜。

我一直以为是她疯了，现在不知道该怎么想了。房间里的胡椒喷雾剂一定是她留给我的。她猜到他会对我做什么，因为他也这么虐待过她，可能很多次。妮娜真的吃过醋吗？还是一切都只是演戏？我不太确定，本想给她打电话问清楚，但又感觉不太好。毕竟我杀了邓肯后，凯尔西再也没跟我说过话，她曾经是我最好的朋友，后来只会厌恶地看着我。

没人理解我。我割断了卡瓦诺老师的车轮胎后拼命跟妈妈解释，是他威胁我如果不给他摸就让我数学挂科，但是她不相信我，没人相信我。因为我总惹麻烦，她把我送到寄宿学校，不过也没用。在寄宿学校发生邓肯那件事后，他们就彻底不管我了。

我出狱后好不容易找到一份体面的工作，还得对付那个酒吧服务员凯尔，他总趁机抓我屁股，后来有一天我直接转身一拳打在他的鼻子上，他没起诉是觉得被女孩打太丢人，但是他们叫我不要回去了，不久后我就住进那辆车里了。

我只能相信自己。够三小时了，我打了个哈欠关掉电视。安德鲁还躺在地上一动不动，忍着痛乖乖照我说的做了。我不慌不忙地上着台阶，刚走到顶楼门口，他就把书全推了下去，蜷缩在地上。

“安德鲁？”我说。

“好了吧？”

“你感觉怎么样？”

“你说呢？”他怒气冲冲地说，“放我出去，你这个贱人。”

挺好，他不像上次站在门外时那样镇定得意。我靠在门上看着屏幕上他的脸：“我不想听脏话，既然你指望我帮你，态度好点儿。”

“放我出去，”他双手抱头坐在地上，“米莉，我发誓如果你不放我出去，我就杀了你。”

好一句“我就杀了你”，他说得真够随意的。我盯着手机屏幕，不知道有多少女人来过这里，也不知道有没有人死在里面。

很有可能。

“放轻松，”我说，“我会放你出去的。”

“好”。

“只是还不行。”

“米莉……”他咆哮道，“我完全照你说的做了，三个小时。”

“三个小时？”我扬起眉毛，“如果你听到的是三个小时，那不好意思，其实我说的是五个小时，恐怕你得重新开始了。”

“五……”全彩显示屏正好能看清他脸色发白的样子。“不行，我不能再多坚持五个小时了。好了，你该放我出去了，游戏结束了。”

“我没和你商量，安德鲁，”我耐心地说，“如果你想出来那就把那些书放在生殖器上，再坚持五个小时，做不做由你。”

“米莉，”他喘着气说，“总有商量的余地。你想要什么？我可以给你钱。如果你放我出去，我给你一百万美元怎么样？”

“不行。”

“两百万。”

“恐怕不行，我现在要去睡觉了。我还会过来看你的，也许明早吧。”

“米莉，讲讲道理！”他的声音都变了，“至少我还给你留了水，你不能给我点儿水吗？”

“恐怕不行，”我说，“也许下次你应该给锁在房间里的女孩多留些水，这样就有水留给你了。”说完我就在他的尖叫声中走下楼，回到卧室后搜索：“一个人不喝水能活多久？”

五十五

第二天早上，我在客房一睁眼就去拿安德鲁的手机。我打开应用程序盯着屏幕，瞬间感到一阵寒意袭来：房间一片死寂，安德鲁不见了。

他已经出来了。

我左手抓紧毯子，眼睛紧盯卧室到处找他，突然听到窗外有动静，我都要吓出心脏病了，还好只是一只鸟。他在哪？怎么出来的？难道有秘密保险按钮或是其他逃出来的办法？但是如果他真有办法逃出来，为什么还要把那些书压在身上好几个小时呢？

他如果逃出来，肯定气疯了。

我得赶快离开这里。我低头突然发现屏幕上有东西在动，长舒一口气。安德鲁还在里面，盖着被子躺在床上一动不动，难怪我刚刚没看到他。

我倒放回看房间视频：安德鲁躺在地上面目狰狞，坚持了整整五个小时。如果我说话算话就得放他出来了。我得做好准备：慢慢悠悠冲热水澡，感受暖流消解全身的紧张。我知道接下来该怎么做了，也准备好了。我换上宽松T恤衫和牛仔裤，把凌乱的金发扎成马尾辫，手机塞进口袋，拿起昨天从车库拿的东西，藏进另一个口袋。

我来到楼顶敲着门，看着手机屏幕：他没从床上起来。我有些担忧。安德鲁已经12个小时没喝水了，肯定很虚弱，就像我昨天一样。如果他没知觉了怎么办？

还好安德鲁动了。他挣扎着坐起来，用掌根揉着眼睛。

“安德鲁，”我说，“我来了。”

他抬起眼睛直视镜头，吓得我发抖，仿佛看到开门后他会对我做什么：拽着马尾辫把我拖进去。

他摇摇晃晃地站起来，走过来靠在门上：“做完了，放我出去。”

当然，没那么容易。

“昨晚的视频监控没传过来，真遗憾，恐怕你得——”我说。

“我不会再做一遍了，”他满脸通红但不是胡椒辣的，“快放我出去，米莉，我没开玩笑。”

“我会放你出去的，”我顿了顿，“只是还不行。”

安德鲁往后退了一步，两步，三步，突然猛冲过来撞门，铰链晃了，但是门纹丝未动，然后他又开始往后退。该死。

“听着，”我说，“我会放你出去，只是你还得做一件事。”

“去你的，我不信你。”

他喘着粗气靠在门上，脸更红了。“你想让我做什么？”他勉强问道。

我从口袋里掏出他车库工具箱里的钳子，塞进门缝。他拿起钳子来回翻看，皱着眉头：“我不明白你想让我做什么？

“那些书压在你身上多久不容易计算，还是这样比较容易，一次性解决。”我说。

“我不明白。”

“很简单，如果你想出来就拔掉一颗牙。”

安德鲁满脸愤恨地把钳子扔到地上：“你在开玩笑，我不可能照做的。”

“再过几个小时不喝水你就不会这么说了。”我说。

他又后退了几步，使上浑身力气撞门，结果还是一样，门只是晃了晃但是没开，他收回拳头狠狠砸在木门上。

安德鲁痛得大叫，其实还不如拔掉一颗牙。之前我在酒吧工作时看到有人喝醉后一拳打到墙上，结果折了一根手骨，所以安德鲁骨折也不奇怪。

“放我出去！”他吼道，“快放我离开这个鬼地方。”

“我会放你出去的，你知道自己该怎么做。”

他左手紧握右手，蜷缩身体跪倒在地，然后左手拿起钳子放进嘴里。

他真会照做吗？我屏住呼吸，紧闭双眼不敢再看。

只听一声惨叫，就像当时镇纸砸在邓肯脑壳上时的叫声一样。他跪在地上像孩子一样抱头痛哭。他受不了了，快要崩溃了，所以才肯拔牙，就为了离开这里。

他不知道这只是个开始。

妮　娜

五十六

我雇私家侦探调查米莉，发现了一些有意思的事。

我以为米莉蹲监狱是因为吸毒或者偷东西什么的，但其实是谋杀。她被捕时只有 16 岁，17 便入狱服刑，所以侦探花了好些工夫才得到所有信息。米莉当时上的是寄宿学校，准确来说是那种专门接收有问题的青少年的学校。

那天晚上米莉和朋友偷溜去参加男生宿舍聚会，她经过一间卧室时听到有人在门后大声呼救，于是她走进黑暗的房间，发现班上那个体重二百磅的橄榄球运动员正在对她朋友施暴。米莉拿起桌上的镇纸朝他头上猛砸好几下，还没等送到医院他就断气了。侦探拿到了照片。米莉的辩护律师说她是为了朋友不被强奸，但是照片上他的头骨都被砸碎了，很难相信她不是故意杀人。

结合当时的实际情况，考虑到她年纪还小，最终只判了比较轻的过失杀人罪。与男孩家也达成了一致，虽然他们想为儿子报仇，但不希望网民给儿子贴上强奸犯的标签。

米莉接受了，因为一旦上了法庭，其他事也会公之于众。她上小学被开除了，因为班上一个小男孩骂她，她就和他打了一架，把他推下单杠弄断了胳膊。她上中学被送去寄宿学校，因为不愿被数学老师威胁挂科就割了他四个汽车轮胎。她出狱后也有类似的经历，当服务员被炒了，不是因为不好好工作，而是因为出拳打伤同事的鼻子。

米莉看起来是个甜美的女孩，这也是她在安德鲁眼中的样子。他不会像我那样仔细调查她的过去，也不知道她有多大能力。本来我想雇一个女仆替代我，希望安德鲁移情别恋后放我走。不过这不是我雇米莉的原因，也不是我给她房间钥匙的原因，更不是我在壁橱蓝桶里放胡椒喷雾剂的原因。

我雇她来杀他。

不过她不知道。

五十七

我开车到营地接塞西莉娅，这段时间以来第一次见她这么开心。她正和那些新朋友玩闹着，小圆脸上满是笑容，肩膀和脸颊晒伤了，手肘上也有擦伤，创可贴半挂着。她穿着宽松短裤和T恤衫，不是安迪总要她穿的那种可怕的褶边连衣裙。她以后一直能这样就好了。

“嗨，妈妈！”她晃着马尾辫一蹦一跳地向我跑来。苏珊娜说她家小女儿开始喊她“妈妈”而不是“妈咪”时感觉很扎心，但是我很乐意看到西西长大，这样安德鲁就控制不了她（其实是我们）。“你来早了！”

“是的……”

她的头已经到我肩膀的位置了，是在这里这段时间长高了吗？她伸出纤瘦的双臂搂住我，头靠在我肩上：“我们现在要去哪里？”

我笑了。当时我让西西收拾夏令营行李时再多带些衣服，说不定结束后不直接回家而是去别的地方，所以后备厢里还有她的行李。我不确定一切是否会按计划进行。现在一想起来就想哭。我们自由了。

“你想去哪里呀？”我问。

她抬起头：“迪士尼乐园！”

我们可以去加利福尼亚。我巴不得离安德鲁三千英里远，生怕他一时兴起想和我重归于好，也担心米莉没达成我的预期。

“好！”我说。

西西高兴得上蹿下跳。她身上还保留着孩子般的童趣和活在当下的能力，还好没被他完全毁掉。她突然停了，小脸严肃起来：“那爸爸呢？”

“他不来。”

她和我一样如释重负。他从没伤害过她，我一直紧盯着，但凡她身上有一丁点儿可疑瘀伤，我就会让恩佐直接杀了他。不过她知道自己如果做错事我就会受罚，她很聪明。安德鲁总要她事事完美，所以他不在时她就容易随性而为。除了我之外，西西不相信任何成年人，有时不太好相处，还总被说是熊孩子，这不是她的错，其实她心地很善良。

西西跑回屋去取行李。我刚要跟上她，就听到手机嗡嗡在响，是恩佐。我不知道该不该接。恩佐出手帮忙救了我的命，也确实给了我难忘的一夜，但是我已经准备好忘掉过去。我不知道他打电话有什么事，也不确定我该不该知道。

不过我欠他，至少应该接电话。

“喂？”我压低声音，“怎么了？”

恩佐严肃地低声说：“我们得谈谈，妮娜。”

我知道这话后面没好事。

“什么事？”我说。

“你得回来帮帮米莉。”

我哼了一声：“不行。”

“不行？”恩佐之前也发过脾气，但是第一次冲我，“妮娜，她有麻烦了，是你拉她进来的。”

“她睡了我丈夫，还要我同情她吗？”

“是你拉她进来的！”

“没人强迫她。放心，她没事，我们结婚前几个月安迪都没动过我，”我哼了一声，“等我离完婚就给她写信行吗？我会在她结婚前提醒她小心他的。”

电话那头沉默了片刻。“米莉已经三天没离开那个房子了。”

“你什么意思？”

“我担心她出事就在她车胎做了红色记号，三天过去了记号没动，证明她三天哪都没去。”

我叹了口气：“听我说，恩佐，记号没动有很多可能，也许他们出去旅游了。”

“没有，他的车动过。”

我翻着白眼：“可能他们坐的是同一辆车呢，也可能她只是不想开车出门。”

“阁楼上的灯还亮着。”

“阁……”我清了清嗓子，又走远了些，“你怎么知道？”

“我去了后院。”

“在安迪炒了你之后？”

“我必须回去看看。上面有人。”

我紧握手机，攥得手都麻了：“那又怎么了？阁楼就是她的卧室，她在那里有什么大不了的？”

“我不知道，你说呢？”

我觉得头晕。当初计划整件事时，从一开始想让米莉代替我再到后来想让她杀了那个混蛋，我从没真正仔细想过。我给她留了胡椒喷雾剂，也给了她房间钥匙，以为这样她就会没事，但是现在感觉自己可能已经铸成大错，一想到她被困在阁楼听任安迪肆意折磨就觉得难受。

“那你呢？”我说，“不能直接进去看看她吗？”

“我按了门铃，没人。”

“那花盆底下的钥匙呢？”

“不见了。”

“那——”

“妮娜，”恩佐咆哮道，“你是想让我闯进去吗？你知道我被抓的后果吗？你有钥匙也有权进去，我可以陪你一起，但我不能自己单独闯进去。”

“可是——”

“全都是借口！”他脱口而出，“真不敢相信你竟会让她重蹈你的覆辙。”

我抬头最后看了一眼，塞西莉娅拖着行李刚从小屋走出来。

“好吧，”我说，“我可以回去，但有个条件。”

五十八

出事了。

我把车停在安德鲁家门口时就感觉到里面出大事了。我回来的条件是恩佐必须留下来用生命保护西西，我只放心把女儿交给他。但这样我就只能自己过来了。我上次在这里还是一周前，感觉像是过了一辈子。我开到门外那条街，把车停在米莉车后面，蹲下来查看她的车轮胎，的确看到恩佐做的红色标记，但不知道是不是和前两天在同一个地方。

“妮娜？是你吗？”

是苏珊娜。我直起身子走了过去。她站在人行道上疑惑地看着我。上次见面时她瘦得皮包骨头，现在看起来更瘦了。

“都还好吗，妮娜？”苏珊娜问。

我假笑着：“当然，为什么不好呢？”

“那天约好一起吃午饭，但你一直没来，我过来看看你怎么样。”

每周固定的日子我会和苏珊娜共进午餐，不过后半辈子都不想去了。“不好意思，我忘了。”

苏珊娜噘起嘴唇。想当初我告诉她安迪对我的所作所为，她同情地点完头就把我出卖了，她选择相信他而不是我，我不会忘记被人背叛的滋味。

“我听说，”她说，“你搬出去了，是你离开安迪还是他……？”

“他为了那个女仆甩了我？”看苏珊娜的表情就知道我说对了，镇上每个人都在八卦我们。“不是这样的，造谣的人瞎说，我只是去营地接塞西莉娅而已。”

“哦，”苏珊娜没听到她期待的有趣八卦有些失望，“没事就好，我之前还在担心你。”

“没什么可担心的，”我假笑得脸都僵了，“我刚出远门回来，得赶紧……”

苏珊娜一直盯着我走到前门，肯定有一大堆问题：如果我去夏令营接塞西莉娅，那她人呢？我为什么把车停在街上而不是车库？不过我没时间跟她解释。

我得弄清楚米莉和安迪到底怎么了。

一楼没亮灯。屋里果然很黑，也没有任何声响。

“安迪？”我喊道。

没人回答。我走到车库门口，看到安迪的宝马还停在那里。“安迪？”我喊得更大声了，“米莉？”

还是没有回应。

我走向楼梯，什么也没看到，但是感觉这里有人。我爬上楼梯，双腿在抖，感觉楼梯快要垮掉了，但还是一直走到二楼。

“安迪？”我喉咙发紧咽了下口水，“如果有人在这里，请回答我……”

还是没有回应，我只能挨个查看房间：主卧是空的，客房是空的，西西房间是空的，家庭影院也是空的。就剩下一个地方。通往阁楼的楼梯门开着，里面透出可怕的光。我抓住扶手，抬头看向楼梯顶，上面一定有人。

肯定是米莉被锁在里面，一定是安迪干的。但是安迪在哪呢？如果他不在，那车怎么没开走？刚爬上 14 级台阶，我感觉腿快不行了。走廊尽头就是我婚后度过无数可怕日子的地方。房间亮着灯，光线从门缝透出来。

“别担心，米莉，”我低声说，“我来救你了。”

恩佐说的对，我不该把她留在这里。我以为她比我强大，我错了，她如果出什么事，我一辈子都良心不安，希望她没事。我得放她出来。我从包里掏出阁楼的钥匙，打开了门。

五十九

“天哪。”

和我想的一样，阁楼里亮着灯，屋顶那两个灯泡不停地闪烁，看来该换了，不过光线足够看清安迪。那是安迪啊。我足足盯了 60 秒，然后低头干呕，还好早上紧张得没吃早餐。

“你好，妮娜。”

我险些被背后的声音吓出心脏病。刚刚被眼前这一幕吓坏了，完全没听到有人上楼。我转身看到米莉站在那里，手里拿着胡椒喷雾剂对准我的脸。

“米莉。”我喘着气说。

她双手颤抖，脸色苍白，满眼怒火。

“放下胡椒喷雾剂，”我尽量平静地说，但是她没听，“我保证不会伤害你，”我瞥了一眼地上的尸体又看了看米莉，“他在这里多久了？”

“五天吧？”她异常平静地说，“或许六天？我记不清了。”

“他死了？他死多久了？”

米莉一直举着胡椒喷雾剂瞄着我。“你确定他死了吗？”她问。

“我去看看？如果你同意的话。”

她犹豫了一下，点了点头。

我不想被喷（我清楚被喷胡椒的感觉），所以慢慢弯下腰靠近他的尸体，看样子不像活着：眼睛瞪大，脸颊凹陷，嘴唇张开，胸部没有起伏，最可怕的是他嘴巴周围和白衬衫上全是干掉的血迹，嘴里还少了几颗牙，看得我好想吐。

我伸手去摸他脖子上的脉搏，生怕突然被他抓住手腕。他一动不动，也没有脉搏。

“他死了。”我说。

米莉愣了一会儿，放下胡椒喷雾，双手捂脸瘫坐在小床上，好像才意识到自己做了什么。“天呢，不……”

“米莉……”

“你清楚后果，”她抬头看着我，布满血丝的眼睛里没有愤怒，只剩下恐惧，“全完了，我下半辈子得在监狱过了。”

她的泪水顺着脸颊流下来，肩膀微微颤抖，和西西偷哭时一样让人心疼，她只是个年轻女孩而已。

此刻我下定决心。

我坐到旁边轻轻搂住她的肩膀：“不，你不会进监狱的。”

“你在说什么，妮娜？”她抬起满是泪痕的脸，“我杀了他！我让他死在这个房间里整整一周！怎么可能不会进监狱？”

“因为，”我说，“你当时根本不在现场。”

她用手背抹掉眼泪：“你在说什么？”

亲爱的西西啊，希望你原谅我接下来要做的事。“你赶快走吧，我会告诉警察我给你放了一周的假，我一直待在这里。”

“但是……”

“只能这样了，”我厉声说道，“我有机会，但是你不行。我因为精神问题住过院，最坏的结果也就是……”我深吸一口气，“再回精神病院去。”

米莉皱着粉红色的鼻头：“是你给我留下胡椒喷雾剂的，对吗？”

我点了点头。

“你想让我杀了他。”

我又点了点头。

“那你为什么不自己杀了他呢？”

我担心自己被抓进监狱，我女儿不能没有妈妈。我不敢杀他，但是不该骗米莉去杀他。她成功了。现在如果我不出手帮她，她后半辈子都要搭进去了。

“趁你还能走，快走吧，米莉，”泪水刺痛了我的眼睛，“趁我还没改变主意，快走。”

她爬起来匆匆走出房间，楼梯的脚步声渐渐消失，只听前门砰的一声，房子里只剩下我，还有死瞪着天花板的安迪。结束了，真的结束了，只剩一件事。

我拿起手机报了警。

六十

踏出房门，手必加铐。

我抱着膝盖坐在沙发上等警探下楼，不知道这是不是我最后一次坐在这里，也许应该像个乖小的谋杀嫌疑犯安静坐着，但还是没忍住从茶几上拿起包，掏出手机拨通最近通话列表上第一个号码。

“妮娜？怎么了？”恩佐担忧地问，“那边发生了什么事？”

“警察还在这里，”我喘不过气来，“情况不太好，他们觉得我……”

我可以把米莉供出来结束这一切，但是我不会这么做的。

“我会为你作证，”他说，“他对你做的事。我看见你被关在那里了。”

我知道他会竭尽所能帮我，但是这个“秘密情人”的证词又有多大意义呢？而且我也没法否认，我们确实睡过。

“西西还好吗？”我问。

“她很好。”

我闭上眼睛，努力平复呼吸：“她在看电视吗？”

“电视？没有，我在教她意大利语，她很有天赋。”

我低声笑了：“我能跟她说话吗？”

过了一会儿，电话那头传来西西说意大利语的声音：“*Ciao*（你好），妈妈！”

我吞下了口水：“你好，亲爱的，你好吗？”

“很好，你什么时候来接我？”

“很快，”我骗了她，“你继续学意大利语吧，我很快过去，”我深吸一口气，“我爱你。”

“我也爱你，妈妈！”

康纳斯警探下楼的脚步声就像枪声一样，我赶紧把手机塞进包里放回茶几上。他仔细检查过安迪的尸体，看表情就知道他有一大堆问题。他坐到我对面。

“你知道你丈夫身上的瘀伤是怎么回事吗？”他问。

“瘀伤？”

“他的下腹全是深紫色的瘀伤，”康纳斯说，“还有他的生殖器全黑了。”

“哦……”

“你觉得是怎么回事？”

“你觉得是我打的吗？”这个想法很可笑。安迪个子比我高很多，肌肉也比我结实得多。

“我不知道上面发生了什么。”我和他四目相对，眼神尽量不躲闪。

“你想说你丈夫不小心把自己锁进阁楼，你刚好没发现他不在，对吗？”

“我以为他出差去了，”我说，“他总打出租车去机场。”

“你们这么久没发过短信，也没打过电话，你也不在意？”他说，“我们和他父母聊过了，他们说上周他就让你搬出去了。”

“对，所以我们不联系。”

“那这个威廉明娜·卡洛威呢？”他从口袋里掏出笔记，“她在为你工作，是吗？”

“我给她放了一周假，因为我女儿去夏令营不需要她了。我整整一周没见过她。”

他们肯定会联系米莉，我得尽量帮她排除嫌弃，只能做这么多了。

“你是说一个成年人没带手机，把自己锁进阁楼，这个房间还只能从外面上锁？”康纳斯眉毛都快挑到发际线了，“他自己待在房间突然拔掉四颗牙？温彻斯特太太，你真觉得你丈夫会做出那种事吗？”

我靠着沙发尽量不暴露狂抖的身体：“有这个可能，你又不认识他。”

“你这话说得不完全对。”他说。

我猛地抬起头：“什么？”

这位警探头发花白，看年龄有可能是安迪爸爸的高尔夫球友，或是收了他们家钱的人。我觉得手腕刺痛，感觉马上就会被手铐铐住。

“我没接触过他，”康纳斯说，“但是我女儿认识他。”

“你女儿？”

他点了点头：“她叫凯瑟琳·康纳斯，世界真小啊，她和你丈夫很久以前订过婚。”

凯瑟琳就是安迪和我在一起前就分手的未婚妻，我之前找过那么多次都没找到。凯瑟琳是这个警探的女儿，所以呢？

他刻意压低声音，我得使劲才能听清：“分手对她来说很痛苦，到现在都一直不愿谈起这件事。在那之后她搬到很远的地方，还改了名字，再也没和男人约会过。”

我心跳加速：“我……”

“我一直想知道安德鲁到底对我女儿做了什么，”他抿着嘴唇，“大约一年前我调过来后就开始四处打探，听过你说他把你锁进阁楼，但是没人能证实你说的故事是真的，也没人真去调查。温彻斯特家搬去佛罗里达之前在这里很有影响力，尤其是和某些警察，”他停顿了一下，“不过我不是。”

我嘴巴干得说不出话，只是目瞪口呆地盯着他。

“要我说，”他说，“那个阁楼存在安全隐患，确实容易被关在里面，”他向后靠了靠，恢复到正常音量，“你丈夫发生这种事真挺遗憾，我相信我的验尸官同事也是这样想的，这会成为一个警示故事，对吧？”

“对，”我说，“一个警示故事。”

康纳斯警探最后久久看了我一眼，然后上楼去找同事。

我暗自庆幸，终于不用戴着手铐离开这里了。

六十一

我从没想过自己会来给安迪守灵，也没想过一切会以安迪的死告终。我知道自己没勇气杀他，就算真动手也杀不死他。现在看着棺材里那张英俊的脸，紧闭的嘴唇盖住那四颗缺失的牙齿，我害怕他突然睁眼吓我：“你真以为我死了？我没死！去阁楼吧，妮娜。”

不，我不去，再也不去了。

“妮娜，”一只手落在我肩上，“你还好吗？”

我抬起眼睛看到苏珊娜。“我会坚强的。”我说，右手紧攥纸巾装装样子罢了。一整天我只挤出一滴眼泪，还是因为看到塞西莉娅穿着我买的那件葬礼黑裙子，头发凌乱地坐在我旁边，这一幕如果让安迪看到肯定气死了。

“太吓人了。”苏珊娜握住我的手，我努力忍住没甩开。“真是个可怕的意外。”

她流露出同情怜悯的眼神，大概觉得我很倒霉，同时庆幸死的是我丈夫而不是她丈夫。

“确实。”我低语道。

苏珊娜最后看了一眼安迪就走了。我低头看着脚上的黑色高跟鞋。我讨厌和哀悼者说话，不想接受他们的同情，也不想假装自己对这个怪物的死感到悲伤。我巴不得一切赶紧结束，开始新的生活，明天是我最后一次扮演悲伤寡妇的角色。

我听到门口有脚步声，抬头看到恩佐在门口投下长长的影子，他的脚步声就像寂静殡仪馆里一声声枪响。他穿着一套深色西装，比在院子干活时还要帅气，我的目光和他那双深邃的黑眼睛相遇了。

“我很抱歉，”他平静地说，“我不能。”

我心里一沉。他不会因为安迪的事和我说抱歉，肯定是因为昨天我问他一切结束后愿不愿意远离这里，跟我搬去西海岸。虽然我从没奢望他会答应，但是现在被直接拒绝还是觉得难过。这个男人救过我的命，是我的英雄，还有米莉也是。

“你会开启新的人生，”他微微皱了皱眉，“这样也好。”

“嗯。”我说。

他说的对，我们之间有太多可怕的回忆，还是重新开始比较好，不过我会想他，也会记得他为我做的一切。

“帮忙照看好米莉，好吗？”我说。

他点了点头：“好，我保证。”

他最后握了握我的手。和苏珊娜一样，我可能再也不会见到他了。我已经把我和安迪的那个房子挂牌出售，现在我和西西一直住在酒店，因为我实在不想再踏进那里，感觉那个房子十有八九会闹鬼。

我看到塞西莉娅坐在那边动来动去。昨晚我们一起睡在酒店大床上，她瘦削的身体紧贴着我，虽然可以多加一张床，但是她想离我近一些。她还不太明白那个她喊爸爸的男人怎么了，她也没问，只是庆幸他不在了。

“恩佐，”我说，“你能带上西西吗？她在这待了很久，应该饿了，带她吃些东西。”

他点了点头，牵起我女儿：“来啊，西西，我们去吃鸡块喝奶昔。”

塞西莉娅听到后立刻从座位上跳起来。恩佐带着西西刚走几分钟，殡仪馆的门又开了。我看到门口站着温彻斯特一家，不由后退了一步。我屏住呼吸看着伊芙琳和罗伯特走进来。这是安迪死后我们第一次见面，我知道该来的总会来。几周前他们从佛罗里达回来过暑假，不过伊芙琳一直都没过来，只打过一次电话问我需不需要帮忙组织葬礼，我说不需要。

我不想和她说话是因为我对她独子的死负有责任。康纳斯警探兑现了所有承诺：安迪的死被认定为意外事故，我和米莉都没被调查。故事是这样的：我不在的时候，安迪不小心把自己锁进阁楼脱水而亡，但是没解释瘀伤和缺牙的事，虽然康纳斯警探有朋友在验尸部门，不过温彻斯特家可是这个州鼎鼎有名的、有影响力的权势家族。

伊芙琳和罗伯特穿过房间，大步朝棺材走来。我不太了解罗伯特，他今天穿了一套深色西装，和他儿子一样英俊。伊芙琳也穿了一身黑色，与她白色头发和白色高跟鞋形成强烈反差。罗伯特肿着眼睛，但是伊芙琳依然完美，就像刚做过水疗护理一样。

他们走过来时我垂下眼睛，罗伯特清了清嗓子我才抬起头。“妮娜。”他用低沉沙哑的声音说。

我吞了一下口水：“罗伯特……”

“妮娜，”他清了清喉咙，“我想让你知道……”

我以为他会说，“我们知道你杀了我儿子，也知道你做了些什么，我们不会善罢甘休的，我们一定会让你后半辈子在监狱里过。”

但是他说：“伊芙琳和我永远在你身边，我们知道你自己不容易，无论你或者塞西莉娅有什么需要，尽管开口。”

“谢谢你，罗伯特。”我眼眶微微湿润了些。罗伯特也许不是最伟大的父亲，但却是个好人。安迪说过小时候他不怎么陪在身边，大部分时间都在工作，主要是伊芙琳把他带大。

罗伯特轻轻拍了拍他儿子的肩膀，不知道他知不知道安迪是个怎样的怪物，他应该多少能觉察到一些，不过也许安迪伪装得很好。罗伯特用手捂住嘴摇了摇头，对他妻子咕哝了一声“不好意思”就匆匆走出房间，只留下我和伊芙琳。

我最不想和伊芙琳单独在一起。她不傻，肯定知道我们的婚姻出问题了。她也许和罗伯特一样不知道他对我做了什么，但肯定能感觉到我和安迪有矛盾。

“妮娜。”她冷淡地说。

“伊芙琳。”我回应道。

她低头看着安迪的脸，表情让我捉摸不透，不知道是因为打了肉毒素，还是她一直就这样。

“我跟警察局一位老朋友谈过安迪的事。”她说。

我的心提了起来，可是康纳斯警探说已经结案了。安迪之前总威胁我说，如果他死了就会往警局寄一封信，但目前还没出现过信，也许压根就没这封信，或者警探帮我把信处理掉了。

“哦？”我只能这么回应。

“嗯，”她低声说，“他们告诉我刚发现他时的样子，”她用锐利的眼神直勾勾地盯着我，“还有他缺牙的事。”

天呢，她知道。只要她知道警察发现安迪的时候嘴里缺牙，肯定知道他不是死于意外，没人会心甘情愿用钳子拔掉自己的牙。全完了。外面的警察等我走出殡仪馆就会铐上我，然后我下半辈子就在监狱过了。我不会供出米莉，她已经给了我一次重获自由的机会，不该被拖下水。

“伊芙琳，”我勉强说出，“我……不……”

她看向她儿子的脸，盯着那永远闭上的长睫毛，噘着嘴说：“我一直告诉他口腔卫生很重要，每晚都要刷牙，否则就要受罚。做错事总要受罚的。”

什么？她在说什么？

“伊芙琳……”

“既然你自己照顾不好牙齿，”她继续说，“那就失去拥有牙齿的特权。”

“伊芙琳？”

“安迪清楚我的规矩，”她抬起眼睛，“我用钳子拔了他的一颗乳牙时还以为他明白了。”

我盯着她不敢说话，也不敢再继续听她说下去。

“真是太可惜了，”她说，“他从没真正吸取教训，我很高兴你给他上了一课。”

我吓得张大嘴巴。伊芙琳最后整理了一下她儿子白衬衫的领子，然后走出殡仪馆，留我愣在原地。

后　记

“介绍一下自己吧，米莉。”

我靠着厨房大理石柜台，面对丽莎·基莱弗。今天早上丽莎打扮得很精致：乌黑发亮的头发编成法式结，米色短袖上衣的纽扣在新装修的厨房天窗下闪闪发亮。

如果一切顺利，这将是我一年来第一份工作。自从温彻斯特家那件事后，我打过几份零工，但主要还是靠账户里前一年的工资过活，钱是妮娜在安德鲁被定为意外死亡后不久给我打过来的。我不清楚她是怎么办到的。

“呃……”我开始说着，“我在布鲁克林长大，之前在很多家干过，简历上也写了，而且我还喜欢小朋友。”

“好极了！”

丽莎灿烂地笑着。我进来前完全没想到她会这么热情，应聘的人至少有几十个，我甚至都没有申请，丽莎看到我登在网上的广告主动联系的我。薪水挺高，不过也在意料之中，整个房子都散发着财富的气息。厨房里有各种最新家电，感觉那个炉子不用人管就能自己做饭。我真的很想要这份工作，得表现得自信些，这时我想起今天早上恩佐给我发的短信：

祝你好运，米莉，记住：有你是他们的幸运。

还有一条：

等你找到工作，我们今晚见。

“你具体想找什么样的？”我问她。

“就是通常那种，”丽莎拉了拉衬衫领口，靠在厨房柜台上，“能打扫卫生，洗洗衣服，稍微煮煮饭。”

“我可以，”我说，虽然我的情况和一年前相比没太大变化，还是有背景调查的问题，因为入狱记录永远不会消失。丽莎漫不经心地伸手到柜台那堆刀上，摆弄着刀柄，然后举起来，刀刃在顶灯下闪闪发光。我突然有些不舒服，晃了晃身体。

然后她说：“妮娜强烈推荐你。”

我张大了嘴巴，完全没想到她会这么说。我很久都没听到妮娜的消息了。安德鲁死后，她料理好一切就带着塞西莉娅搬到了加利福尼亚。她一直没登社交账号，不过几个月前她给我发来一张照片，是她和塞西莉娅在海滩的自拍照，两个人都晒得黝黑，样子很开心，还配上了一句话：

谢谢你做的一切。

估计她感谢我的方式就是给我推荐工作。丽莎很可能会雇我。

“很高兴听你这么说，”我说，“妮娜是一位……很棒的老板。”

丽莎点了点头，手上还摆弄着那把刀：“她确实很棒。”

她又笑了笑，不过表情有些奇怪。她又拽了拽衬衫领口，露出上臂那块深紫色的瘀青，像是手指的形状。我看到她身后的冰箱上贴着一张照片，上面是丽莎和一个高大威猛的男人，他的眼睛死死盯着镜头。我好像看到他伸手紧握住丽莎瘦弱的手臂，留下那一道道深紫色的指痕。我的心怦怦直跳，感到一阵头晕目眩。现在我终于明白妮娜为什么强烈推荐我了，她了解我，也许比我自己还要了解。丽莎把刀放回木盒，直起身，瞪着蓝色的双眼，焦虑地问：“你能帮我吗，米莉？”

“嗯，”我说，“没问题。”

致　谢

我要感谢出版社提供机会把这部作品介绍给读者。特别感谢我的编辑艾伦·格里森，他很好地洞察了书中的精髓！同时，我也要感谢书籍试读者凯特和内尔，还要谢谢扎克提出的绝佳建议。一如既往，我要感谢一直支持我的读者们——我的书为你们而写！还要感谢眼光独到的瓦尔。最后，非常感谢丹尼尔在书籍讨论、问题解答和宣传推广方面提供的帮助！

颉腾文化出品

作者系列作品

《The Housemaid》

《The Housemaid's Secret》

《Never Lie》

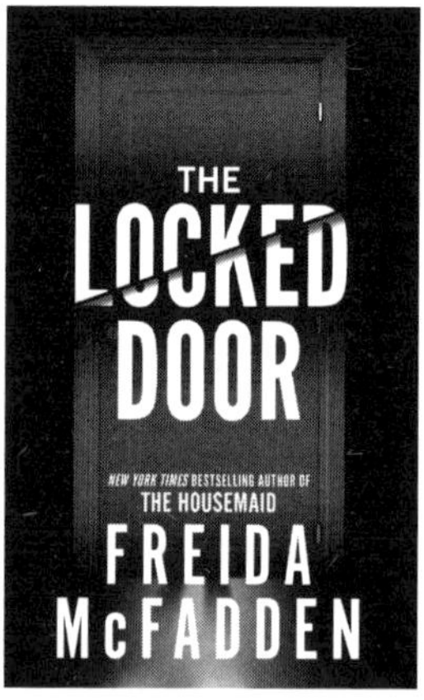

《The Locked Door》

《The Inmate》